KB062865

제18회 전태일문학상 수상작품집

# 그대, 혼자가 아니랍니다

전태일문학상 수상작품집
**그대, 혼자가 아니랍니다 (외)**

2010년 11월 5일 초판 1쇄 찍음
2010년 11월 9일 초판 1쇄 펴냄

지은이 이선옥 외
펴낸곳 (주)사회평론
펴낸이 윤철호

편집 김천희 · 김태균 · 권현준 · 박서운 · 김정희
마케팅 이승필 · 백미숙

등록번호 10-876호(1993년 10월 6일)
전화 326-1182(영업) 326-1183(편집)
팩스 326-1626, 326-3173
주소 서울시 마포구 서교동 247-14
e-mail editor@sapyoung.com
http://www.sapyoung.com

ISBN 978-89-6435-107-9 03810

값 10,000원

제18회 전태일문학상 수상작품집

# 그대, 혼자가 아니랍니다

나는 돌아가야 한다

이 결단을 두고 얼마나 오랜 시간을 망설이고 괴로워했던가

지금 이 시각 완전에 가까운 결단을 내렸다

나는 돌아가야 한다

꼭 돌아가야 한다

불쌍한 내 형제의 곁으로

내 마음의 고향으로

내 이상의 전부인 평화시장의 어린 동심 곁으로

생을 두고 맹세한 내가

그 많은 시간과 공상 속에서

내가 돌보지 않으면 아니 될 나약한 생명체들

나를 버리고 나를 죽이고 가마

조금만 참고 견디어라

너희들의 곁을 떠나지 않기 위하여 나약한 나를 다 바치마

너희들은 내 마음의 고향이로다

1970.8.9. 전태일

머리말

# 강물은 바다를 포기하지 않는다

선거 때만 되면 이 나라를 떠나고 싶다는 사람들이 생깁니다. 대개는 민주진영을 지지하는 사람들의 한탄이지만 김대중, 노무현 대통령이 당선되었을 때는 반대로 보수적인 사람들이 아우성이었습니다.

아무리 투쟁을 해도, 그리하여 민주세력이 집권을 해도 세상은 변한 게 없다고 말하는 사람들도 있습니다. 보통은 진보진영 사람들이 보다 확실한 변혁의 필요성을 강조하기 위해 하는 말이지만, 실제로 이 말을 애용하고 퍼뜨리는 데 앞장서는 사람들은 보수적인 사람들입니다.

민중은 어리석어 자신들을 이해하지 못한다는 생각, 자본주의가 존재하는 한 약자들이 아무리 발버둥쳐 봐야 세상은 변하지 않는다는 이 생각들이야말로 진보와 보수의 양극단에 서 있는 사람들의 공통적인 인식인 듯합니다.

전태일 열사가 온몸을 불살라 스스로 횃불이 되어 민중의 앞날을 밝히고 나선 이래 40년 세월이 흘렀습니다. 과연 그 긴 세월 동안 이 나라가 아무것도 변한 게 없는가 생각해 봅니다.

인간에게 빵보다도 더 귀한 가치인 자유와 민주의 영역은 분명 커다란 변화를 이루었습니다. 고문과 폭력이 일상이던 독재시절의 추억은 요즘 젊은이들에겐 고리타분한 옛이야기로 들릴 지경이 되었습니다. 민주세력의 두 차례의 집권, 그리고 이번 2010년 지자체 선거에서의 경이적인 압승은 불과 수십 석의 국회의원 진출을 두고도 선거혁명이라 흥분하던 80년대의 풍경을 무색케 합니다.

노동과 자본의 계급구조는 큰 변화가 없을 뿐 아니라 오히려 악화되었다고 말할 수도 있습니다. 빈부격차는 갈수록 벌어지고 정규직보다 더 많은 숫자의 비정규직이 양산되어 다수 노동자의 삶의 질이 악화되고 있다는 측면에서 그렇습니다.

하지만 이 역시 87년 대파업 이후 10여 년간 지속된 노동계급의 대약진에 대해 자본계급의 일시적인 반발이라 볼 수 있습니다. 자본의 대공세에 노동운동이 아직 대응하지 못한 것뿐이라 생각합니다. 잠시 주춤했던 노동계급은 머지않아 대대적인 역공으로 역사발전의 필연적인 법칙을 실행하리라 믿어 의심치 않습니다.

전진과 후퇴가 반복되는 가운데, 인간은 보다 나은 미래로 전진합니다. 마치 바다로 향하는 강물을 막으면 차고 넘쳐 둑을 터뜨리는 것처럼, 역사발전의 일시적인 장애나 후퇴는 더 강력한 전진을 위한 숨고르기일 뿐입니다. 강물이 결코 바다를 포기하지 않듯이, 인간은 결코 자유와 평등과 평화를 포기하지 않기 때문입니다.

남한에서의 인간평등을 위한 투쟁은 전태일로부터 시작되었다 해도 지나치지 않습니다. 서구 나라들의 경우 대개 수백 년의 밀고 당기는 투쟁을 거치고서도 20세기 중반에 와서야 현대의 민주주의 형태를 갖추게 됩니다. 그런데 한국은 일제강점기에 처음으로 피어올랐던 싹마저 해방공간의 극심한 혼란과 한국전쟁을 겪으며 말라죽고 맙니다. 전태일 열사는 온몸을 던져 이 척박한 토양 위에 새로운 희망의 싹을 틔운 선구자였습니다. 전쟁으로부터 20년 뒤의 일이었습니다.

전태일 열사를 뒤따라 다시 40년 동안 수만, 수십만 명의 또 다른 전태일이 이 땅의 정의를 위해 젊음을 바쳤습니다. 이웃사랑의 정신, 약자에 대한 배려의 마음으로 민주화와 노동운동에 헌신했습니다. 그 결과 이 나라의 민권은 세계사에 유래 없이 비약적인 발전을 이뤘습니다. 아직도 싸워 이뤄야 할 일이 너무도 많지만, 그들의 희생으로 이뤄진 사회발전을 근본적으로 부인하는 것은 잘못이라 생각합니다.

몇 편의 자전적인 소설을 통해 세상을 깨우치려던 전태일 열사의 마음을 기려 만들어진 전태일문학상도 벌써 20년을 넘겼습니다. 전태일문학상이 걸어온 길 역시 이 나라 민주화운동이 걸어온 길처럼 험난하고도 보람 있는 길이었습니다.

운영상의 사정으로 작품모집을 못한 해도 있고, 수상을 하고서도 작품집을 내지 못한 해도 있었지만, 많지 않은 상금조차 제대로 주지 못한 해도 여러 해였지만, 전태일의 정신에 걸맞은 많은 우수한 작품들을 탄생시켰습니다. 또 탁월한 여러 작가들을 배출하였습니다.

특히 올해는 100편이 넘는 소설을 비롯해 지나간 어느 해보다도 많은 수작들이 응모되어 우수한 작품을 선정할 수 있었습니다. 당선된 모든 분께 더없이 기쁜 마음으로 축하를 드립니다.

또한 노동자, 서민대중에 대한 애정을 좋은 글로 표현해주신 모든 응모자들께 깊은 감사를 드립니다. 바쁜 가운데서도 기꺼이 심사를 맡아 고생해주신 모든 심사위원님들께도 깊은 감사를 드립니다. 감사합니다.

2010년 10월
안재성(전태일문학상 운영위원장)

## 차례

심사평

시 부문 당선작

# 높은 바닥 외 4편

장성혜

경북 봉화 출생

1977 강원일보 신춘문예 시 부문 당선

2002 계간 리토피아 신인상

## 높은 바닥

그래, 올라와
징그러운 몸뚱어리로
여긴 이 아파트 꼭대기 층 화장실이니
더는 치고 올라갈 바닥도 없는 끝이니
오라고
탈주극 주인공같이 하수관을 타고
기어오르라고
불을 켜는 순간
배수구를 빠져나오는 너와 마주친 나도
바닥에서 바닥으로 올라가는 중이지
한집도 빠짐없이 소독하란 방송이 두 번이나 있었으니
목숨 걸고 올라올 만도 하지
약에 취해 비틀거리면서도 전속력으로 달아나보라고
어떻게든 살아남을 구멍을 찾아
벽을 타고 천장으로 올라가다
지금처럼 슬리퍼에 배가 터져 죽더라도
올라오라고
희망이라는 바퀴벌레여
어둠 속에 알을 남기고
죽을 힘을 다해 올라가다
마주쳐 내가 밟아 죽이더라고
또, 오라고

## 금 캐는 시간

김순남 씨 하루는 마나도* 샬디보다 2시간 일찍 해가 뜬다
해가 뜨기도 전에 리어카를 끌고 좁은 골목을 내려온다
빛바랜 해병대 모자를 눌러쓰고 고물을 줍기 시작한다
2시간 후 마나도 광부 샬디가 야자수 숲길을 걸어
혼자만 겨우 지나갈 수 있는 굴속으로 내려간다
김순남 씨 리어카에 빈 박스가 차곡차곡 쌓이는 동안
맨몸으로 돌을 깨는 샬디의 몸에 땀이 흐른다
헐렁한 야전 잠바를 걸치고 계단에 앉아 밥을 먹는
김순남 씨 굽은 등을 비추던 태양은 2시간 뒤
허리를 펼 수 없게 비좁은 마나도 작은 금광 위를 비춘다
자루처럼 늘어지는 흙투성이 샬디의 몸이
뒷걸음으로 돌 자루를 끌고 흙벽을 올라온다
열세 번을 오르내려야 하루 일이 끝난다
먹고 사는 것이 전쟁보다 치열하다는 걸 두 사람은 안다
천막에서 점심을 먹고 다시 굴속으로 내려가는 샬디의 꿈은
금이 든 돌 깨서 집 사고 장가를 가는 것
샬디 앞에는 금맥의 시간이 많이 남아 있다
김순남 씨는 샬디가 꿈꾸는 시간을 다 지나왔다
마나도 야자수 숲이 황금빛으로 물들어 갈 무렵에도

* 인도네시아 술라웨시섬에 있는 도시, 작은 금광이 많아 황금의 땅이라고도 함.

김순남 씨는 전쟁통 뒷골목을 다니며 고물을 줍는다
혼자 먹는 시어 꼬부라진 김치뿐인 늦은 한 끼의 밥에
금 덩어리보다 귀한 시간의 파편이 박혀 있다
내일도 김순남 씨 쪽방은 마나도보다 2시간 일찍 해가 뜰 것이다

## 공범

연탄 한 장 사라진 밤이 지나면
아침부터 수돗가는 벌겋게 달아올랐다
연탄 한 장에 벌벌 떠는 사람들은
불문을 막아놓고 서로 의심했다
모두 결벽하다고 울대를 부풀리며 달려들었지만
아무도 용의 선상에서 벗어나지 못했다
십구 공탄 구멍처럼 방들이 많은 집
허술하게 달린 간이부엌은 틈도 많았다
연탄 한 장을 든 검은 그림자가 사라지는 곳을
그 틈으로 보았지만 입을 다물었다
건넛방에는 목소리가 제일 큰 여자가 살았다
누군가 연탄불이 꺼졌다고 하면 선뜻
불을 빼주겠다고 나서는 것도 그 방 여자였다
불이 붙은 연탄을 마당에 눕혀놓고 식칼로 잘랐다
검은 그림자가 그녀라는 것이 내 입을 틀어막게 했다
도둑년들이 사는 집, 연탄을 세어놓고 잠드는 엄마는
세상에 믿을 구멍은 하나도 없다고 했다
그날도 연탄 한 장이 사라졌다는 소리가 들렸지만
그 방은 조용했다. 소리없이 눈이 내리고 있었다
무거워진 연탄가스가 몰래 스며들었다는 걸
아무도 눈치채지 못하고 있었다

# 만리장성

만리장성은 어디에나 있죠. 너덜거리는 생활정보지 뒷면에서 찾았다면, 지금처럼 뭘 먹기는 먹어야 하는데, 별로 먹고 싶은 게 생각나지 않는 토요일 오후일 수도 있고, 신발장 구석에서 발견했다면, 열두 번쯤 이삿짐을 쌌다 푸는 중인지도 모르죠. 삼박 사일 코스 여행을 떠올린다면, 구식 냉장고 옆구리에 붙은 만리장성 하고는 거리가 멀 수도 있죠. 한 그릇이라도 정성껏 배달해 준다면, 여기처럼 원룸이나 고시원이 많은 동네일지도 모르죠. 만리장성이 있는 골목 깊숙이 들어가면, 자장면이 30원일 때쯤 태어난 남자가, 와서 먹으면 천 원을 할인해 주는, 옛날짜장을 먹으러 가는 뒷모습이 보일지도 모르죠. 기름때 낀 주방 안에서 볶음밥을 만드는 여자는, 오래전 자장면을 배달하는 남자와 만리장성을 쌓았을 수도 있죠. 채널을 돌리다 다시 다큐멘터리로 돌아오는 토요일, 아프리카 아이의 검은 눈과 마주치죠. 자장면을 기다리는 나를 보고 말하죠. 옥수수죽이라도 실컷 먹고 싶다고. 옥수수죽과 자장면 사이에 만리장성이 보이죠. 물을 길으러 점점 멀리 간다는 아이의 나무젓가락 같은 다리에서도, 내가 쓰다가 만 이력서의 숫자에서도 보이죠. 세상에서 가장 맛있는 음식이 자장면이었던 아이가, 그냥 자장면이나 시켜 먹을까 하는 어른으로 불어터져 있는 저녁, 만리장성 위에는 한입 베어먹은 단무지 같은 달이 떠 있죠.

## 귀향

온다.
화염병 날아다니는 산동네로
끊긴 전선들 뛰어내린 골목으로
철거민대책위원회 팻말 지나
붉은 스프레이로 해골 그려놓은 벽 넘어
눈알 빠지고 다리 잘린 곰 인형 밟고

온다.
도둑고양이 울음소리로
뼈 드러난 만화 대여점 기웃거리며
허리 부러진 구멍가게 지나
결사반대 현수막 너덜거리는 길로
머리카락과 욕설 엉켜 있는 현장으로

온다.
쩍 갈라진 시멘트 바닥 사이로
깨진 유리조각 틈을 비집고
말라죽은 뿌리 안고 뒹구는 깨진 화분으로
돌덩어리 된 가슴을 뚫고
비명처럼 풀들이 올라온다.

봄이 온다.

## 당선소감

마음이 바닥일 때 찾아가는 곳이 있습니다
집 앞 공원의 물억새 길입니다
서걱이는 소리를 들으면 흙탕물이 된 마음을 가라앉히곤 했습니다
물억새 소리가 들리는 듯도 해 나무다리 위에 서 있으니
베어져 물에 잠긴 밑동에서 송곳처럼 싹이 솟아오르고 있었습니다
맑은 물이 고여 있지만, 돌멩이 하나에도 흙탕물이 되고 말 바닥에서
소리없이 솟아올랐다 스러지는 파문이 보였습니다
검은 흙속에 살아 있다고 신호를 보내는 것은 무엇일까요
바닥을 하염없이 들여다보다가, 문득 내가 쓰는 시들이
소리없는 피었다 지는 파문 같은 것인지도 모른다는 생각이 들었습니다
시를 쓰면서 끝을 알 수 없는 절망의 시간을 지나왔습니다
여기가 끝인가 싶으면 새로운 바닥이 기다리고 있었습니다
하지만 내려갈수록 살아있는 것들이 눈물겹게 아름답습니다
보도블록 사이에 피어 있는 민들레 앞에 발길이 멈춰지곤 합니다
올 사월은 춥고 흐린 날이 많았습니다
막막한 날 속에 이런 기쁜 순간이 숨어 있어 세상은 살 만한가 봅니다
그 이름만으로도 고개가 숙여지는 상을 받게 되어 영광입니다
여기까지 오는 동안 수많은 터널을 지나왔습니다
십대를 광산촌의 검은 바람 속에서 보냈고, 지금 서울 변두리를 떠도는
날들 속에서 절망의 터널은 사라졌다 다시 나타나곤 합니다

아직 현장에서 일하시는 팔순의 아버지와 세상과 벽을 쌓는 마흔의 동생이 있어

가슴 아린 봄날입니다. 돌아보면 혼자는 아니었습니다

밤새워 제 길을 가는 아이들이 있고, 바람막이가 되어주는 남편이 있었습니다

늦게 다시 시를 쓰면서 만난 문우들이 그립습니다

당선문자를 보는 순간 얼마 전까지 합평방에서 함께 시를 고민했던 식구들이

제일 먼저 떠올랐습니다. 고맙고 미안한 안부를 전합니다

쓸쓸함과 부질없음을 끌어안고 더 바닥으로 내려가겠습니다

살아있다는 신호를 보내겠습니다

뽑아주신 심사위원님들에 대한 감사함으로

깊은 바닥에서 솟는 시를 쓰겠습니다

창밖 연둣빛 산이 눈부시게 아름다운 사월의 마지막 날입니다

소설 부문 당선작

# 감별

최일걸

1995 전북일보 신춘문예 동화 당선
1997 한국일보 신춘문예 동화 당선
2006 조선일보 신춘문예 희곡 당선
2006 전남일보 신춘문예 희곡 가작 입선
2008 광주일보 신춘문예 시 당선
2008 춘천인형극제 대본공모 가작 입선
제17회 전태일문학상 詩부문 우수상(김밥말이 골목)
제13회 한국해양문학상 장려상 수상
제11회 여수해양문학상 詩부문 가작 입선

# 감별

전주 고속버스터미널 하차장, 축축한 그늘에 시간을 방목하는 몽골 여인, 고속버스가 도착할 때마다 하늘가에 고이 걸어두었던 시선을 거두어들이고는 마중 나온 얼굴로 낯선 이들의 고삐를 잡아당긴다. 대초원에 떠오른 코리아 드림은 어떤 빛깔이었을까. 그녀는 유목민의 전통을 버린 지 오래, 365일 자판기처럼 꼼짝 않는다. 몽골텐트 같은 치마 속 꿈이 다칠까봐 한 걸음도 내딛지 못하는 것인지. 버스에서 내린 사람들이 무심한 눈길을 던질 때마다 그녀는 물기 그렁한 눈망울로 몽골 초원을 펼쳐 보일 뿐, 그녀는 언제나 두텁고 질기게 밀봉되어 있다. 칭기즈칸의 무덤처럼 끝끝내 드러나선 안 될 그 무엇이 있어 모든 동작을 걸어 잠근 것인지. 그녀가 아기집처럼 품고 있는 보따리는 요동치는 말발굽을 얼마나 무수히 감추고 있는 걸까.

광주에서 고속버스를 타고 전주로 향한다. 차창 밖 풍경은 띄어쓰기로 내게 달려들지만 나는 빈칸에 무엇을 넣어야 할지 막막하다. 언제나 그래왔듯이 오늘도 몽골 여인은 전주 고속버스터미널 하차장에서 기다림의 자세를 견지하고 있을 것이다. 그 기다림이 누구를 향한 것인지 알 순 없지만 언제부턴지 모르게 나의 고단하고 허전한 일상은 몽골 여인의 기다림에 걸려 있었다. 삼십대 후반으로 보이는 몽골 여인에게 성적 매력을 느낀 건 아니었다. 몽골 여인이 이따금 매춘도 서슴없이 행한다는 걸 알고 있지만 그녀를 돈을 주고 사고 싶은 생각은 없다. 아침에 고속버스를 타고 광주에 도착해 시 외곽에 위치한 직장으로 출근했다가 저녁에 근무를 마치고 다시 고속버스를 타고 전주로 돌아온다. 출근길과 퇴근길 사이에 걸려 있는 그녀는 내게 어떤 실마리를 제공하는 걸까?

고속버스 차창을 통해 불을 밝힌 월드컵경기장이 보인다. 전주에 거의 다 왔다는, 저것도 일종의 이정표다. 토냐, 라고 했던가. 나는 결코 그녀를 무심히 스쳐 지나갈 수 없다. 그녀는 내가 꼭 거쳐가야 하는 통과의례다. 고속버스에서 내릴 때마다 언제나 나는 그녀에게 덜컥 걸린다. 그녀의 휘둥그런 눈망울이 나를 가만 놔두지 않는 것이다. 뇌리 속에 각인된 그녀의 인상을 몇 장 들춰보다 보니 고속버스는 터미널 하차장에 진입하고 있었다.

나는 느긋하게 기다리고 있다가 모든 승객이 내린 뒤에야 자리에서 일어났다. 고속버스에서 내린 나는 몽골여인을 향해 시선을 던졌다. 몽골여인은 몇 겹의 어둠을 껴입은 채 긴 벤치 위에 고즈넉이 앉아 있었다. 나는 일부러 힘차게 구둣발로 시멘트 바닥을 밟았다. 내 생의 기척은 몽골 여인의 시선을 끌어당겼다. 그런데 몽골여인의 시선은 내게 초점을 맞추고 있지 않았다. 몽골여인의 시선은 내 실루엣 너머 터미널건물에 가 닿아 있었다. 그렇다고 해서 그녀의 시선이 건물에 가로막혀 있는 건 아니었다. 그녀의 시선은 시공을 초월하여 미지에 걸려 있었다. 어쩌면 나의 부단한 걸음걸음은 그녀가 품고 있는 미지에 가 닿고 싶은 열망인지도 모른다. 몽골 여인의 경계선 안쪽에 발을 들여놓을 때마다 나는 허허벌판을 떠도는 유목민처럼 사무친다.

나의 정착생활은 몽골텐트보다 더 덜컹거린다. 원룸 현관문을 열고 들어가자 어둠이 허전한 육신을 덮친다. 나는 한동안 쭈뼛하니 서서 어둠을 엿듣는다. 광포한 빛에 길들여진 눈이 차츰 어둠에 익숙해진다. 불 켜진 집에 귀가한 게 몇 년 전 일인가. 까마득하다. 그렇다고 해서 나를 맞이하는 어둠이 싫은 건 아니다. 나는 불을 밝히면 확연하게 드러날 공간이 두렵다. 어둠에서 풀려난 사물들이 제자리를 잡으면 나는 어정쩡해서 위치를 잡을 수 없다. 오래오래 어둠을 더듬다가 어쩌지 못하고 불을 켠다. 빛에 노출되자 반사적으로 손가락이 꿈틀거린다. 아무것도 움켜쥐고 있지 않은 손이 허전하다. 가구들과 가전제품은 제각기 제자리를 잡고 있는데 내 몸뚱이는 처치곤란하다. 이대로 방치할 순 없어 흉물스런 몸뚱이를 욕실에 몰아넣는다.

일단 손부터 씻는다. 예수에게 사형을 선고한 빌라도도 이렇게 손을 씻었다. 오늘 내 손을 거쳐 간 병아리들은 만 마리가 넘는다. 갓 부화된 병아리들은 몽실몽실, 솜사탕 같은 느낌이다. 몽글몽글하게 손에 쥐어진 병아리를 감별하는 행위는 일종의 심판인 셈이다. 대형 비닐봉지에 던져진 수컷들은 비닐봉지가 밀봉되어 질식사하거나 저를 짓밟는 군홧발에 무참하게 으깨진다. 수컷들의 사체는 압축되어 닭의 사료로 쓰일 것이다. 손을 다 씻었으니 이번엔 눈을 씻을 차례다. 10시간 이상 번득이는 불빛에 노출된 눈은 극도로 피곤하고 비정상적으로 건조하다. 만 마리가 넘는 병아리 항문을 들여다보느라 툭 불거진 눈알이 빠질 듯이 아리다. 물론 최종적인 감별은 손의 미세한 감각으로 이루어지지만 육안으로 암수를 확인하는 작업은 필수 코스다. 병아리 암수를 얼마나 정확하게 판별하느냐가 보수를 결정하기에 10시간 이상 부릅뜬 눈으로 뚫어져라 병아리 항문을 더듬어야 한다. 근래 들어 심해진 안구건조증으로 인해 작업 중에도 자주 인공눈물을 눈에 넣어야 한다. 1초에 4마리를 감별해야 하는데 건조한 안구는 작업을 더디게 했다. 이제 눈을 다 씻었으니 귀를 씻을 차례다. 병아리들의 울음소리가 아직도 귓바퀴에 매달려 있다. 병아리들의 재잘거림은 쉽게 귀에서 떨어지지 않는다.

정적이 깊어지는 만큼 병아리의 울음소리가 모래알처럼 따갑게 귓바퀴를 때린다. 저주의 주문처럼 떨쳐낼 수 없다. 병아리 감별사로서 나의 하루는 끝났고 이제 잠을 자야 한다. 병아리 암수를 감별하는 작업은 고도의 집중력과 미세한 것도 놓치지 않는 손의 감각 없이는 불가능하다. 부화한 지 24시간이 안 된 병아리 항문 속 생식 돌기는 좁쌀 반 정도 크기다. 빠른 시간 안에 육안으로 확인하기 힘든 생식 돌기를 살펴 암수를 확인한다는 것은 여간 까다로운 작업이 아니다. 시각과 촉각을 갈고 닦아 언제나 최상의 상태를 유지해야 한다. 충분한 휴식은 필수조건이다. 피로가 눈꺼풀을 짓누르지만 쉽게 잠들 수 없다. 병아리 울음소리가 소나기처럼 퍼붓는다. 저희들의 운명을 결정한 내 손을 원망하는 것 같다. 잠자리가 뒤숭숭하다. 꿈속에서도 나는 번득이는 전등 아래서 병아리를 감별했다. 쉼 없이 병아리 항문에서 생식돌기를 꺼내 암수를 확인하다 덜컥 걸려들었다. 누군가 내 사타구니를 움켜쥐고 있었다. 등줄기를 타고 번지는 한기에 고개를 틀어보니 어둠 속에서 희번덕거리는 눈망울이 나를 노려보고 있었다.

가위눌림에 허우적거리다 가까스로 깨어났다. 나는 상체를 일으키곤 가쁜 숨을 몰아쉬었다. 식은땀을 닦다가 왠지 모르게 아랫도리가 뭉클해서 팬티 속으로 손을 집어넣었다. 나는 감별사의 손으로 빳빳하게 발기된 남근을 확인했다. 거듭거듭 나의 생식기를 감별하다 부화장의 긴박감이 고조되어 성적 충동에 이르렀다. 나는 병아리를 감별하는 빠른 손놀림으로 사타구니를 움켜쥐고 자위를 했다. 또 다시 병아리 떼의 울음소리가 모래바다처럼 번졌다. 창을 통해 새벽의 첫 빛이 밀려들자 나는 수탉이 홰를 치듯 사타구니를 쥐어짠다. 횃대 같은 나의 상징은 쉽사리 실토하지 않는다. 한참이 지나고 나서야 정액이 왈칵 쏟아졌다. 문득 정액이 눈물을 대신하고 있다는 생각이 든다. 하지만 참회에 이르기엔 나에게 할당된 작업량이 과도하다. 화장지로 증거를 인멸하고 일어섰다. 불을 켜야 하는데 두렵다. 전등 불빛이 시신경을 자극하면 나는 조건반사적으로 눈을 부릅뜨고 닥치는 대로 감별하려 든다.

우유 한 잔으로 아침식사를 대신하곤 택시를 타고 고속버스 터미널로 향했다. 6시 30분 차표를 끊고 보니 20분가량 시간 여유가 있었다. 나는 터미널 하차장으로 발걸음을 옮겼다. 몽골 여인은 긴 벤치 위에서 새우잠을 자고 있었다. 그녀가 늘 품에 안고 있던 보따리는 베개가 되어 그녀의 잠을 위태롭게 지탱하고 있었다. 나는 자판기에서 커피 한 잔을 뽑아 마시며 흘끔흘끔 몽골 여인의 꿈을 훔쳐보았다. 그녀가 두터운 어둠 속에 방목하고 있는 것은 시간만이 아닌 것 같다.

고속버스에 몸을 싣고 광주로 향했다. 김 과장은 광주에 거처를 마련하라고 종용하지만 나는 그러고 싶은 생각이 전혀 없다. 광주시 외곽에 있는 대규모 양계장으로 직장을 옮길 때만 해도 광주에 거처를 마련하는 것은 당연한 일로 여겨졌었다. 내가 광주 근교의 양계장으로 직장을 옮기려 한 것은 전주를 떠나고 싶은 마음이 터널처럼 열려 있었기 때문이었다. 그런데 무심코 스쳐지나가다 몽골 여인에게 덜컥 걸려든 것이 계기가 되어 나는 이사를 포기했다. 어찌 보면 나는 그녀가 방목하는 가축 중의 한 마리에 지나지 않는다. 그녀의 손에 나의 고삐를 맡긴 셈이다. 눈이 따갑다. 눈망울에 모래알이 가득한 것 같은 이물감에 나는 사막을 떠올려본다. 빡빡한 안구에 인공눈물 몇 방울 떨어뜨렸다. 건조증의 증세를 완화하는 안약에 불과하지만 나는 눈자위에 인공눈물을 떨어뜨릴 때마다 진한 슬픔에 젖어든다. 눈물샘이 말라붙어도 슬픔은 끝나지 않는다. 아니, 축축한 슬픔이 온전히 배어들 수 없을 만큼 무미

건조한 삶, 그 자체가 비극이었다.

광주 근교에 위치한 대평원 농장은 이름에 걸맞게 대규모였다. 농장에서 근무하는 직원만 해도 300명이 넘었다. 사육장이 전자동시스템을 구축하고 있는데도 이렇게 많은 인원이 필요한 것은 다양한 가축들이 대규모로 사육되고 있기 때문이다. 내가 근무하는 양계장 축사만 해도 100동이 넘었다. 수십만 마리 닭들이 사육되고 있는 것이다. 대평원 농장은 자체적으로 연구소를 갖추고 있었는데, 여기서는 철저한 보안 속에 유전자 조작 동물실험이 끊임없이 진행되고 있었다. 유전자 조작에 비하면 내가 하는 병아리 감별은 새발의 피다.

그렇지만 일단 부화장 백열전구 아래 앉고 보면 나는 신들린 듯 광기에 사로잡힌다. 양계장의 밤은 낮보다 환하다. 아니, 양계장의 닭들에게 밤은 존재하지 않는다. 태양보다 뜨겁고 부신 알전구 아래서 닭들은 끊임없이 섹스를 꿈꿔야 하고, 호르몬을 분비하여 알을 생산해내야 한다. 닭들에게 있어 백열전구는 섹스의 원천인 것이다. 나 역시 백열전구로부터 자유로울 수 없다. 백열전구가 켜지면 손의 미세한 감각이 깨어나며 욕정으로 손가락이 꿈틀거린다. 나는 암수를 구분하여 비정하게 생과 사를 갈라놓아야 한다.

아내가 임신했을 때 나는 뛸 듯이 기뻐했다. 하지만 기쁨은 오래 가지 못했다. 나는 아내의 자궁 속이 궁금했다. 나는 아내의 자궁에 깃들어 있는 생명의 암수를 분별하려 했다. 물론 나는 병아리 감별사이고, 태아의 성별을 감별하는 것은 산부인과 의사 몫이다. 그렇지만 나는 포기하지 않고 손바닥으로 아내의 배를 쓰다듬으며 생식 돌기를 찾아보았다. 지극히 미미한 것도 놓치지 않는 내 손의 감각이라면 태아의 성을 감별할 수 있을 것만 같았다. 그러나 그것이 간단하지 않았고, 궁금증은 날이 갈수록 커져갔다. 그러던 어느 날, 태아 성감별이 불법이긴 하지만 산부인과 의사는 은밀한 비유로 태아의 성을 감별해줬다. 딸이었다. 아내와 나는 주저하지 않고 낙태를 결행했다. 나는 결혼 전부터 자식은 하나만 낳기로 아내와 약속했었다. 자식을 하나만 낳는다면 한 집안의 장손인 내 입장에선 아들이어야 했다. 아내 역시 시부모의 등쌀로부터 자유로우려면 아들을 낳아야 한다는 걸 알고 있었다. 아들을 낳기 위해 백방으로 애썼지만 아내의 두 번째 임신도 딸이었다. 태아는 쥐도 새도 모르게 또 아내의 자궁에서 삭제되었다. 아내의 세 번째 임신은 아들이었지만 임신 3개월에 접어들어 유산하고 말았다. 두 번의 낙태수술로 인해 아내는 습관성 유산에 봉착한 것이다. 번번이 유산하자 아내는 임신 자체를 두려워하게 되었고, 잠자리를 멀리했다. 아내와 나의 관계는 경색되었다.

광주 고속버스터미널 대합실에서 전주로 가는 고속버스를 기다리고 있다. 나는 바지주머니에 양손을 감춘 채 서성거린다. 나는 사춘기 때부터 손에 대한 열등의식이 몹시 심했다. 내 손은 여자 손처럼 작았다. 나는 타인 앞에 손을 내보이기 싫어했고, 누군가 악수를 청하면 질색했다. 나의 손에 대한 열등의식은 이십대 중반까지 계속되었다. 나는 거듭되는 연애 실패가 손에서 비롯되었다고 생각했고, 작은 손을 질책했다. 여러 직업을 전전한 끝에 병아리 감별사의 길에 접어들었다. 감별사란 직업엔 작은 손이 유리하다는 것을 알고부터 나는 손에 대한 열등의식을 덜어낼 수 있었다. 병아리 감별사로 근무하면서 고소득이 보장되자 내게 마이더스의 손이 있다는 사실을 깨닫고는 뿌듯했다. 그 다음부터 타인에게 자신 있게 손을 내보이게 되었다. 그랬었는데, 최근에 와서 나는 또 다시 손을 감추게 되었다. 과거의 작은 손에 대한 열등의식이 아니었다. 피비린내가 역하게 진동하는 죄의식이었다.

전주 고속버스터미널 하차장엔 자욱하게 어둠이 깔려 있었다. 몇 겹의 어둠을 들춰보았지만 몽골 여인은 보이지 않았다. 보따리만이 덩그렇게 벤치 위에 놓여 있었다. 나는 순간적으로 엄습하는 불안에 쭈뼛하니 서 있었다. 몽골 여인에게 있어 보따리는 아기집이나 다름없었다. 몽골 여인이 늘 품고 다니던 보따리가 저렇게 어둠 속에 방치되어 있다는 것은 그녀에게 피치 못할 사건이 벌어졌음을 의미했다. 나는 주변을 둘러봤다. 저만치 몽골 여인이 신고 다니던 슬리퍼가 나뒹굴고 있었다. 슬리퍼는 공중화장실을 가리키고 있었다. 나는 공중화장실은 향해 걸음을 옮겼다. 공중화장실에서 다급한 외침이 튀어나왔다. 나는 뛰기 시작했다.

공중화장실에 들어서자 뻣뻣한 정적이 나를 가로막았다. 나는 공중화장실 한가운데 멈춰선 채 숨을 죽이고 귀를 기울였다. 미세하지만 부스럭거리는 소리가 귀에 걸렸다. 나는 화장실 문을 차례로 열어봤다. 텅 비어 있었다. 마지막 칸 문을 열려고 하는데 굳게 닫혀 있었다. 나는 화장실 문을 두드렸다. 그 순간 외마디 비명이 터져 나왔다. 뒤이어 남자의 욕지기가 들렸다. 나는 문손잡이를 붙잡고 거칠게 흔들었다. 갑자기 문이 벌컥 열리는가 싶더니 한 남자가 튀어나왔다. 나는 그 사내에게 떠밀려 뒤로 밀려났다. 그 순간 검은 그림자가 허겁지겁 공중화장실 밖으로 뛰쳐나갔다. 차림새로 보아 노숙자였다. 나는 얼른 문 안을 살펴봤다. 몽골 여인이 아랫도리가 벗겨진 채 형편없이 구겨져 있었다. 얼마 지나지 않아 몽골 여인은 휘청휘청 일어서며 치마로 치부를 가렸다.

몽골 여인이 정신을 수습한 다음 다급하게 찾은 것은 보따리였다. 몽골 여인은 나를 밀치고 화장실을 뛰쳐나가더니 하차장 벤치 위에 놓여 있는 보따리를 향해 달려갔다. 몽골 여인은 아기를 끌어안듯이 보따리를 품에 안았다.

"괜찮아요?"

그녀는 대꾸하지 않고 벤치에 자리를 잡고 앉았다. 늘 같은 포즈를 취하는 그녀는 조각상 같아 보였다.

"병원에 가지 않아도 되겠어요?"

몽골 여인의 시선은 이미 어둠 저편의 미지에 걸려 있었다.

"경찰에 신고할까요?"

몽골 여인은 미지에 걸어두었던 시선을 얼른 거두어들이고는 나를 응시했다. 그녀는 천천히 고개를 흔들었다.

"안 돼요."

몽골 여인은 서툰 발음으로 그렇게 말했다. 하긴 불법 체류자인 그녀에겐 범죄자보다 경찰이 더 무서울 것이다.

"뭐 도와 줄 건 없나요?"

그녀는 물기 그렁그렁한 눈으로 나를 올려다 볼 뿐 입을 열지 않았다. 나는 지갑에서 만 원권 지폐 몇 장을 꺼내 벤치 위에 올려놓았다. 몽골 여인은 의혹이 깃든 눈으로 나를 응시하더니 입을 열었다.

"오늘은 하고 싶지 않아요."

"그냥 드리는 거예요."

몽골 여인은 더더욱 알 수 없다는 듯 나를 응시했다.

"여기 있지 말고 여관에라도 가요."

연약한 여인을 홀로 남겨두고 간다는 게 마음에 걸렸다. 그녀는 일어설 생각을 않고 고요하게 앉아 있었다.

"일어나요. 아까 그 남자, 다시 오면 어떻게 하려고 그래요."

"난 여기 있어야 해요."

몽골 여인은 망부석 같아 보였다. 몽골 여인의 기다림엔 어떤 특정한 대상이 있을지도 모른다는 생각이 뇌리를 스치고 지나갔다. 나는 몽골 여인의 기다림 끝에 걸려 있는 게 무언지 궁금했다. 어느새 몽골 여인의 시선은 미지를 향해 뻗어가고 있었다.

자본주의의 생산시스템은 어김없이 양계장에도 적용된다. 양계장의 닭들은 극도로 제한된 공간에서 사육된다. 공간의 제약이 유발하는 공격성을 차단하기 위해 닭들은 태어난 지 얼마 안 돼 작두인두로 부리를 절단한다. 잘린 부리 때문에 자라지도 못하고 굶어 죽는 병아리들도 허다하다. 달걀 생산 기계인 암탉들은 모든 움직임을 차단당한 채 오직 생산성 향상에만 힘쓴다. 산란이 감소할 때는 캄캄한 어둠 속에서 물도 없이 굶기고 이틀 후에 모이와 17시간 조명을 다시 가한 다음 생산성을 높이는 강제 털갈이를 시행한다. 이 혹독한 시련을 이기지 못한 닭들은 도륙을 피할 수 없다. 내가 근무하는 대평원 농장은 완벽하게 기계화된 시스템을 갖추고 있기 때문에 거기서 근무하는 직원들은 기계를 떠받들고 보충하는 게 주요임무다. 기계들이 농장 상층계급을 형성하고 있다면 기계를 보수하고 보조하는 사람들은 하층민에 해당된다. 병아리 감별사는 특수한 경우라 할 수 있다. 기계의 힘을 빌려 병아리를 감별하는 것은 한계가 있기 때문에 대평원 농장에서 나의 지위는 확고하다.

김 과장은 군화 끈을 조이며 섬뜩한 미소를 입에 문다. 한 번 해병은 영원한 해병이라는 철칙을 철십자훈장처럼 가슴에 매달고 살아가는 그는 이제 소탕작전을 벌일 것이다. 땅바닥에 널브러진 대형 비닐봉투 열자루, 그것들이 김 과장이 점령해야 될 고지다. 상체를 곧추세운 김 과장의 얼굴은 붉게 상기되었다. 김 과장은 굶주린 야수처럼 비닐봉투를 향해 몸을 날렸다. 그의 육중한 체중에 눌린 비닐봉투가 요동치기 시작한다. 김 과장은 군홧발로 비닐봉투를 지근지근 밟는다. 그때마다 비닐봉투는 꿈틀거리며 병아리들이 한꺼번에 울음을 토한다. 김 과장의 얼굴에 광기가 번득인다. 굳이 자신이 도륙하지 않아도 농장이 구축한 기계화시스템으로 간단하게 처리할 수 있는데도 그는 하루에 병아리 만 마리 이상을 자신이 직접 생명을 끊어놓아야 직성이 풀린다.

"쿠션 좋고!"

김 과장은 침대 쿠션을 실험하듯이 비닐봉투 위에서 점프한다. 김 과장은 병아리 떼를 밟을 때 촉감이 짜릿하다고 말했다. 구름을 밟는 느낌이란다. 병아리의 작은 몸뚱이가 툭툭 터지는 게 전해져오면 김 과장은 한껏 발기된 자신의 심벌을 느낀단다. 흥분이 극에 달하면 사정하는 경우도 있다고 김 과장은 말했다. 내 손을 빌려 걸러진 것들이 김 과장의 발밑에서 처참하게 으깨지고 있다.

만 마리의 여린 생명의 떨림이 잦아들 때까지 김 과장의 광란의 몸부림은 끝나지 않을 것이다. 나는 빡빡한 눈망울에 인공눈물을 넣으면서 애써 학살현장을 외면한다. 악어의 눈물, 하지만 악어는 장난삼아 학살을 자행하진 않는다. 바지 주머니 깊숙이 찔러 넣는 양손이 마구 떨린다.

고속버스를 타고 전주로 향하는 내내 손의 떨림은 잦아들지 않았다. 수전증에 걸린 것처럼 손의 떨림은 제어되지 않았다. 이것도 일종의 금단증세일까. 눈앞에 갓 부화된 병아리 항문이 어른거린다. 나는 툭 불거진 눈알로 병아리의 생식돌기를 찾으며 진땀을 흘린다. 갑자기 숨이 턱 막히는 것 같다. 숨을 몰아쉬지만 산소가 희박한 것 같다. 호흡 곤란이 가슴을 압박한다. 나는 컥컥거리며 허우적거린다.

어떻게 전주에 도착했는지 갈피를 잡을 수 없다. 나는 필사적으로 승객들을 밀치고 황급히 고속버스에서 내렸다. 죽음의 공포에 짓눌린 나는 어떻게든 살아보겠다고 손을 내뻗는다. 걸음을 내딛으려 했지만 무섭증 때문에 다리에 힘이 가지 않는다. 어둠 속에 슬픈 눈망울이 있다.

물기로 잔잔한 눈망울이 나를 지켜보고 있다. 나는 휘청거리며 몽골 여인을 향해 다가간다. 거기 비상구가 있는 것처럼 힘겹게 걸음을 내딛는다. 몽골 여인이 의구심 깃든 눈으로 나를 올려다보며 내 고삐를 잡아당긴다. 그제야 비로소 나는 끔찍한 삶을 내려놓은 뒤 정신마저 놓아버렸다.

나는 아내의 자궁 속에 태아처럼 웅크리고 있었다. 자궁은 심해처럼 고요했고 푸른 빛깔이 잔물결을 이루고 있었다. 나는 하느작하느작 꿈을 풀어놓고 있었다. 난데없이 굉음이 들렸다. 나는 움찔거렸다. 엄청난 흡인력이 나를 빨아들이기 시작했다. 나는 탯줄을 붙잡고 버텨봤지만 끝내 시커멓게 입을 벌린 그것에 빨려 들어가고 말았다. 순식간에 내 몸뚱이는 갈가리 찢어발겨졌다.

나는 헉, 하고 신음을 깨물며 가위눌림에 벗어났다. 눈을 부릅뜨자 몽골 여인의 슬픈 얼굴이 눈에 들어온다. 나는 의식을 잃은 채 몽골여인의 무릎을 베고 누워 있었던 것이다. 도대체 몇 시간이나 의식을 잃고 있었던 것일까. 휴대폰을 열어보니 새벽 다섯 시가 넘었다. 몽골 여인은 나의 잠을 지탱한 채 뜬 눈으로 밤을 지샌 것이다. 나는 어지럼증을 견뎌내며 겨우 상체를 일으켰다. 몽골 여인이 걱정스런 눈으로 나를 봤다.

"괜찮아요?"

나는 끄떡없다는 미소를 내비쳤다. 몽골 여인은 그 나라의 전통가옥처럼 원형을 이루고 있었다. 어쩌면 그녀는 그 자체로 집인지도 모른다. 그녀가 집이 아니라면 그토록 오래 기다림을 견뎌내지 못했을 것이다. 몽골 가옥은 우주를 형상화하여 만들어진다고 한다. 문득 그녀가 나의 천체라는 생각이 든다. 그렇다. 그녀는 밤과 낮이 되어 나를 휘감아 도는 것이다.

수탉이 여명의 빛을 좇아 홰를 치는 시간이다. 집에 가서 씻고 싶은 생각이 간절했지만 그러기엔 시간이 촉박했다. 6시 30분 고속버스를 놓치면 김 과장의 질책에서 벗어나지 못할 것이다. 나는 얼마간 주어진 시간을 몽골 여인에게 할애하기로 했다.

"누구 기다리는 사람이 있어요?"

내 질문에 몽골 여인의 얼굴이 잔주름으로 물결치는가 싶더니 이내 미소를 내비친다. 미소는 몽골 전통음악으로 번져갔다. 낮은 저음과 높은 휘파람 소리가 뒤섞인 소리, 말로만 듣던 몽골 전통음악의 일종인 목 노래 허미였다. 한 사람의 목에서 이중적인 소리가 절절한 노랫가락이 되어 삐져나오고 있었다. 한 입에서 나오는 두 가지 소리는 신비로웠다.

"왜 하필이면 전주 고속버스터미널 하차장에 붙박여 있는 거죠?"

나의 물음에 그녀의 입술에서 허미가 사라졌다. 그녀는 잠시 입술을 오므리더니 잔잔한 목소리로 말했다.

"굳이 여기여야만 하는 이유는 없어요."

"그런데 왜?"

"중요한 것은 내가 이곳에 뿌리를 내리고 있는 거죠. 그렇지 않나요?"

그녀는 잠시 미소 짓더니 무구한 시선으로 미지를 더듬어 올랐다.

고속버스를 타고 광주로 향한다. 차창 밖의 풍경이 확확 달려들었다 뒤로 떠밀린다. 나는 미동도 하지 않고 광포한 속도에 짓눌려 있다. 그녀는 몽골 전통 민속 공연단 일원으로 한국에 입국했다고 했다. 고속버스의 폭주로 인해 차창 밖의 풍경이 빠르게 뒷걸음질 친다. 모든 문명의 이기들은 인간의 동작을 제한하고 있다. 우리는 동작의 제약을 편리의 도모라 합리화한다. 그녀는 전국 순회공연을 다니다가 한 남자를 알게 되었다고 했다. 순식간에 사랑의 불길은 타올랐다. 어느 날 밤 그녀는 공연단 숙소를 빠져나왔다. 그것으로 몽골에 돌아갈 길이 영영 막혀버렸다. 나는 우두커니 앉아 있었기에 무사히 광주에 도착할 수 있었다.

탄탄대로가 우리의 미래를 보장하는 건 아니다. 인간들이 컨베이어 벨트 위에 오를 날이 멀지 않았다. 집집이 들어선 가전제품들로 인해 인간의 전자동 시스템 구축이 순조롭게 진행되고 있다. 한국 남자와의 애정행각은 오래 가지 못했다고 그녀는 말했다. 그 남자에게 버림받고 그녀는 6년 동안 전국 방방곡곡을 떠돌다가 전주 고속버스터미널 하차장에 뿌리를 박게 되었단다. 그녀가 이곳에 정착한 지도 일 년이 넘었단다.

수전증이 다시 재발했다. 나는 동료들에게 들키지 않으려고 억지스럽게 태연을 가장한 채 병아리 감별을 하고 있었지만 막다른 곳으로 몰린 느낌이었다. 빠르고 유연하고 섬세한 손놀림을 놓친다면 무엇을 해서 먹고 살아야 한단 말인가. 등골이 오싹했고 온몸이 식은땀으로 흥건했다. 병아리 항문에서 생식돌기를 찾으려 할 때마다 손은 그에 대한 반발력으로 요동쳤다. 나라는 인간은 암수를 분별하지 못하면 마땅히 폐기처분되어야 한다. 나는 메마른 눈에 인공눈물을 삽입하며 수컷들을 삭제하는 일을 견뎌냈다.

"당신은 가축과 멀지 않은 사람이에요."

몽골 여인은 내게 말했었다.

"당신 몸에선 가축 냄새가 나요."

몽골 여인은 정확하게 나를 읽어 내려갔다.

"가축들의 피비린내가 진동해요."

그렇다. 이것은 감별이 아니고 살육이다. 내 손엔 피 한 방울 묻어 있지 않지만 열 손가락에 걸리는 이것은 학살극이다. 나는 간절하게 몽골 여인을 희구했다. 그녀가 내 고삐를 단단히 움켜쥐고 있었다.

전주 고속버스터미널 하차장에 발을 들여놓는 순간 오랜 유목 생활을 끝내고 정착지에 도착한 것처럼 피로가 엄습했다. 몽골 여인은 서글서글하게 원형을 이룬 채 나를 맞이했다. 나는 강렬한 눈빛으로 모스부호처럼 몽골 여인을 두드렸다. 몽골 여인은 어렵지 않게 내 눈빛을 읽었다. 그녀는 고비사막의 모래바람처럼 몸을 일으켰다.

우리는 터미널 근처에 있는 여관에 몽골 텐트를 펼쳤다. 몽골 여인과 내가 형성한 타원형 밖에서 수많은 말들이 떼를 지어 포효하며 맴을 그리고 있었다. 나는 떨리는 손으로 몽골 여인의 상의를 벗겼다. 말발굽이 거세게 요동쳤다. 그녀의 풍만한 젖가슴이 몽골 초원의 밤을 밝히는 보름달처럼 떠올랐다. 도대체 칭기즈칸의 무덤은 어디에 감춰져 있는 걸까. 나는 미스터리를 파헤치듯 그녀의 치마로 손을 가져갔다. 몽골 여인의 투박한 손이 헐겁게 내 손목을 붙잡았다. 다음 순간 척박한 삶을 반영하는 그녀의 손바닥이 모래바람처럼 따갑게 내 뺨을 훑고 지나갔다. 대평원의 지평선이 나를 육박해 오고 있었다. 몽골 여인의 입술이 나를 향해 벌어졌다. 나는 재갈에서 풀려난 것처럼 몽골 여인의 입술을 탐닉했다. 거칠면서도 감미로운 입맞춤 사이로 뜨거운 입김이 새어나왔다. 몽골 여인은 살며시 나를 밀어 침대 위에 앉힌 다음 두 걸음 뒤로 물러섰다. 몽골 여인의 치마가 아래로 내려갔다. 그녀는 잠시 멈칫하더니 단단한 손으로 자신의 팬티를 내렸다. 나의 시선은 생명 탄생의 비밀을 간직한 그녀의 음부로 향했다.

신의 손을 빙자한 나의 병아리 감별은 오만이었고 악행이었다. 성감별에 따른 낙태수술로 삭제되어 버린 태아들, 두 번의 낙태수술이 앗아

간 것은 태아만이 아니었다. 그렇기 때문에 나는 어쩌지 못하고 아내와 이혼했다. 지금 이 순간에도 도처에서 소리 없이 학살극이 자행되고 있다. 우리는 굳이 그것을 살인이라 부르지 않는다. 너무 광범위하고 체계적으로 자행되는 살육인 터라 가족계획이라, 인구조절이라 일컫는다. 애프터서비스처럼 간단하고 편리하게 자행되는 살육전, 인간들을 신 행세하며 체계화된 파괴 시스템으로 자연은 물론이고 미지마저도 삭제시켜 버릴 것이다.

몽골 여인은 내 아래서 알몸으로 몽골 초원을 펼쳐 보인다. 푸르른 초원에 거센 바람이 휘몰아쳤다. 몽골 여인의 머리맡에 보따리가 단단히 저를 잠그고 있었다. 나는 그녀의 몸 깊숙이 나를 삽입했다. 다음 순간 나는 야생마가 되어 땅을 박차고 허공으로 퉁겨 올랐다. 몽골 여인의 입에서 허미가 튀어나왔다. 흙먼지와 함께 미지의 울림이 나를 향해 밀려오고 있었다. 나는 고분 속의 유물을 출토하려는 것처럼 그녀의 은밀한 부위를 파고들었다.

그녀가 몸을 씻으러 욕실에 들어가자마자 나의 예리한 시선은 보따리에 꽂혔다. 나는 욕실의 동정을 살핀 다음 질기게 밀봉되어 있는 그녀의 보따리를 향해 손을 뻗었다. 결사항전을 각오한 것처럼 단단히 저를 오므리고 있는 보따리 안엔 어떤 대단한 의미가 도사리고 있는 걸까? 몇 번의 망설임 끝에 숨을 죽이고는 보따리를 풀기 시작했다. 보따리를 푸는 손이 병아리를 감별할 때처럼 자꾸 떨렸다. 보따리가 감추고 있던 비밀이 폭로되는 순간 나는 밑바닥 없이 가라앉는 기분이었다. 보따리 속에 든 것은 겉옷 두 벌과 속옷 몇 벌이 전부였다. 나는 지독하게 헛헛했다. 하지만 실망감은 오래 가지 않았다. 얼마 지나지 않아, 끝끝내 밝혀져선 안 될 칭기즈칸의 무덤을 파헤친 것처럼 죄의식이 엄습했기 때문이다. 나는 얼른 보따리를 원래대로 되돌린 다음 시치미를 떼곤 돌아앉았다.

욕실에서 나온 몽골여인은 다급하고 간절하게 보따리를 품에 안았다. 암탉이 곧 부화할 알을 품듯이, 치부를 드러낸 알몸보다 더한 비밀이 보따리에 감춰져 있는 것처럼……, 어느새 그녀는 내게서 멀어져 미지에 가 닿아 있었다. 나는 그녀의 미지가 어디서 비롯되는지 알 것 같았다. 칭기즈칸의 무덤은 끝내 발견되지 않을 것이다. 칭기즈칸은 무덤을 남기지 않았을 테니까. 한사코 보따리를 품에 안는 그녀의 간절함이야말로 칭기즈칸이 남긴 유일한 유산이었다.

## 당선소감

생을 다해 교단에서 후진 양성에 힘쓰셨던 나의 부모님은
당신들의 삶을 되돌려 텃밭에 이르셨다.
전 생애를 텃밭에 부려놓고 땅을 경작하며
하늘을 받아쓰기 하시는 부모님의 터전에 근접하기에
나의 문학은 턱없이 부족하다.
하지만 나는 오늘도 쓴다.
나의 99%는 아버지 어머니이기에 나는 창작을 멈출 수 없다.
화폭 속에 당신의 세계를 구축하신 어머니가 물려주신 달란트가
내 문학의 바탕이다.
평생 동안 정직하고 성실하게 살아오신 아버지의 끈기와 의지가
내 창작을 가능케 하는 힘이다.
나의 글쓰기는 이 땅의 어둠에 빛을 던지는 작업을
게을리 하지 않을 것이다.
창작을 통해
언저리의 삶을 세상의 중심으로 옮겨놓을 것이다.
한 가지 개인적인 욕심이 있다면
내 문학의 토양 위에 아버지 어머니의 기념비를 세우고 싶다.
이 땅에 작품을 남기기 위해 작가는 자기 자신을 죽인다.
나는 죽어야만 하고 작품은 살아야 한다.
나는 가고 작품은 남는다.
아직 가야할 길이 멀다.
창작을 위해 어떤 희생도 마다하지 않겠다.
수족을 자르고 기어서 전진할 것이다.

생활글 부문 당선작

# 담벼락 인생

김준두

1962년 인천에서 태어남

1984년 조선공사[(현)한진 중공업]에서 7년 근무

현재 (주)퍼펙트 법인 근무

# 담벼락 인생

영도 지역에 가장 큰 H시장을 가로 질러 출퇴근한 지도 수삼 년, 이제는 제법 시장사람들과 눈인사도 나누고 간단한 안부도 묻곤 한다.

시장길 말고 다른 길로 가더라도 훨씬 집에 도착하는 시간이 절약되지만 나는 왁자지껄 떠드는 소리, 생동감이 넘치는 삶의 내음이 풍겨나는 이 길을 굳이 택하여 다닌다.

가끔은 흥정이 안 맞아 시장 상인과 손님은 옥신각신 실랑이도 하다가 마침내 드라마에서나 볼법한 표정을 지으며 손해 보고 파는 것처럼 주인이 마지못해 물건을 포장해 주면, 손님은 큰 거래라도 성사시킨 냥 흡족한 웃음을 띠면서,

"보소, 할매! 자주 올게요, 오늘만 날잉교."

라고 하면 주인은 단골손님 하나 늘어난 것에 사뭇 좋아라! 여기고 허리를 굽혀

"가입시데이, 자주 오이소!"

라고 상냥히 인사를 한다.

시장은 늘 그래왔듯이 깎아 달라, 좀더 달라, 바꾸어 달라 등등 어린 아이가 엄마에게 칭얼거리듯이 보채고, 조르기도 한다.

간혹 무엇이 서로 안 맞는지 재수 옴 붙었다는 듯 바닥에 침을 "퉤! 퉤!" 뱉으면서 이놈, 저놈, 이년, 저년 하다가도 붐비는 사람들에게 떠

밀려 서로 멀어지면 언제 그랬냐는 듯이,

"자! 싱싱합니데이. 오늘 새벽에 갓들어 왔는기라요."

라며 다시 생업에 열중한다.

이렇게 아침 꼭두새벽부터 시끌벅적한 시장도 서서히 땅거미가 지고 밤이 깊어지면 여기저기서 파장들을 하고, 깊은 적막감 속으로 서서히 휩싸여간다

어디에서 나타났는지 몇몇 도둑고양이들이 빠끔히 고개를 내밀고 조심조심 나와서 이 밤에 시장 통 주인인 양 설쳐대기 시작한다.

시장통에서 손바닥 만할지라도 반듯한 가게라도 있으면 팔다 남은 물건을 보관하고, 셔트문을 내리면 그만이지만, 대부분의 사람들이 붐비는 시장 바닥 양편과 모퉁이에 작은 좌판을 펴고 장사하는 노점 상인들이 대부분이라, 파장 후 물건 보관하는 데 여간 신경을 쓰지 않으면 안 되었다.

잘못하다가는 분실할 때도 있고, 취객들의 과격한 행동에 파손할 우려도 있고, 밤사이 비라도 오게 되면, 빗물이 스며들어 손해가 이만저만이 아니었다.

그러다 보니 전날 비가 많이 온 날은 노점 상인들이 이른 새벽부터 나와 근심어린 마음으로 조심스레 좌판을 펴고, 빗방울이 들이치지 않도록 천막도 치고, 주위에 비닐 덮개를 감싸기도 한다.

나는 우산을 받쳐 들고 출근할 때면 양편을 번갈아 보며,

"안녕하세요! 몽치할매, 일찍이 나오셨네요."

"떡판할매! 오늘 같은 날은 쉬셔야죠."

라고 미소를 보내면서 연방 인사를 건넨다.

그럴 때마다 그들은 나에게

"보소! 아제요! 비오는 날은 밥도 안 묵고, 똥도 안 싸능교?"

라고 하며 굵은 주름진 얼굴에 환한 미소를 짓는다.

시장 상인들은 서로 이름을 잘 부르지 않는다.

아예 처음부터 알려고 하지도 않았을 것이다.

주로 별명이나 파는 물건을 빗대어 부르곤 한다.

몽치할매는 채소류를 팔며, 입심 좋기로 시장 통에 소문이 나 있다.

생김새를 보니 눈과 코와 입이 한군데 옴팡지게 모여 있다고 해서 몽치라고 부르는 것 같았다.

떡판할매는 잡곡류를 취급하는데 얼굴이 떡판처럼 널찍하고 후덥한 성격을 가지고 있었다.

과일종류를 파는 걸리할매는 몸도 외소하지만 늘 새색시처럼 얌전하고, 무엇에 한이 맺혔는지 수십 년간 막걸리만 좋아하다보니 자연스레 걸리할매라 부른다.

깔치할매는 보기에는 날카로운 눈매를 가졌지만 인정 많고 인심 좋아 생선을 듬뿍 끼워 주어 팔 때가 많았다.

주로 생선 중 갈치를 많이 주문 받아 팔기에 깔치할매라 부르는 것 같았다.

비록 파는 물건과 성격은 제각각이지만 이 할머니들은 붉은 벽돌로 길게 늘어진 담벼락 밑에서 수십 년간 생사고락을 함께하다 보니 친자매나 다를 바 없었다.

이들의 삶은 일 년 내내 힘든 삶이지만 특히 여름철에는 죽을 맛이었다.

팔다 남은 물건들을 냉동보관하기에 비용이 많이 들 뿐더러 피서 철까지 겹치니 시장 통에 손님들의 왕래도 줄어 시장 전체가 적막강산과도 같았다.

오늘은 주말이라 슬리퍼에 칠푼바지를 입고 점심때 콩국수나 해먹을까 해서 콩국수거리를 살려고 시장 통에 갔다.

붉은 벽돌담 모퉁이를 지나치려하자, 걸리할머니가 큰소리로 부르는 것이었다.

"보소! 서울양반 이리 와서 시원한 술 한 잔 하소!"

통 넓은 바지를 동동 걷어 올려 무르팍까지 드러내고, 이마에 송골송골 맺힌 땀방울을 부채바람에 날려 보내려는 듯 연신 부채질을 해댔다.

"할매 찜통더위에 술 드시면 큰일 나요"

나는 어슬렁어슬렁 다가가 슬그머니 할머니들 옆에 앉았다.

"큰일 날 게 뭐 있노! 이미 장사는 날 샜는데, 시답지 않는 소리 말고 한잔 하소."

떡판할머니가 막걸리를 쭉! 들이키며 나에게 잔을 건넸다.

윗도리 단추를 거의 풀어 헤치고 이미 몇 잔 들이켜서인지 얼굴이 벌게진 몽치할매가 나를 빤히 쳐다보며,

"서울양반! 뭣 땜에 부산 내려왔능교? 자슥을 낳으면 서울 보내고 망아지를 낳으면 제주도로 보낸다는 말이 있는데, 우찌 내려왔능교?"

그리고 보니 부산 내려 온지도 벌써 수삼 년은 족히 되는 것 같았다.

큰 녀석이 초등학교 6학년 때 내려 왔는데 벌써 고등학생이 되었다.

회사가 어려워지고 감원바람이 불자 모두들 노심초사 한 마음으로 출근하게 되고 설마 나 만큼은 감원 바람이 빗겨 가길 간절히 원했다.

그러나 감원은 어김없이 찾아 왔고, 회사를 떠나는 자, 남는 자, 모두에게 가슴에 깊은 상처를 주었다.

더구나 얼굴에 주름살이 늘고 흰머리 희끗희끗한 중년들은 회사 문턱을 떠나는 순간 살아 갈 길이 막막하다는 것은 자명한 이치다.

다행이 나는 감원보다는 좌천이라는 가벼운 형벌을 받아 이곳 부산

까지 내려 왔다.

차마 이 할머니들에게는 사실대로 말할 수가 없었다.

"할매 물 좋고 인심 좋고 공기 좋은 부산이 좋아 내려왔죠."

나는 싱긋 웃고 미지근해진 술을 단숨에 들이켰다.

깔치할머니는 생선이 상할까봐, 얼음덩어리들을 올려놓고 파리가 앉지 못하도록 손을 분주히 휘~휘~ 내저으며,

"보소! 서울양반 이름이 몽교?"

"서울양반이 뭐예요? 서울댁이라고 불러주세요."

깔치 할머니가 손놀림을 멈추고 나를 힐긋 보며,

"아이고 별스럽데이, 서울댁이라니, 여기서 장사할라꼬?"

"하! 하! 하! 그건 모르는 일이죠!"

나는 너털웃음을 지었다.

걸리할머니는 마른기침을 연방 하면서 손가락으로 열무김치를 집어 입에 넣고 몇 개 남지 않은 이빨사이로 오물오물 돌려 씹으며 부스스 일어나 참외 두 개를 가지고 와서는 중얼거리듯 한마디 나에게 건넸다.

"그래 사람 팔자 모르는 기라, 나도 옛날에 영감이 실직하자 얼라들이 클 동안만 여기서 잠시 장사하고 말 꺼라 했는데 벌써 수십 년이 안 흘렀나."

가냘픈 손아귀에 오밀조밀 참외를 깎아내는 그 모습에 형언할 수 없는 수심이 배어 있었다.

"아이고, 중복도 안 지났는데 벌써부터 장사가 안 되니……. 다른 장사나 해볼까?"

몽치할머니가 노란 플라스틱 그릇에 담긴 막장에다 풋고추를 듬뿍 찍어 입에 넣고는 근심어린 푸념을 했다.

"뭐라 씹으리는데, 수십 년간 이런 날이 한두 번인가! 그래도 우리네

는 잘도 견뎌 왔는데."

쉴 틈 없이 부채질하는 떡판할머니가 부채를 내팽개치며 옆에 잇는 막걸리 한 병을 휙! 돌려 뚜껑을 따면서 투정 반 근심 반이 배어 있는 표정으로 쏘아 붙였다.

담벼락 모퉁이에 설치해 놓은 스피커에서 무슨 소리인지 모를 소리가 들려 왔다.

나는 윙윙거리는 소리로 들릴 뿐 도통 알 수가 없어서 옆에 있는 걸리할머니에게 물어 보았다.

걸리할매는 마른기침만 할 뿐 무표정한 모습으로 과일만 깎고 있었다.

"매월 이맘때면 관리비 내라는 소리 아이가!"

떡판할머니가 땀으로 달라붙은 등 뒤 티셔츠 자락을 왼손으로 슬쩍 들어 올리고 오른손에든 부채를 깊숙이 등판 쪽으로 집어넣고 빠른 손 놀림으로 부채질을 하며 퉁명스럽게 내뱉었다.

"관리비라니요? 좌판에서 장사하시는 사람들에게도 관리비를 내랍니까? 도대체 관리비가 얼마입니까?"

나는 의아스러워 물어 보았다.

"매월 2만 원 아이가, 전에는 시장 통 쓰레기를 버려 준다고 돈 내라 카더니만 요새는 구청에서 다해주는데…… 뭐 땜시 관리비를 받는지 모르겠다. 아이고! 썩을 놈들 우리네 같은 사람들을 관리해 준답시고 저리 설쳐대는 것 아닌가. 장사도 도통 안 돼 죽을 지경인데……."

불만 가득한 목소리로 걸리할머니가 신경질적으로 듬성듬성 참외를 깎아 손바닥만 한 쟁반에 던져 놓았다.

그들에게는 매월 관리비 명목으로 2만 원씩 관리비를 낸다는 것은 여간 부담스러운 것이 아니었다.

시장 통 장사가 수십만 원씩 호가하는 품목도 아니고, 그렇다고 마진이 큰 것도 아니다.

단지 일이천 원씩 팔아 겨우 일이백 원씩 이문이 남을 뿐이다.

그러한 돈을 수십 년간 모아 생활하고 자식 키워왔던 그들이었다.

“관리비는 어떤 기준으로 냅니까? 전부 일괄적으로 냅니까?”

나는 풋고추를 막장에 꾸~욱 찍어 한입 베어 먹으며 재차 물었다.

“하모! 일관적으로 다 똑같이 내지, 점포 있는 놈이나, 노점상하는 놈이나 또~옥같다. 그러니 형평성이 읎지, 우리네 같은 사람은 5천 원만 받아도 되겠고만……. 갈수록 죽어나는 것은 만만한 우리들이지.”

몽치할머니가 막걸리를 연거푸 두 잔을 마시며, 애한 섞인 목소리로 불평을 하였다.

“관리비를 안 내면 어떻게 됩니까?”

“안 내도 상관 읎다. 그런데 안 내면 자꾸 달라카니 짜증도 나고 해서 고만 줘 뿌린다. 우리 같은 노점쟁이들은 매월 5천 원만 하자고 하니, 그러면 주차장이며, 밤에 경비며, 청소며 등등 관리하는데 유지가 안 된다 카더라, 그래서 더러워 줘 뿌리고 만다.”

깔치할머니가 손으로 파리를 쫓으며 체념한 듯 내뱉었다.

얼마 전의 일이었다.

이 지역에 입법부 수장이 나왔다고 현수막을 설치하고, 그 양반이 시장에 방문하자, 지역 유지들은 너 나 할 것 없이 긴 행렬을 이루어

“여러분의 성원에 감사합니다.”

라며 마치 자신들이 출세한 것처럼 거들먹거리며 북새통을 치고 난리 법석을 떨었다.

홍보 전단에는 휘황찬란하리만큼 공약내용이 적혀 있었다.

공약대로 되면 이 지역은 분명히 지상 낙원이 될 것이다.

특히, 시장시설 현대화 사업이라는 큰 글귀에는 아케이드 설치, 측구 정비, 바닥포장, 간판정비, 편의시설 설치 등 다양한 것이지만 그 비용 대부분을 시장 상인들이 부담해야 하니 불만이 이만저만이 아니었다.

오히려 좌판 장사치들에게는 빛더니만 안겨주는 꼴이었다.

"좌판 장사치들에게 간판이 뭔 필요가 있단 말인가, 바닥포장 없이도 수십 년간 잘도 장사해왔는데, 비용이 한두 푼도 아니고……."

떡판할머니의 속에서부터 우러나오는 긴 한숨 속에서 뜨거운 날씨에 섞여 나오는 짙은 누룩냄새가 베여 나왔다.

이뿐만이 아니었다.

담벼락에서 장사를 하다 보니 주인집 할아버지가 자릿세를 받는 것이었다.

한 달에 자그마치 25만 원, 찍! 소리 한번 없이 수십 년간 자릿세를 낸 것에 울화통이 치밀어

"할매들 법적으로 돈 주게끔 되었습니까? 세상에, 담벼락 밑에서 쪼그리고 앉아 장사하는데 무슨 돈을 냅니까?"

나는 너무 흥분도하고 할머니들이 어리석기도 하여 큰소리를 냅다 질렀다.

주인집 대문간 옆과 주인집으로 통하는 주차장 입구의 담벼락이니만큼, 주인집 영감이 오래전부터 자릿세를 내지 않으면, 장사를 못하게 막무가내였고, 점포를 얻을 만큼 변변치 못한 할머니들은 좌판이라도 펴고 편안히 장사하기 위해 자릿세를 주었다는 것이다.

주인집 할아버지 내력을 보니 그 조상 때부터 일제 강점기까지 면서기를 하다 광복이 되자, 일본사람의 집인 이곳을 자신의 것으로 만들고 지금까지 호의호식하며 살아왔다는 것이었다.

수십 차례 할머니들은 구청에 찾아가 하소연도 하였지만 아무 소용이 없었다.

장사목이 좋은 시장 통에서 그 정도 자릿세는 내고 장사해야 하지 않느냐며, 오히려 구청직원에게 훈계만 들었을 뿐이었다.

그래도 예전에는 그런대로 장사가 되었으니 군말 없이 자릿세를 내고 장사를 했지만, 여기저기 세워지는 대형마트에 사람들이 몰리다 보니 이제는 겨우 입에 풀칠하기도 바빴다.

이곳도 예외 없이 시장 통으로 들어오는 양쪽 입구마다 올 가을에는 대형마트가 들어선다는 것이었다.

안타까움과 씁쓸하고 착잡한 마음으로 늦은 점심이 되어서야 콩국수 거리를 사들고 비틀거리며 들어오는 내 모습을 본 아내는 얼굴이 잔뜩 찡그려져 있었다.

세상에 콩국수 해먹자고 나가셔서 저녁이 다 되어 들어오시면 어떻게 하느냐며, 오늘도 시장 통 할머니들과 노닥거렸냐며, 더위와 술기운에 벌겋게 상기된 나에게 아내는 면박을 주는 것이었다.

심지어 작심을 한 듯 아내는 내 곁에 바싹 다가와,

"여보! 다시 서울로 올라갑시다. 당신 상관들에게 잘 보이시고 다른 사람처럼 아부도 해 보세요. 그러면 좋은 평을 받아 서울로 발령 받을 수도 있잖아요? 이제 그만 시장에 가세요! 남부끄러워 죽겠어요."

아내는 나에게 애원하다시피 사정하였다.

"당신! 이곳도 그리 썩 좋은 편은 아니요. 언제 누군가가 감원될지 모르는 판이고……."

술기운이 모세혈관을 타고 온 몸에 퍼져와 힘없이 응접실 바닥에 벌렁 누웠다.

바닥의 찬 기운이 등판에서 시원스레 저려오자 눈이 스르르 감겼다.

추분이 지나고 추석명절도 이제 며칠 남지 않았다.

아침저녁으로 제법 찬 기운이 간혹 스치고 지나갔다.

야근을 하고 늦은 저녁에 시장 통을 지나 집으로 돌아오는데, 명절 대목을 보려고 시장사람들은 불야성과 같이 불을 밝히고 물건 하나라도 더 팔기 위해 지나가는 손님들에게 목청을 돋웠다.

어디선가 왁자지껄한 소리가 들려왔다. 시장에서는 흔히 일어나는 일이었기에 별 대수롭지 않게 생각했다.

그러나 가까이 다가갈수록 붉은 담벼락 근처에서 들려왔고, 많은 사람들이 몰려 있었다.

나는 사뭇 긴장되어 종종걸음으로 담벼락 쪽으로 걸어갔다.

틀림없었다.

몽치할머니의 또랑또랑한 목소리와, 한편에서는 투박스럽고 저음의 목소리가 뒤섞여 들려왔다.

"보소! 할배요! 대목 끝나고 우리들이 계산한다고 안캤능교, 며칠만 봐 주소! 우리들이 떼어 먹고 도망이라도 치겠능교! 메뚜기도 한철이라는데…… 우리들도 대목 좀 봐야 자릿세를 줄께아닝교"

자릿세가 며칠 밀렸다고 주인집 할아버지가 독촉을 하는데, 여간해서 물러설 기미가 아니었다.

"며칠만이라고 한 것이 벌써 몇 번입니꺼. 내 참 더러워서……."

"뭐라고예? 더럽다고!…… 할배요! 우리가 댁의 대문에다 오줌을 쌌능교, 담벼락에 똥칠을 했능교! 위세 좀 부리지 마소! 우리가 읎어서 못주지, 애먹이려고 안 주는 것이 아니잖소. 들어가소! 우리가 물건이라도 한 개 더 팔아야 될게 아닝교!"

앙칼지고 또랑또랑한 몽치할머니의 말에 주인집 할아버지는 눈을 부라리고 씩씩거리기만 하다가 휭~하니 대문을 박차고 들어갔다.

걸리, 깔치, 떡판할머니는 좌판에 쪼그리고 앉자 마치 본인들과는 아무 관계없는 듯, 티격태격하는 모습만 물끄러미 바라보고 있었다.

행인들이 많이 오가는데 할머니들의 좌판에서 물건을 사가는 사람들은 그리 많지 않았다.

추석명절날에는 시장 통만큼 조용한 곳은 없다.

나는 며칠 전 일이 생각나, 오후쯤 되어서 할머니들이 장사했던 담벼락 쪽으로 가보았다.

대목 보려고 물건을 평상시보다 많이 들여 놓았지만 천막을 뒤집어 씌워 차곡차곡 재어져 있는 물건들을 보니 가슴이 메여왔다.

11월이 되니 제법 날씨도 스산하고 가로수 낙엽도 누렇게 변해갔다. H시장 동편과 서편에 이미 T마트와 D마트가 들어섰고, 가을맞이 전 품목 할인 판매 대형걸기가 걸리고 고객 맞이 행사도 거창하게 하니 손님들은 시장 통에 이미 들어서기 전 낚시 바늘이 물고기를 채어가듯이 마트에서 채가니 시장 통은 초상집 분위기와 진배없었다.

'시장 통을 현대화해 본들 무슨 소용 있겠는가!'

오밀조밀 갖다 놓은 물건 시세와 대형마트에 산더미만큼 쌓아 놓은 물건 시세를 견줄 수 없으니 손님들은 싸게 물건을 팔아치우는 마트에 몰리는 것은 당연지사였다.

시장사람들은 너 나 할 것도 없이 시장상인연합회 회장을 찾아가고 구청과 힘깨나 쓴다는 유지들도 찾아가 하소연해 봤지만 아무 소용없었다.

'그들이 부지를 매입하고 장사를 한다는데 법적으로 무슨 근거로 제지 할 수 있겠는가!'였다.

그러나 지역 경제를 위해 구청장의 권한으로 충분히 제지할 수 있는 사례가 있는데도 어찌된 영문인지 법만 따지는 공무원들이 얄밉기만 했다.

'더군다나 상인연합회 회장은 도대체 무었을 했단 말인가!'

'때 되면 둔탁한 스피커 열어 젖혀 관리비는 따박따박 가로채 가면서, 정작 저들의 고통과 생존에는 너무나 야박하지 않는가!'

초겨울 날씨만큼이나 모든 시장 사람들은 더욱 웅크려지고 생동감이 사라져 갔다. 담벼락에 수십 년간 쪼그리고 앉아 장사하던 할머니들은 올 겨울 만큼은 가장 힘들게 보낼 것을 생각하니 마음이 아팠다.

한동안 할머니들을 보기가 미안하여 휑~하니 스쳐 지나가기만 했다.

그런데, 요 며칠 사이 걸리할머니의 좌판이 천막으로 동여 메여져 있었다.

나는 그날 저녁 퇴근하면서 몹시 궁금하여 할머니들에게 갔다.

"걸리할매는 어디 갔습니까?"

세 할머니들은 아무 말이 없었다.

각자 좌판에 놓인 물건만 이리저리 만지고 있을 뿐이었다.

나는 떡판할머니에게 바짝 다가가,

"걸리할매는 어디 갔습니까?"

재차 물었다.

떡판할머니는 나에게 눈도 마주치지 않고,

"그랴. 갔지 아주 멀리……."

"예? 무슨 말씀입니까?"

"죽었다 안 카나!"

몽치할머니 앙칼진 소리에 슬픈 표정이 역력했다.

"언제요?"

"왜요?"

나는 마른 침을 꿀꺽 삼키며 너무 놀라 어안이 벙벙했다.

"오래전부터 폐병이 있었는데 제대로 치료 받지 못하니 폐암 말기라 카더라……. 그래도 평소에 강단 있고 근력이 좋았던 할매가…… 병구완도 제대로 못하다가 어제 죽어 뿌렀다."

깔치할머니는 앞치마를 걷어 올려 눈물을 훔치면서 힘없이 나를 바라보며 시름하듯 말하였다.

아직 땅거미가 깔리지 않았지만, 할머니들은 서둘러 좌판을 정리하였다.

"한때는 남다른 꿈을 갖고 살던 할마시였는데……."

한숨을 내쉬며, 떡판할머니는 눈물을 주르륵 흘렸다.

이튿날 출근하다 보니 담벼락에 사람들이 모여 있었다.

검은 복장을 한 모습을 보니 유가족인 듯싶었다,

맨 앞에 걸리할머니 영정사진을 들고 다리가 불편한지 절룩거리는 중년의 남자가 앞장섰고, 그 뒤로 유가족과 몇몇 지인들의 모습이 보였다.

물론 수십 년간 담벼락에서 장사하신 세분의 할머니도 침통한 모습으로 뒤를 따랐다.

중년의 남자는 영정사진을 천막으로 동여 멘 곳에 이르러 영정을 고이 올려놓았다.

유가족이라야 단촐하였다.

뒤늦게 알았지만 영정사진을 든 남자가 저 멀리 남해에 사는 사위이고, 자지러지듯 울부짖는 여인이 딸이었다.

아들이 있었는데 수 년 전에 화물차 운전하다 눈길에 미끄러져 전복되어 사망하였고, 걸리할머니 핏줄이라고 해 봐야 오직 딸자식 하나뿐이었다.

'그 동안 수십 년간 장사한 이곳이 아마 집보다, 자식보다, 더 많은 시간을 보낸 여기가 더욱 희로애락이 묻어 있는 곳이 아닐까……'

아마 딸과 사위는 이곳을 그냥 지나칠 수 없었을 것이다.

딸과 세 분의 할머니의 통곡소리에 담벼락 주인 영감이 누런 대문을 빼꼼히 열고 머리만 내밀고는 아침부터 웬 재수 없는 울음이냐는 듯 언짢은 표정을 지었다.

그리고는 유가족과 모인 사람들이 보지 않도록 머리를 돌려 입을 모아 혀를 살짝 내밀고는

침을 "퇴!" 뱉고는 문을 닫아버렸다.

점점 겨울은 깊어가면서 가로수도 앙상한 가지만 남았고, 매서운 바람이 시장 통 골목마다 누비고 지나갔다.

전에는 곧잘 서로 농담도 주고받고 했던 나의 상관인 K부장이 며칠 전부터인가 안색이 별로 안 좋은 것을 보니 근심 걱정이 많은 것 같았다.

자녀 둘씩이나 대학에 다니고 있으니, 뻔한 봉급으로 생활하기가 힘겨울 것이었다.

방송에서는 경기가 '좋아지고 있다'라고 하지만, 월급쟁이들의 주머니는 그리 넉넉하지 못하니 서로 힘든 나날을 보내고 있는 것이라 생각이 들어, 기회가 있을 때 K부장에게 대포라도 한잔하면서 위로해 주고 싶었다.

새해가 가까워지면서 시장사람들은 그래도 조금은 활기가 감돌았다.

특히 걸리할머니가 떠난 자리에 어느 40대 초반의 중년부인이 부지런히 과일을 정리하고 있었다.

함께 장사하던 몽치, 떡판, 깔치할머니들도 중년여인의 좌판에 와서 이것저것 충고도 하고, 과일 배열도 손수 해주고…….

마치 함께할 새 동지를 맞아들인 듯 세심하게 거들어 주고 있었다.

내가 다가가자 중년 여인은 통통한 볼에 함박웃음을 머금고

"어서 오이소! 서울양반 아닙니꺼?"

"어떻게 저를 아시나요?"

"보면 압니더. 할매들한테 이야기 많이 들었습니더. 많이 도와주이소."

상냥하게 미소를 지으며 허리를 굽혀 인사를 하였다.

"이곳에 달세도 내고, 관리비도 내야 하고 특히 양쪽 입구마다 대형마트가 있는데 잘하실 수 있겠어요?"

나는 걱정과 염려 섞인 말로 이 여인에게 말하였다.

"제가 평생 할 것은 아니라예! 제 남편이 얼마 전에 S조선소에서 감원되다 보니 하는 것이지……, 새로운 일자리 얻을 때까지만 할 겁니더. 집에서 노느니 얼라들 학비라도 좀 보탤까 해서 잠시 하는 것입니더 아주 잠시만예……."

중년의 여인은 과일 상자 위에 과일 바구니를 놓으며 천연덕스럽게 말하였다.

그 뒷모습에서 언젠가 나에게 말했던 걸리할머니가 생각났다.

나는 씁쓸한 마음을 안고 집에 오는 길에 휴대폰에서 울려오는 진동소리, 그리고 몇 글자가 적힌 문자 메시지에는 '김 과장! 내일 아침 출근할 때, 회사에 들르지 말고 L커피숍에서 만납시다!'

저 멀리 하늘을 바라보니 낙엽 한 잎 걸치지 않은 앙상한 가지 위에 보름달이 덩그러니 걸려 있고 달 주위에는 짙은 달무리가 그려져 있었다.

내일은 틀림없이 한바탕 비나 눈이 오려나 보다.

## 당선소감

먼저 용서를 구합니다.

소외되고 가난한 분들이 온 몸으로 이 시대를 이끌어왔지만, 정작 제 자신은 경멸의 눈초리를 보내며, 방관자로 살아왔습니다.

발이 붓고 손이 찢어져 피가 흘러도 제 자신은 그들 곁에 다정히 다가서지 않았습니다.

그들과 뜻을 함께하였을 때에는 용기 없는 자로 주변을 서성거렸습니다.

제 자신이 한없이 밉고 개탄스러워 홀로 방황하며 울부짖었습니다.

용기 없고, 그릇된 행동에는 분개하지 못하는 저에게 전태일 문학상이란 글귀가 눈에 들어왔고…….

비록 보잘것없는 솜씨라도 발휘하여 그들에게 작은 도움이 되고자 응모하게 되었습니다.

이 시대를 이끌어 가신 그들의 용기와 적극적 행동에 비하여 작은 모퉁이에 불과하지만, 이번 당선을 통해 기뻐하시는 시장통 사람들에게 감사와 영광을 드립니다.

또한, 시장통 사람들과 어울림을 좋게 보지 못했던, 이번 당선으로 회개의 눈물을 흘리며 제 손을 꼬옥 쥔 아내에게도 이 기쁨을 함께 나누고 싶습니다.

그 동안 20년 가까이 살아오면서 얻은 것보다 잃은 것이 많아 소원하였던 저희 부부에게 당선이라는 큰 선물을 통해서 깊은 애정이 봄과 더불어 다시 싹트게 해주신 심사 위원님들에게도 감사드립니다.

전태일 열사의 숭고하고 고결한 정신을 이어받아 항상 소외되고 가난한 자들을 이끌어가는 용기 있는 자로서 이번 기회에 거듭나겠습니다.

온 세상의 어두운 곳을 밝히는 전태일재단이 되시길 간절히 기원합니다.

기록문 단편 부문 당선작

# 겨울이 오면 봄은 멀지 않으리

최광리

본명은 최광순(崔光洵). 강원도 정선에서 태어나 이웃동네 영월에서 성장했다.
아무런 연고도 없는 서울로 올라와 20년을 잡지사 편집장으로 떠돌이 삶을 꾸려왔다.
요즘은 '인생은 길지만 유통기간이 짧다'는 점을 통감하고 있다.

# 겨울이 오면 봄은 멀지 않으리

세상풍경에는 두 가지가 있다. 아름다운 것과 그렇지 않은 것, 좋은 것과 나쁜 것 말이다. 아니 세 가지일 것 같다. 이처럼 이분법으로 나누는 경계인의 슬픔까지를 포함시키면 그럴 것이다. 어찌되었건 세상은 빛과 그림자로 존재한다. 나는 그 그림자 또는 그늘에 대해 이야기하고자 한다. 그늘도 꽃그늘이라면 또 모른다. 꽃 한철 피고 지는 그 겨를에 찬란한 눈물로 반짝이는 꽃의 계절을 거닐 수 있다면 그늘이면 또 어떤가. 꽃그늘에 누워 그네 타는 춘향이를 생각하면서 피곤한 영혼에 안식을 줄 수 있다면 황진이가 그린 비단 치마폭의 매화송이처럼 연한 수묵으로 삶이 흐려진대도 견딜 수 있지 않을까.

사랑을 잃은 사람의 슬픔은 그 사랑의 추억으로 이겨낼 수 있듯 흘려보낸 생의 반나절이 햇볕 쨍쨍한 맑은 날이었다면 희망을 신뢰할 수 있지만 흐리거나 비가 내렸다면 어떨까? 나는 체감온도 영하 15도의 새벽거리에서 덜덜 떨며 줄을 서 있었다. 오직 뼈마디 속으로 스미는 한기만 내가 살아 있음을 실감케 했다. 새벽 5시 30분, 충정로 구세군 브릿지센터 앞거리는 한적하고 내 마음은 조급하다. 오늘도 2백 명은 족히 될 성싶다. 말 그대로 장사진(長蛇陣)이다. 앞사람이 한걸음 전진한다. 줄이 줄어드는 속도가 더딜수록 체온은 떨어지고 짜증은 배가된다. 다들 어디서 이렇게들 모여들었는지 이 추위에 용케도 살아서 밥 한 그릇 먹자고 이런 수고를 견디는지 대단하다.

줄을 선다는 건 아름다운 일이다. 그것은 곧 질서를 의미하는 까닭이다. 그러나 이 엄동의 꼭두새벽에 한 그릇의 국밥을 위해 줄을 선다는 것은 아무리 생각해도 좋은 일은 아니다. 스스로 아무런 가치도 느끼지 못하는 목숨 하나 부지하기 위해 동물적 본능으로 몰려든 사람들, 나도 그 일원으로 새벽 찬바람 앞에 서 있다. 세상에서 가장 슬픈 줄서기다. 간밤에 잠 한숨 못 자고 서울역 대합실에서 지샜으니 내 몸은 사시나무 떨듯 떨려왔다. 긴 기다림 끝에 나는 뜨뜻한 밥 한 그릇을 텅 빈 위장 속으로 집어넣었다. 마치 노동을 하듯 맛을 느낄 겨를도 없이 집어넣었다는 표현이 옳을 것이다.

서울에는 무료급식소가 생각보다 많다. 고작 하루 한 끼를 주는 것이 아쉽지만 동자동에 위치한 인정복지관은 점심과 저녁을 제공한다. 그 옆 길가에 어느 종교단체에서 운영하는 급식소가 있기는 하지만 거기는 굶더라도 가기 싫다는 사람이 적지 않다. 그 이유는 길거리에서 줄을 서야 하기 때문이다. 운수 없게 아는 얼굴이라도 만나는 날이면 참으로 난감하기 때문이다. 특히 점심시간이면 우르르 몰려나오는 직장인들 중에 아는 사람이 없으란 법이 없다. 그리고 또 다른 이유는 행인들의 눈길이다. 마치 동물을 보듯 힐긋거리는 통에 밥 먹을 기분이 싹 달아난다는 것이다. 어떤 친구는 행인과 눈길이 마주치면 자괴감을 이기지 못하고 "뭘 봐?"라며 시비를 걸기도 한다. 그 때문일까. 지역 주민들의 민원도 잦다. 통행에 방해가 된다느니, 보기 안 좋다느니, 동네 이미지가 실추되어 집값이 떨어진다느니 별별 이유가 다 댄다. 그래서 수년 전 이 지역 선거 때 어느 후보는 노숙인들을 몰아내겠다는 공약을 내세우기도 했다.

충정로역에서 2호선 뺑차(무임승차)를 타고 시청역에서 1호선으로 갈

아탔다. 너무 이른 시각이라 빈자리는 많았다. 이 시간에는 많은 승객들이 졸고 있어 퍼질러 잔대도 전혀 이상하게 보이지 않는다. 내친 김에 도봉산까지 갔다. 내가 전철을 이용하는 것은 대중교통을 이용하자는 캠페인에 부응하자는 것이 아니라 순전히 잠을 자기 위함이다. 도봉산역까지 갔다 오면 어느 정도 모자란 잠을 벌충할 수 있어 자주 이용하는 편이다. 옆자리에 앉은 동행은 어젯밤 서울역에서 만났다. 나보다 두어 살 위인데 참 순진해 뵌다. 건설시공사를 경영하다가 30억 부도를 맞아 이 꼴이 됐다는데 얘기를 나눠보니 거짓말은 아니다. 그래도 좀 알아주는 대학에서 건축공학을 전공했다는 친구다. 전철을 타자마자 코를 골며 자는 폼이 참 태평해 보인다. 그도 그럴 것이 무료급식소에서 주는 고봉밥을 퍼먹었으니 잠은 잘 올 것이다. 정상적인 생활을 할 때 그 정도의 밥이라면 하루 세끼 양은 될 것이다. 언제 또 밥을 먹게 될지 모른다는 불안감 때문인지 다들 먹을 때는 양껏 먹어둔다. 나는 사람의 위가 그렇게 큰 줄은 처음 알았다.

먼발치에서 도봉산을 일견하고 돌아오니 거리에 출근하는 사람들이 흘러넘친다. 엊그제만 해도 나 역시 저 사람들 숲에 섞여 있었다. 그러나 이제는 다른 세상에서 그들을 구경할 뿐이다. 다시 서울역으로 와서 역장이 시찰을 하듯 한 바퀴 돌았다. 운 좋게 돈푼께나 있는 면식(面識)을 만나면 깡술이라도 한잔 하고 싶어서였지만 그런 행운은 내 것이 아니었다. 큰길을 건너 남산도서관으로 올라갔다. 시간을 때우는 데는 책이 제일이지만 도서관을 드나드는 노숙인들은 극히 소수다. 그렇다고 남산 꼭대기까지 운동 삼아 올라가는 노숙인도 보기 힘들다. 거의 다 섭생이 시원찮아 올라갈 힘이 없기 때문일 것이다.

재작년 가을, 나는 9년 전 머리를 다친 후유증으로 인한 산에서의 요양생활을 접고 하산했다. 청계천의 물억새가 누릇누릇 가을색을 띠고 있었다. 가을은 소멸의 계절이지만 옛 추억을 소환하는 사색의 계절이기도 하다. 그래서 저 질풍노도의 시절에도 가을만 되면 나는 모범생처럼 얌전해졌다. 청계천 물길을 거슬러 오르는 물고기를 따라오다 보니 시청역까지 왔다. 지하철을 타려다 걱정하던 일이 터지고 말았다. 의식을 잃고 쓰러진 것이다. 심한 현기증으로 몸이 안 좋을 때는 정신이 아득하다가 나도 모르게 나무토막처럼 쓰러진다. 자주 그랬었다. 그런데 하필이면 나무벤치의 모서리에 머리를 부딪쳐 출혈이 엄청 심했던 모양이다. 나중에 확인한 일이지만 웃옷이 흠뻑 젖었고 메고 있던 가방의 지퍼 틈으로까지 피가 스며들어 책과 노트가 떡이 되어 있었다. 행인이 119를 불러줘서 병원에 실려 갈 수 있었다.

수혈부터 하고 몇 가지 검사를 받았다. 그러나 병증은 있는데 원인을 알 수 없어 입원을 해야 했다. 한 달 동안 검사를 하고 그 결과를 기다렸지만 여전히 원인을 알 수 없었다. 혈액 검사로는 헤모글로빈 수치가 낮기는 했지만 그 정도로 쓰러지지는 않는다는 게 담당 의사의 소견이었다. 혹시 위궤양이 심해 출혈이 있을 수 있으니 위 내시경을 해보자고 해서 그것도 했지만 경미하다고 했다. 혹 뇌에 원인이 있지 않을까 싶어 CT와 MRI도 찍고 뇌파검사도 했으나 헛수고였다. 순환계를 살펴보자고 심장초음파 검사도 했는데 혈관미주신경성실신이 의심된다고 했다. 자율신경의 부조화라는 것이었다. 확진을 얻으려면 기립경사도 검사가 필요하다기에 설비를 갖춘 큰 병원에 예약을 하고 검사를 마쳤으나 정상이었다. 허탈했다. 계절이 늦가을로 접어들 무렵 땡전 한 푼 없는 빈손으로 퇴원했다.

당장 호구책(糊口策)이 급했으므로 어렵사리 일자리를 얻어 오랜만에 사회생활을 시작했다. 과거의 경륜을 살려 정말 열심히 해볼 참이었다. 사장한테 형편을 얘기하고 2주일분 가불을 부탁하여 회사에서 가까운 거리에 거처를 마련했다. 당장 입을 옷이며, 생활용품들을 장만하고, 몇 종류의 사전과 일에 필요한 책도 샀다. 거처는 보증금 한 푼 없는 선불 사글세였지만 오랜 토굴생활과 병원생활에 젖은 나에게는 오랜만에 누려보는 나만의 공간이었다. 그러나 그 호사도 3개월이 고작이었다. 사장이 월급을 제대로 지급하지 못할 정도로 경영이 악화된 것이다. 입사 첫 달부터 온전히 월급을 받아본 적이 없었다. 급한 대로 움직일 수 있는 최소한의 비용만 받다가 급기야 그마저도 끊겼다. 덩달아 방세도 밀리게 되었다. 어느 날 밤, 퇴근하고 집에 와보니 문밖에 내 세간이 다 나와 있는 게 아닌가.

사정인즉 밀린 집세는 안 받을 테니 그냥 나가라는 것이다. 다툴 이유도 없어 우선 회사에라도 짐을 가져다 놓을 요량으로 콜 벤을 부르러 큰길로 나섰다. 짐이랄 것도 없었다. 그러데 이게 웬일인가. 차를 불러와 보니 이미 짐은 사라지고 없었다. 그래서 나는 소지품 하나도 못 건진 알거지가 되고 말았다.

주머니에 든 몇 푼의 돈으로는 어림잡아 사나흘은 견딜 수 있을 것 같았다. 전화번호가 적힌 수첩도 잃어버린 지 오래 되었으니 지인들에게 연락조차 할 수 없는 상황이었다. 그리고 정말 사나흘 뒤, 나는 서울역 대합실에 앉아 있었다. 시인 바이런은 "어느 날 아침 깨어나 보니 유명해졌다"고 했지만 나는 "어느 날 아침 깨어보니 노숙인이 되어 있었다." 내가 서울역으로 향한 이유는 24시간 불빛이 있는 공간이 거기밖에 없겠다는 생각에서였다. 아직 봄은 먼 계절, 대합실의 온도는 내 마음의 온도만큼이나 낮았다. TV도 꺼진 대합실에 몇몇 팀은 구석에서 소주를 마시다가 역무원들에게 쫓겨나가고 몇몇은 이유모를 다툼을 벌이고 있었다. 나는 차가운 나무 의자에 앉아 어서 시간이 흘러가기만을 고대하고 있었다.

많은 숫자의 사람들이 서울역 대합실을 내집삼아 밤바람을 피하고 있지만 그것도 보장된 것은 아니었다. 자정 무렵이면 내부 정리를 이유로 모두 밖으로 몰아낸다. 날씨가 좋으면 몰라도 찬비라도 내릴라치면 난감해진다. 오갈 데 없는 사람들이 잠긴 문밖에 쪼그려 앉아 담배를 피우거나 꼬불쳐 뒀던 소주병을 기울이는 풍경은 지구촌 어느 구석의 난민 모습과 흡사했다. 눈에 띄는 여성도 여럿 있었는데 육두문자를 쏟아내는 기세가 이 바닥을 견디는 저력(?)을 엿보게 했다. 제대로 먹지 못했을 텐데 비대한 몸집이 경이로워 보였다.

노숙자들이 서울역을 중심으로 운집하는 이유는 아주 단순했다. 육신이 멀쩡한 사람은 새벽 인력시장에 나가기가 수월하고, 배고플 때는 주변에 무료급식소가 여러 군데 있어 편리하기 때문이다. 그리고 동병상련이랄까, 아무리 바닥에 추락한 처지라도 서로 어우러져야 외롭지 않다는 걸 그들은 누가 가르쳐주지 않아도 잘 알고 있었다. 때로는 악다구니를 쓰며 싸우고, 더러는 다치고 죽는 사람이 있어도 그들은 쉽게 화해하는 것처럼 보였다.

이들은 앞만 보고 내달리는 우리 사회에서 필연적으로 생산되는 부산물에 지나지 않는다. 때문에 이들은 풍요의 사각지대에서 살아가는 것이 아니라 그냥 존재할 뿐이다. 소외로 인한 분노와 갈등도 그들에게는 사치에 지나지 않는다. 세상으로부터 버림받은 사람은 자아성찰보다는 원한과 증오에 익숙해지기 마련이지만 그런 감정과도 거리가 한참 멀다. 마음을 비우면 자유를 얻게 된다는 종교적 가르침은 맞다. 가식 없는 적나라한 모습으로 존재해도 아무도 눈여겨보지 않는 방치된 자유로움이 그들의 발길을 서울역으로 인도하는 이유 중 하나일 것이다. 그래, 정말이지 방치된 자유로움이라는 표현이 적절한 것 같다. 그

속에서 그들은 아마존 밀림 속의 소수 원주민처럼 세월을 잊고 살아간다. 세상 속에 존재하지만 결단코 세상과 화해하려들지 않는 그들만의 세계를 이루며 산다. 인간들에게 있어 삶이란 무엇인가. 그것은 고민할 것도 없이 '인간들 사이에 있는 것'이다.

체력이 차츰 약해지는 것을 느낀다. 나이 탓만은 아니다. 건너뛰는 끼니, 불편한 잠자리가 가져다준 응보임이 분명하다. 그것을 뻔히 알면서도 이 바닥 사람들은 술이 있으면 술로 시름을 달래고, 쌈짓돈이 생기면 말꼬리 잡으러 경마장으로 간다. 덩달아 정신이 피폐해짐을 느끼지만 달리 뾰족한 수가 없다. 재작년인가, 영등포역에서 두 사람이 죽었다. 화염방제 셔터가 내려오면서 잠을 자던 두 사람의 목을 눌러버린 것이다. 이 사람들의 보상금이 1억 원씩 나오게 되었는데 살아서 고생고생할 때는 나 몰라라 하던 집안사람들이 용케도 알고 찾아와 그 돈을 차지하려고 혈안이 됐더라는 이야기를 들은 많은 사람들이 씁쓸한 비애감을 느꼈다.

그뿐만이 아니다. 염천교 일대에 합판과 종이박스로 한 평짜리 집(?)을 짓고 살던 노숙인들이 곤욕을 치른 사건이 있었다. 바로 숭례문 화재사건이다. 그 사건 후 범인이 잡힐 때까지 이들은 가장 먼저 용의선상에 올라 경찰에 시달려야 했다. 동네북이라는 말이 딱 어울린다. 걸핏하면 노숙인 짓이라고 단정 짓기는 경찰뿐만 아니었다. 평범한 시민들도 이들을 백안시하기는 마찬가지다. 몇 달 전 인터넷에는 공원에서 잠을 자는 노숙인을 집단폭행하고 달아나는 청소년들의 이야기가 올라와 공분을 산 적이 있었다. 그러나 당사자인 청소년들이 "노숙자들이 부녀자들을 희롱해서 그랬다"고 변명의 글을 올리자 대뜸 노숙인만 죽일 놈들로 여론이 전도되는 것만 봐도 그렇다. 사회적 약자에게 더 가혹한 것이 세상인심이라지만 정말이지 이쯤 되면 인간이기를 포기해야 할 것 같은 자괴감에 빠진다. 단언컨대 노숙인들이 부녀자를 희롱한다거나 하는 모습을 본 적이 없다. 과문의 탓인지는 몰라도 들어본 적도 없다. 그 점이 뜻밖이어서 나도 놀랐다. 아무리 생산성 없는 잉여인간이라지만 그것만은 지킨다.

작년 봄 나는 몇 달 만에 나무 한그루까지 눈에 익은 서소문공원을 지났다. 일요일이어서인지 낯익은 사람들의 모습이 여느 때처럼 많이 보이지 않았다. 두리번거리며 걷다가 왕눈이를 발견할 수 있었다. 그는 마흔 초반의 나이로 키가 훤칠하고 눈이 커서 왕눈이로 불린다. 육군본부 의장대 출신이다. 그리고 서소문공원의 터주 대감이라고 자처하는 사람 중 하나다. 7, 8년째 그 공원과 구세군 브릿지센터를 연고지로 삼고 있어 나름대로 어깨에 힘을 넣는 터였다. 그런 그가 눈이 시뻘개져서 울고 있는 것이다. 깡도 있어서 웬만한 일에 눈물을 보일 인간이 아닌데 홀로 울고 있다니 뜻밖이었다.

사유를 물어보니 그럴 만도 했다. 주일이면 건너편에 있는 P교회와 J교회에서 중식을 제공한다. P교회가 11시, J교회가 오후 1시에 배식을 한다. 많은 사람들이 P교회에서 밥을 먹고 좀 쉬었다가 다시 J교회에서 또 먹는다. 왕눈이는 그날 P교회에 밥을 먹으러 갔다. 줄을 서 있는데 배식하던 신자 한 사람이 "선배님 아니세요?" 하더라는 것이다. 왕눈이가 눈을 들어보니 의장대 후배가 아닌가. 당황하여 어쩔 줄 몰라 하는데 그 후배가 다가와 포옹을 하며 반겨주는데 쥐구멍이라도 있으면 들어가고 싶더라는 것이다. 밥이 입으로 들어가는지 코로 들어가는지 모르게 먹는 둥 마는 둥 하고 공원으로 돌아오는데 왜 그리 눈물이 나는지, 그래서 혼자 울고 있었다는 것이다.

P교회로 가 봤다. 막바지 배식에 열중하고 있는 김 집사라는, 왕눈이

의 군대 후배를 만났다. 역시 의장대 출신이라 키가 크고 잘 생겼다. 첫 인사말이 "우리 형님을 잘 부탁한다"는 거였다.

"형님한테 맞기도 많이 맞았지만 평상시에는 후배들 마음을 잘 헤아려주고 화끈한 형님이었지요. 형님이 거리 생활을 한다고 해도 선배는 선배 아닙니까? 우리는 똑같은 하나님의 어린 양입니다. 그 형님 보시면 다음 주에도 꼭 식사하러 오시라고 전해주세요."

이 말을 왕눈이에게 전해주었는데 그 다음 주일에 다시 밥을 먹으러 갔는지는 확인하지 않았다. 못내 궁금해진다. 그런 후에 공원을 지날 기회가 있었지만 만날 수 없었기 때문이다. 고향이 전남 나주라는데 낙향을 입버릇처럼 떠벌였으니 고향으로 갔는지도 모른다. 대체로 눈에 띄지 않으면 시립병원에 입원을 했거나 구치소에 갇혀 있기 십상이다. 그네들 말대로 오라는 곳은 없어도 갈 곳은 많은 법이다. 그렇지만 고향행 열차를 타는 일은 웬만해선 선택하지 않는 것이 불문율로 되어 있다. 만일 그게 아니라면 어디 쉼터에라도 들어가서 축난 몸을 추스르고 있을지 모를 일이다. 서울시에서 지원해주는 노숙인 쉼터는 40곳이 넘는다. 대부분 종교단체에서 운영하는데 쉼터란 입주하여 숙식을 해결하며 자활을 준비하는 곳을 말한다. 상담하고 일시적으로 보호해주는 곳도 4곳이다. 그러나 그런 지방자치단체의 지원을 받지 않고 독자적으로 운영하는 상담 보호센터도 더러 있다. 주로 기업을 하거나 재력 있는 독지가의 몫이다.

상담보호센터와 중간쉼터에서는 상담을 통해 원하는 쉼터로 보내주는데 이미 야인생활에 젖은 사람들은 입소를 달가워하지 않기 마련이다. 거의 다 아침 9시 이전에 그곳을 나와 저녁 9시까지는 들어가야 한다. 뭐든 하라는 채찍인 셈이다. 어느 정도의 저축을 강제하기 때문에 그건 필수적인 사항이라 받아들여야 한다. 게다가 수십 명에서 많게는

250명이나 공동생활을 해야 하므로 제약이 따르지 않을 수 없다. 그것이 싫어 입소하지 않는 사람이 많은 것이다. 제멋대로의 생활이 타성이 되면 나름대로의 아이덴티티가 생긴다. 환경이 이렇게 인간을 변화시키는가를 생각하면 두렵기도 하다.

어느 날 저녁에 평소 안면이 있는 사람이 밥 먹으러 가자고 했다. 어디냐고 물으니 어디에 있는 천막교회라고 한다. 너무 추워 30분이나 걸어갈 엄두가 나지 않았지만 온종일 굶었기에 따라나섰다. 이미 거리에는 어둠이 깔리고, 네온이 꼭 뇌파검사를 받을 때의 형광 빛처럼 현란하여 어지럼을 견디며 걸었다. 천막교회라는 곳에는 이미 200명 가까이 모여앉아 있었다. 밥 줄 생각은 않고 교회 사람이 나와 찬양을 인도하는데 그 시간이 자그마치 1시간 20분이 지났다. 그런 다음 설교를 1시간쯤 하고서야 배식이 시작되었다. 그러니까 한 끼 밥을 먹기 위해 꼬박 2시간 반 이상이 소비되는 것이다. 그것도 차가운 시멘트 바닥에 신문지 한 장 깔고 앉아 견딘다는 것은 인내가 아니라 고행이었다. 그 상태에서 하나님 말씀이 귀에 들어오겠는가. 그런데도 설교자는 "아멘"소리가 작다고 "할렐루야"를 서너 번씩 반복하여 소리를 질렀다.

밥투정을 하는 사람은 없지만 솔직히 내가 보기엔 성의 있게 만든 음식은 아니었다. 우선 식재료가 뭔지조차 알 수 없는 잡탕이고 묘한 냄새가 나서 맨밥만 꾸역꾸역 퍼 넣고 숟가락을 놓을 수밖에 없었다. 봉사자들의 눈총을 받으며 국이며 반찬은 잔반통에 쏟아부었다. 다 그런 건 아니지만 길거리에서 주는 몇 군데의 급식이 그런 편이다. 한 끼에 2천 원 가까이 서울시에서 지원하는 것으로 아는데, 나오는 부식은 무엇을 어떻게 구해서 몇 번을 끓였는지 알 수 없을 정도로 이상한 냄새가 났다. 그러나 아무도 불평하는 사람이 없다는 것은 경이롭기까지 하다. 모름지기 음식의 냄새는 향기라고 써야 옳지만 도저히 그처럼 너그러워질 자신이 없다. 먹는 것도 고통이다. 먹는 행위에 품위와 고결과 아름다움을 따질 정도로 나는 아직 노숙세상에서 새내기에 속한다. 그러한 아름다움을 포기하지 않는 한 나는 결코 먹는 고통과 결별하지 못할 것이다.

무료급식 얘기를 더 하자면 각 교회나 복지 단체에서의 정기적인 급식은 훌륭한 편이다. 보통 일요일 하루만 급식하는 교회는 봉사하는 신자들의 솜씨고, 복지단체에서는 자활 노숙자 중에서 식당 주방장 출신들이 실력 발휘를 하는 터라 제한된 부식비로 그 정도라면 합격점을 주고 싶다. 재미있는 것은 주방의 봉사자가 바꾸어도 어디는 국이 끝내준다든가 아니면 좋은 쌀을 쓴다는 식의 특성이 유지되고 있다는 점이다. 이를테면 인정복지관의 국과 밥, 구세군 브릿지센터에서 제공하는 수요일 점심때의 국수는 알아주는 메뉴다. 또 있다. 조계종에서 운영하는 보현의 집은 부식도 훌륭하고 뷔페식 자유배식이라 입소 경쟁이 치열하다고 정평이 나 있다. 그 외는 입소문만 들었지 내가 직접 확인한 바는 아니다.

내가 1년 가까이 인연을 맺고 자활의지를 다진 곳이 있으니, 대한성공회유지재단에서 운영하는 다시서기상담보호센터다. 하루 300명이 이용하는 이곳은 상담보호센터 중에서 가장 전통 있고 규모도 제일 크다. 노숙인들을 이해하고 함께 고민하는 이곳 직원들의 자세도 고양되어 있고 활동도 대단하다. 박수 받아야 마땅하다. 이곳은 낮 시간에도 들어가 책을 읽거나 바둑을 두거나 잠을 잘 수 있다. 내가 이 집에 드나들기 시작한 것은 꽤 많은 책이 비치되어 있어서다. 주로 문예물이어서 부담 없이 읽을 수 있었다.

작년 3월, 나는 이곳에서 운영하는 1년 과정의 인문학 강좌를 들을 수 있는 기회를 잡았다. 성프란시스대학 인문학과정이 정식 명칭이다. 내가 5기이니 2005년부터 해오고 있는 사업이다. 지금이야 서울시에서도 하고 여러 복지기관에서 실시하고 있지만 이곳은 여느 곳과 달리 1년이라는 긴 과정이고, 또 노숙인 인문학 강좌를 최초로 이 땅에 뿌리내린 산파역을 한 곳이기도 하다.

노숙인과 인문학, 어찌 보면 물과 기름같이 어울릴 수 없는 이질적인 단어지만 이곳에서는 이 사업을 매우 진지하고 비중 있게 수행하고 있다. 밥이나 잠자리도 안 되고, 취업과도 거리가 먼 학문인데 언필칭 노숙인과 인문학이라니 별꼴이라는 생각을 했었다. 대학에서도 인문학의 위기 운운하는 마당에 인문학의 주가가 이렇게 추락했는가 하는 생각도 들었다. 한편으로는 인문학의 하락세가 기업의 인력 수요에 맞추는 대학 스스로의 교육 편중이 불러온 것으로도 보여 안타까움도 없지 않았다. 주제넘은 말이지만 기업이나 대학이나 기능과 기술만 갖춘 인력 양성을 경계해야 하지 않을까. 인문경영, 인간경영 없이 기업의 영속성을 이야기할 수 없는 까닭에서다.

이런 풍토에서 인문학 강좌가 노숙인들에게 얼마나 인기 있을까를 우려했는데 예상 외로 지원자가 많았다. 3:1이 넘는 경쟁률로 면접을 통과해야만 했다. 나는 부도난 직장을 뒤로하고 이곳을 마음의 정처로 삼아 삐걱대는 내 영혼에 기름을 치고 싶었다.

합격자가 발표될 때까지 나는 도대체 왜 노숙인을 인문학 즉, 문사철(文史哲)로 어떻게 해보겠다는 발상이 나왔을까 고민했다. 알고 보니 미국의 사례를 벤치마킹한 것으로 이해됐다. 1995년 미국의 극작가 얼 쇼리스가 뉴욕 변두리의 빈민들을 모아놓고 '클레멘트 코스'라는 인문학 강의를 시작한 것이 그 효시라고 한다. 얼 쇼리스가 한국도 방문했다는 사실도 확인할 수 있었다. 클레멘트 코스는 지식 나눔의 전형으로서 인정받고 있는데 성프란시스대학은 한국형 클레멘트 코스인 셈이다.

노숙인들이 문학과 철학, 역사, 예술사 등을 어느 정도 심도 있게 공부를 할까마는 지식보다는 이들의 자존감을 되찾게 하자는 것이 아마 주된 목적일 것이다. 그런 때문인지 면접 때 노숙인에게 무슨 얼어 죽을 인문학이냐고, 집요하게 따지고 들었던 건축공학도 출신의 그 친구는 떨어지고 말았다.

가진 자들이, 기업이 사회 환원의 차원에서 역할을 강요받듯 지식인들도 지식 나눔을 통해 사회에 기여해야 한다는 목소리가 여기저기서 나올 무렵, 성프란시스대학의 출범은 그러한 시대적 요청의 소산이었다. 여느 기관, 단체의 인문학 강좌는 길어야 6개월이지만 여기서는 1년이라는 기간이 시사하듯 강의실에서뿐만 아니라 현장 탐방을 통한 살아서 팔딱이는 교육으로 커리큘럼을 짰다. 짜임새 있는 강좌를 위해 고민한 빛이 역력했다. 1주일에 정규 강좌 6시간, 심화과정 2시간은 만만치 않은 강행군이다. 정규 과목은 문학, 철학, 한국사, 예술사, 글쓰기였다. 그러나 진지한 교수진의 노력에 비해 수강생들의 태도가 따라주지 못했음이 솔직한 고백이다. 나부터 술 먹고 강의실에 들어가는 날이 많았고, 어떤 학우는 술주정으로 분위를 잡쳐 놓기도 했다. 하긴 그런 게 없다면 어디 노숙인 강좌라고 할 수 있겠는가. 인생의 단맛 쓴맛 다 보고, 산전수전에다 공중전까지 다 겪은 사람들을 현학(衒學)의 설(說)로 길들이려 한다면 그쪽은 감수함이 옳지 않겠는가.

이 강좌는 지난 2월 수료식을 끝으로 1년 과정을 마감했다. 돌이켜보면 아쉬움만 남기 마련이지만 그러한 과정을 통해 자신을 성찰하고 미래에 대한 비전을 가질 수 있었음은 부인하지 않겠다. 술만 취하면 걷잡을 수 없었던 친구도 금주를 실천하고, 나 또한 절주를 하면서 부침(浮沈) 심했던 수년간의 방황을 접고 다시 종교로 회귀했다. 몸이 말을 안 들었던 것도 따지고 보면 술로 인한 영양실조가 아니었나 싶다. 몸이 아프면 마음에도 금이 간다. 마음이란 몸에 깃드는 법이다.

노숙인과 술은 가깝고도 먼 한일관계 같은 것이다. 다 그런 것은 아니지만 술과는 불가분의 관계에 있다. 절망감에 술을 마시고 그 절망감을 망각하기 위해서 술을 마시고, 그런 자신이 싫어 술을 마신다. 그리하여 술 때문에 그들은 존재하고 또 술 때문에 죽어간다. 고독해서 술을 마시지만 술을 마시는 고독함을 이기지 못하기 때문에 그들의 삶은 난해하다. 이들에게 있어서 술이란 무엇인가. 조지훈은 〈주도유단(酒道有段)〉이라는 수필에서 주도(酒道)삼매에 든 사람을 장주(長酒) 또는 주선(酒仙)이라 하여 6단으로 쳐주었다. 그러나 그 주도삼매를 즐기다가 급기야는 최고수인 9단의 열반주(涅槃酒)에 도달하면 한 많은 이 세상과 안녕을 고한다. 특히 겨울철 혹한기에는 해마다 여러 명씩 그렇게 간다. 아르헨티나 시인 보르헤스는 "인간이 늘 지키는 습관이 죽음이다"라고 했지만 노숙인들의 습관은 참 쓸쓸하다. 아무도 없는 골방에서 죽고, 죽은 뒤 여러 날이 지나야 발견되기 일쑤다. 이런 경우가 아니면 추위를 이기고자 술을 먹고 자다가 지켜보는 이 없이 얼어 죽는 것이다.

경제가 바닥을 치면 다시 상승할 일만 남는다. 그러나 사람이 바닥으로 추락하면 일어서기란 여간 힘든 게 아님을 몸으로 배웠다. 누군가는 그랬다. 가난한 사람이 부자 되기란 낙타가 바늘구멍을 빠져나가기보다 더 힘들다고. 그것이 오늘날 이 땅의 현실이다. 사회적 시스템이 그렇게 되어 있다. 한 번 추락하면 재기의 기회를 좀체 주지 않는다. 노숙인들에게 주어지는 자활근로라는 제도만 봐도 그렇다. 월 40만 원도 안 되는 돈을 받으면서도 세금 떼는 다른 일은 할 수가 없다. 근로활동을 하다가 들통 나면 자격이 박탈된다. 일반 기업체에 다니는 사람들은 투 잡, 쓰리 잡까지 해도 되는데 취로사업만도 못한 보수로 먹고 살든 말든 알아서 하라는 것은 무슨 시추에이션인가. 페가수스의 날개를 달아 달라는 것도 아니고 힘닿는 데까지 일을 해서 재기를 하겠다는데도 너그럽게 허용되지 않는다. 기초생활 수급자도 그렇고 희망근로도 그렇다. 야간 투 잡을 해도 적발되면 모두 자격을 빼앗긴다. 신체장애 등급을 받아 기초생활수급자가 된 사람이 어느 정도는 활동이 가능하여 건설현장 교통정리라든가 빗자루 질 같은 하루살이 일을 하고 싶어도 할 수 없다. 일할 수 있는 능력이 있다는 이유로 수급자격을 주지 않기 때문이다.

나도 요양생활을 접고 하산한 뒤 기초생활수급 신청을 한 적이 있었다. 그러나 고정된 거처가 없다는 빌미로 기초생활수급자격이 주어지지 않았다. 물론 질환의 원인이 밝혀질 때까지는 근로능력이 없다는 의사의 소견서는 힘을 발휘하지 못했다. 올 1월부터는 더 까다로워졌다고 한다. 어느 일간지의 보도를 빌리자면, 근로능력이 없다는 의사의 진단서가 있어도 시 · 군 · 구청 공무원의 평가단계를 거쳐야 한다는 것이다. 그런데 그 평가라는 것이 애매모호하다. 평가 기준이 10개 항목인데 그 중에는 '외모가 혐오감을 주거나 심한 냄새가 난다'거나 '철에 맞지 않는 옷을 입거나 옷이 늘 더럽다' 등의 평가를 받아야 수급자격을 받을 수 있다는 것이다. 이것은 기초생활수급자는 더럽게 하고 다니라는 말이다. 얼마나 아이러니한가. 공무원의 자의적 판단도 문제가 되거니와 해석에 따라 인권침해의 요소도 있어 보인다. 한마디로 말하자면 부랑자가 되라는 권유에 다름 아니다.

그런 수급자들이 무료급식소를 전전하고 있다. 방세를 내고 나면 남는 돈이 10만 원 남짓에 불과하므로 식생활이 해결되지 않기 때문이다.

수급자격을 유지해야 그나마 방세라도 낼 수 있는 고정 수입이 보장되기 때문에 포기할 수도 없어 전전긍긍이다. 실업급여 신청을 해도 마찬가지다. 실업급여를 받는 동안에는 몇 시간짜리 아르바이트조차도 못한다. 만약 하다가 적발되면 형사고발까지 당할 수 있다고 상담원이 으름장을 놓는다. 신고를 하면 그 아르바이트 수익만큼 실업급여를 감액당한다. 살아보려고 버둥거리는 사람을 응원은 못할망정 아예 솟아날 구멍을 쥐구멍 틀어막듯 막아버리는 것이다. 가난은 나라도 구제 못한다는 말을 실천에 옮기겠다는 의지인가? 단언컨대, 시인 브레히트의 말마따나 "가난한 자에게 안빈낙도(安貧樂道)를 가르치는 것"이 얼마나 잔인한 짓인지 모르는 것 같다.

나도 희망근로를 5개월하고 자활도 했다. 그런데도 사는 형편이 별반 나아진 것도 없다. 서울에서 일용직 근로자를 비롯한 극빈자들이 많이 살아 쪽방촌이라 불리는 서울역 건너편 남산 비탈에 쪽방 하나를 차지하고 있을 뿐이다. 늘 그렇게 사는 것에 큰 불편을 못 느낄 만큼 자연스럽게 동화되어가는 내 모습에 놀랄 뿐이다. 그저 운명이거니, 팔자거니 생각하면 마음이 편하다.

12월 1일자로 또 한 번 취직이랍시고 했다. 생경한 분야가 아니라서 일의 감각만 회복하면 잘해낼 수 있을 것 같았다. 그러나 열흘이 지난 날, 집에서 휴대용 가스레인지에 라면을 끓이다가 부탄가스가 폭발하는 바람에 염라대왕을 먼발치에서 알현하고 왔다. 반팔 티셔츠를 입고 있었으므로 얼굴과 양 팔에 2~3도 화상을 입고 119에 실려갔다. 머리카락까지 홀랑 타버려 병원에서 치료를 위해 출가승처럼 삭발을 했다. 1차 진단 12주를 받아 32일간 화상전문 병원신세를 지고 퇴원했으나 직장은 정중히 사직할 수밖에 없었다.

입원 후 열흘 간은 매일 오전에 마취도 없이 상처를 대패로 밀듯 칼로 미는 치료로 하루가 시작되었다. 필설로 형언할 수 없는 고통이었다. 왜 마취를 하지 않느냐고 물었더니 매일매일 해야 하기 때문에 마취중독이 된다는 대답이다. 그리해야 흉터가 줄어들기 때문이라니 참을 도리밖에 없었다. 화상치료는 치료비도 고가일 뿐만 아니라 대부분 보험처리가 안 된다. 32일간 입원치료에 7백만 원 돈이 들었다. 그것도 외과적 치료만 받고 나와서 그렇지 의사가 권하는 대로 피부재활치료를 받았으면 돈이 얼마나 더 들었을지 상상이 되지 않는다. 그 치료는 100퍼센트 보험이 안 되기 때문이다. 치료를 중도에 포기한 대가는 돈이 아니라 평생 남을지도 모를 흉터뿐이다.

주위의 권유로 손해배상을 청구해 보기로 했다. 내가 생각해도 그렇지만 제일 먼저 현장에 도착했던 소방서 화재조사관도 "가스통은 대개 약한 뒷부분이 터지는데 앞부분이 터진 것이 이상하다"고 했다. 제조업체에서는 보험을 들었으니 그쪽에서 알아서 할 거라고 했고, 며칠 뒤 보험회사의 하청을 받은 손해사정회사의 담당 부장이 찾아왔다. 이곳저곳 뛰어다니며 원하는 서류를 해주고 나니 마지막으로 가스안전공사의 감식이 필요하다고 했다. 그런데 가스안전공사에서는 자기들은 감식능력이 없고 단지 가스사고 확인원만 발급해 줄 수 있다는 통보가 왔다. 하지만 공식적인 서류를 받아 보니 기술적인 감식절차 없이 보편적으로 누구나 추측 가능한 정황만 가지고 마치 사용자가 부주의로 사고가 난 것처럼 사건 개요를 적어놓았다. 결론은 한마디로 보상금 지급불가였다.

담당 형사의 말이 들어맞았다. "손해사정회사 사람한테 얘기를 들어보니 보상받기 힘들다고 하더라. 괜히 고생하지 말고 그 정도만 다친 것을 불행 중 다행으로 알고 치료나 잘하라"는 말이 귓가에 쟁쟁했다. 그래도 그렇지. 내가 병원에 입원해 있는 한 달 동안 부탄가스 사고로 입원한 환자만도 일곱 명이나 되는데 나와 같은 사람을 위해서라도 싸워보겠다고 대답을 했었다. 그러나 국내 굴지의 보험회사와 그 하청업체 그리고 가스안전공사의 끈끈한 관계가 꺼림칙하기는 했지만 막상 우려했던 대로 되고 보니 허탈한 기분을 다스리기 힘들었다.

변호사를 고용할 돈이 없어 법률구조공단을 찾아갔다. 첫마디가 "패소할 확률이 큽니다"였다. 제대로 대항하자면 공신력 있는 다른 감식기관에 의뢰해서 원하는 결과를 얻어내야 하는데 돈이 많이 든다는 대답밖에 들을 수 없었다. 가스안전공사의 소견이 절대적인 것은 아니지만 지금으로서는 재판부가 판단할 수 있는 유일한 근거라는 것이다. 그래서 법원에 갖다줘야 할 소장을 써놓고도 어떻게 해야 할지 고민에 빠져 있다. 돈이 없는 약자는 법에 하소연도 못하는 세상이구나 싶은 처량한 기분만 되씹고 있을 뿐이다. '유전무죄, 무전유죄'라는 어느 죄수의 외침에 고개가 새삼 끄떡여진다. 법 앞에서 만인이 평등하다는 말은 교과서에나 나올 뿐이다. 법 앞에 군림하는 사회적 강자들과 이를 용납하는 법치주의는 바로 내가 살아가는 현실이다. 교과서의 법과 달리 현실의 법은 틀림없이 강자의 법이다. 역사가 승자의 기록인 것처럼 말이다.

나는 지금 자가(自家) 치료를 하며 틈틈이 남산을 오르는 일로 소일하고 있다. 내가 사는 쪽방에서 남산 정상까지 올라갔다 내려오면 축구 경기를 한 번 뛸 정도의 시간이 걸린다. 남산 꼭대기에서 내려다보는 도심의 풍경은 낯설다. 30년 가까이 청춘을 소비해 온 거리이지만, 요즘은 도시의 복판에 가두어진 볼모의 생이 안개 속에 우울해진다. 하산 길은 더욱 그렇다. 다시 도시 속으로 내려오는 그 길이 정녕 내가 선택할 길인지 분간이 안 된다. 나에게 서울은 언제나 안개가 짙다. 내 어릴 적 남한강의 새벽처럼 말이다. 그래서인지 어디를 가나 나는 길을 잃는다. 아니 그 길은 애초에 없었는지도 모른다. 그게 내비게이션 없는 나의 인생길이다.

겨울나무는 삭풍을 안고 서서 저리도 견디는데 나는 이 겨울을 이겨내기가 너무나 힘겹다. 늘 그런 식이지만 오늘도 밤을 지새우고 동트는 하늘을 보며 나는 또 내일 하루를 믿어볼 수밖에 없다. 아직 인출하지 않은 열정의 잔고가 남았기 때문일까. 아니면 '겨울이 오면 봄은 멀지 않으리'라는 시 구절을 기억하기 때문일까. 오늘은 벽오동 밑둥 적시는 이른 봄비가 내린다. 이 봄비가 그치면 옷소매 스치는 바람은 더 따스해지겠다.

'무소유'를 평생의 화두로 삼았던 어느 스님이 열반에 들었다. 무소유를 보여주는 사람은 노숙인들인데 이들이 대접받지 못하는 것은 자의적이지 못하기 때문일 것이다. 나 또한 자발적 실천의 '비움'과는 먼 거리에 있다. 도덕경을 읽다 보면 '지족자부(知足者富)'라는 단어와 만난다. '만족할 줄 아는 자가 부자'라는 말인데 만족하려면 비워야 한다. 만족할 줄 알면 모욕을 당하지 않고, 그칠 줄 알면 위태롭지 않다. 비워야 자유로워지고 행복해진다는 것을 지식으로만 알 뿐 나는 아직 배가 고프다. 인생이 화투판의 흑싸리처럼 별 볼일 없어도 나는 아직 탐욕과 집착으로부터 자유롭지 못하다. 욕망하는 인간일 뿐이다. 그래서 사는 일이 늘 미안하다.

칼바람 휘몰아치는 엄동의 거리에 긴 줄을 서서 국밥을 먹어본 사람은 안다. 눈물에 말아먹는 밥은 쓰다는 것을 말이다. 먹는 행위는 삶의 알리바이를 만들기 위함이다. 그것은 순전히 인간의 몫, 아니 나의 몫이다. 그 알리바이가 발바닥에 티눈처럼 박혀 생의 걸음걸이가 절뚝거려도 그 길을 가야만 하는 것이다. 어차피 삶의 밑그림은 슬픔이다. 슬픔은 받아들이는 데서 그치는 것이 아니라 그것을 넘어서려 할 때 아름다워진다.

세상의 모든 길은 끝났을 때 다시 시작됨을 나는 보았다. 지난 겨울 난생 처음 가본 해남의 땅 끝에서 바람이 일러주는 아스라한 꿈길을 보았다. 내 불면의 밤을 함께 흐른 바람, 원하지 않아도 아침을 이끌고 오는 바람, 바람같이 흐르는 목숨이 존재의 고독으로 연명할 때 바람의 행선지는 꿈이 아닐까. 그래, 삶은 꿈이다. 아니 그 꿈을 폭로하는 반란이다.

2010 경인년 봄<br>
후암동 쪽방에서

## 당선소감

생의 이방인이 끄적인 졸문입니다

최근 수년간은 꿈처럼 흘러갔습니다. 그것도 다시는 돌이키고 싶지 않은 악몽이었습니다. 그래도 기억은 남아 있어 이 글을 쓰게 되었습니다. 망설였습니다. 행여 같은 처지의 사람들에게 용기가 아닌 악성 바이러스가 되지나 않을까 하는 생각에서였습니다. 사람들은 타인이면서도 서로 노출될 것을 염려하는 존재이기 때문입니다.

그러나 썼습니다. 누군가는 저처럼 생의 이방인이 되어 떠도는 영혼의 이야기를 꺼내야 한다고 생각했기 때문입니다. 설령 개인사에 불과할지라도 그것이 심각한 보편성을 띤다면 공개되어야 한다고 믿는 까닭입니다. 저의 고통을 쓰디쓰게 저작(咀嚼)하면서 이 졸문을 썼음을 고백합니다. 이 저작이 저작(著作)이 되었으면 좋았겠지만 저의 내공의 한계점이 여기라서 일말의 아쉬움도 느낍니다. 다만 존재감을 회복하는 계기가 되었음에 감사를 드립니다.

망각했으면 오히려 더 나았을지도 모를 이야기를 뽑아주신 선생님들께 감사드립니다. 오늘은 이 봄날에 핀 꽃들이 참 아름다워 보입니다. 그 꽃그늘에서 술이라도 한잔 하고 싶습니다.

기록문 장편 부문 당선작

# 그대, 혼자가 아니랍니다

이선옥

비정규직으로 일하면서 여기저기 글을 쓴다. 쓴 책으로는 『여기 사람이 있다』(공저), 『조선 질경이 이소선』(공저)이 있고, 여러 매체에 노동자들의 얘기를 쓰고 있다.

# 그대, 혼자가 아니랍니다

벌써 1년 반이 되었고, 벌써 1년이 되었다. 2008년 어느 가을 날, 나는 KTX 여승무원을 만나기 위해 굳게 닫힌 그녀들의 숙소 철문을 두드리다 발길을 돌렸다. 1년 전 봄날에는 열흘 동안 비정규직·장기투쟁 노동자들과 함께 전국을 다니며 우리의 목소리를 들어달라고 외쳤다. 그리고 그 후, 오늘까지 참 많은 일들이 일어났다.

용산 4가 남일당 건물 망루에서는 "여기 사람이 있다"고 외치던 철거민 5명이 불에 타 죽었고, 평택의 쌍용자동차에서는 "해고는 살인이다"고 절규하던 노동자와 그 가족 6명이 목숨을 잃었다. 전직 대통령 두 명도 죽었고, 내 젊은 날 한때를 함께했던 최진실과 마이클 잭슨도 죽었다. 많은 사람이 죽었지만 세상은 이들의 죽음을 똑같이 여기지 않았다. 어떤 죽음은 슬퍼했고, 어떤 죽음은 외면해 버렸다. 어떤 죽음은 애도했으나 어떤 죽음은 비난했다. 심지어 사실조차 모른 채 지나가버린 죽음도 있다. 이들을 위한 촛불은 2년 전 여름처럼, 6년 전 봄처럼 광장을 달구지 않았다.

시청 앞 대통령의 빈소와 용산참사 현장을 오가며 나는 생각했다. 삶이 평등하지 못한 사회일수록 죽음 역시 평등하지 못하다는 것을. 그가 대통령이었건, 철거민이었건, 노동자의 아내였건 모든 사회 구성원들의 죽음을 똑같이 고통으로 받아들이는 세상. 그런 세상은 과연 꿈에서나 가능한 일일까?

추모행렬로 북적이던 시청에 멀뚱하니 서 있다. 나는 용산으로 걸음을 옮겼다. 그 날은 6월 항쟁 기념일이었고 사람들은 민주주의를 지키고자 광장으로 광장으로 모여들었다. 전직 대통령을 추모하는 노란 물결들이 광장을 메우기 시작했다. 광장을 빠져나오는 길, 지하철 입구에 새까맣게 탄 얼굴을 한 아저씨 한 분이 오가는 사람들에게 치여가며 손팻말을 펼쳐 들고 서 있었다. '해고는 살인이다'. 아무 말도 없이 붙박이처럼 무표정한 얼굴로 서 있는 그 모습을 보고 잠시 어지러웠다. 호소도 하지 않고, 홍보물도 없이 노란 물결의 바다에 우두커니 섰는 그 모습이 현실이 아닌 것처럼 느껴지기까지 했다. 광장의 사람들은 '지켜주지 못해 미안한' 돌아가신 그분께 민주주의를 지키겠다고 다짐하며 울고 있다.

물도, 전기도, 곡기마저 끊긴 공장 담 안에 스스로를 가두고 옥쇄파업을 하고 있는 평택의 잔인한 여름을, 반년 가까이 장례도 못 치른 채 냉동고에 누워 있는 용산의 기막힌 여름을, 1000일, 2000일 동안 일터에 돌아가지 못해 애태우는 비정규직들의 힘겨운 여름을……, 우리가 지켜주지 못해 외롭게 고통 받고 있는 바로 곁의 그들을 두고 우리는 누구에게 미안해하고 있는 것일까. 걸음을 옮긴 용산에는 칠순의 신부님과 떠나지 못해 남은 사람들이 모여 오순도순 촛불을 들고 있었다. 그 촛불에 손 하나를 보태며 그제야 마음이 편해졌다.

그렇게 여름이 가고 계절은 무심하게 흘러 또 새 봄이 왔다. 지난 겨울을 그들은 어떻게 보냈을까. 나는 늘 사랑보단 사랑 그 후가, 이별보단 이별 그 후가 더 궁금했다. 파업 그 후, 투쟁 그 후 그들은 어떻게 살고 있을까? 쇠사슬에 몸을 묶었던 KTX의 그녀들은 지금 다 어디에 있을까? 그녀들보다 먼저 쇠사슬로 자신들을 묶었던 시그네틱스 언니들은? 태어나 가장 긴 외박을 했던 이랜드의 언니들은? 비정규직 철폐를 외치며 전국을 달렸던 노동자들은?

쉽게 달아오르고 너무 쉽게 잊어버리는 냄비근성 때문인지(아니, 그들의 이야기는 달아올랐던 적도 없고 그저 쉽게 잊혀졌을 뿐이니 그냥 나의 무심함 때문이겠다), 그 후 그들의 이야기를 제대로 듣지도 전하지도 못했다. 가끔 문자를 주고받거나 집회장에서 멀찍이 바라보다 헤어지기나 할 뿐. 그때 그때 터진 일들을 좇느라 늘상 있는 이들의 싸움에 함께하지 못했다. 간간이 들려오는 그들의 그 후는 역시 동화처럼 행복하지 않았다.

1년 전 전국을 달리며 비정규직 철폐와 장기투쟁 사업장에 대한 연대를 호소했던 비정규직 · 장기투쟁 노동자들은 여전히 투쟁 중이다.

포항의 진방스틸과 DKC지회는 정리해고와 단협해지, 직장폐쇄에 맞서, 서산의 동희오토는 부당해고와 노조탄압에 맞서, 대구의 코오롱과 한국합섬은 해고와 공장폐쇄에 맞서, 서울의 재능교육과 기륭전자는 비정규직 차별과 부당해고에 맞서 끈질긴 싸움을 이어가고 있다. 끈질긴 싸움은 곧 그들에게 끈질긴 고통을 뜻한다.

쌍용자동차는 77일 동안 벌인 전쟁에서 무참히 패했고, '용산 범대위'는 모두가 구속되고 이제 '용산 진상규명위'로 이름을 바꿨다. KTX의 여승무원들은 그토록 원하던 일상으로 돌아갔다. 하지만 원직도 복직도 되지 못했으므로 여전히 그녀들은 본래의 일상을 되찾기 위해 싸움 중이다.

일상(日常)이 이상(理想)이 되어버린 세상. 일상(日常)을 지키는 일은 이제 우리 투쟁의 최고 목표가 되었다. 독재시대 사람들은 이상(理想)을 위해 자신의 일상(日常)을 기꺼이 버렸다. 입에 밥을 넣고, 옷을 입고, 잠을 자는 편안한 일상은 사치고 죄악이라 생각했다. 독재가 물러나고 합법선거를 통해 집권한 세력이 지배하는 세상에서, 오히려 기꺼이 버릴 수도 있었던 일상은 이제 목숨을 잃어가며 지켜야 할 최고 가치가 되었다. 일하고, 밥먹고, 아침 저녁으로 가족들과 마주 앉아 두런두런 얘기 나누는 아무것 아닌 일상, 그것이 노동자들에게는 영혼이라도 팔 수 있는 이유이다. 또 다른 세상은 가능하다는 주술을 부여잡고 살기에는 너무나 버거운 전쟁의 연속. 노동자들에게 전쟁은 일상이 되었고 일상은 이상이 되었다.

예전처럼 편안한 일상으로 돌아가고 싶어했던 KTX 여승무원 정미정씨. 그녀를 만나 썼던 이야기는 끝내 글이 되어 세상에 나오지 못했다. 이제야 조심스레 글을 내놓으며 나는 끝까지 남았던 34명의 '그 후'를 물었다. 지방에서 새로운 일을 시작했다는 그녀는 누구는 결혼을 하고, 누구는 취직을 하고, 누구는 아이를 낳고, 그리고 여전히 재판 중인 그녀들의 요즘을 전해주었다. 어떤 일을 하고 있느냐고 물으니 만나면 얘기해 주겠다며 전화기 너머로 밝게 웃는다.

1년 반 전 인터뷰 때 그들의 투쟁은 1000일을 향해 달려가고 있었다. 1000일은 곧 왔고, 그녀들은 시끄럽게 하고 싶지 않다며 조용히 투쟁 1000일을 보냈다. 그리고 아직도, 여전히, 그녀들은 소송투쟁 중이다. 자신의 정당성을 인정받기 위해 하루를 일하더라도 꼭 KTX에 돌아가야 한다고 말했던 그녀. 무뎌지고 바래져서 이제 숫자를 세는 것조차 민망한 일이지만 그래도 부디 2000일이 되기 전에 다시 제복을 입은 그녀들의 모습을 꼭 보고 싶다.

평화롭던 대추리 들녘을 포크레인이 잔인하게 파헤칠 때 누군가 '들이 운다'고 했다. 울지 않겠다고 말하면서 눈물을 흘렸던 그녀처럼, 여기저기서 수많은 가슴들이 대추리 들녘처럼 울고 있다.

기륭전자, 동우화인캠, 이젠텍, 동희오토, 진방스틸, DKC, 로케트전기, 재능교육, KTX, 쌍용자동차, 쌍용차비정규, 대우자동차비정규, 콜트 · 콜텍, 코오롱, 한국합섬, 용산, 티센크루프엘리베이터, 동서공업, 한국캅셀, 위니아만도, 삼성반도체, 포레시아, 파카한일유압, 발레오만도, 울산제일고의 그(녀)들이 외로움과 서러움에 울고 있다.

말줄임표에 다 집어넣을 수조차 없이 많은 그(녀)들의 투쟁. 나는 뭘 할 수 있을까? 뭘 해야 할까? 이렇게 수많은 ……들이 울고 있는데.

# 울지 않아요,
# 지금 슬퍼하면 앞으로도 계속 슬플 테니까……

## KTX여승무원 정미정을 만나다

**슬픔**

용산역에서 그녀를 기다린다. 용산역 대합실 한가운데, 분주한 사람들의 움직임 속에서 나는 계속 어지러웠다. 끝없이 이어지는 역내 방송, 높은 천장에 내장을 드러낸 듯 보이는 배관들, 유리 천장에 부딪혀 계속 되돌아오는 웅웅거리는 소음들은 머무르지 말고 빨리 떠나라고 나를 채근해 댔다. 아, 정말 덧정 없는 곳이구나……. 이 일만 아니라면 다신 오고 싶지 않은 곳. 그런 곳에서 그녀들은 64일 동안 농성을 했다. 오가는 시민들의 눈총과 철도공사의 압박, 노숙자들의 행패, 경찰의 위협 따위들을 고스란히 견디면서. 용산역 앞 허름한 찻집에서 그녀 정미정과 마주 앉았다. 전국철도노동조합 KTX지부 총무부장. "당신에게 가는.길(인터뷰)이 너무 어려웠다"는 내 푸념에 그녀는 미안한 웃음을 보였다.

죄송해요. 조합원들이 너무 힘들어했고, 지부장님도 힘들어하시고, 아무 말도 하고 싶지 않았어요. 사춘기 때 엄마 관심도 싫어서 방문 잠그고 들어가 우는 것처럼, 관심 가져주는 건 고맙지만 저희가 너무 힘드니까 아무 반응도 보이고 싶지 않았어요…….

처음 인터뷰를 요청했을 때 오미선 지부장은 너무도 완강하게 거절했다. 제 몸을 보호하기 위해 한껏 가시를 벼려놓은 고슴도치처럼 그녀들은 낯을 많이 가렸고 작은 말에도 예민했다. 마치 가시의 뾰족한 끝이 남이 아닌 제 살들을 찌르고 있는 듯 보였다. 섭섭하고 살짝 짜증스럽기도 했던 마음은, 오미선 지부장의 어느 인터뷰 글을 읽으면서 이내 미안함으로 바뀌었다. "후회하지 않지만 슬퍼요"로 시작되는 그녀의 인터뷰를 보면서 나는 울었다. 후회해 버리면 너무 슬플까봐, 이렇게까지 했는데 후회한다고 하면 너무 슬플까봐 자기최면을 걸고 있다는 그녀.

미선 언니는 제일 오래 있었고 남은 우리 중에 처음부터 끝까지 간부를 맡고 있는 유일한 사람이에요. 그러다 보니 스트레스도 이만저만이 아니고. 저는 조합원으로 있다가 6개월 전부터 다시 간부로 일하게 됐지만 지부장님은 3년 내내 간부를 한 셈이죠.

천막, 쇠사슬, 삭발, 단식, 철탑, 고공……. 농성이란 두 글자 앞에 붙을 수 있는 모든 수식어를 다 동원해 싸운 여승무원들. 스트레스와 책임감이 몇 배는 더했을 간부를 3년 내내 하면서 그녀는 얼마나 힘들었을 것인가. 오미선의 슬픔과 그녀에 대한 염려로 금세 어두운 낯빛이 된 정미정을 보면서 나는 슬픔에 대한 새빨간 거짓말을 떠올린다.

기쁨은 나누면 배가 되고 슬픔은 나누면 반이 된다는 말은 거짓말 같아요. 슬픔은 계속 전염되는 것 같아요. 다른 사람에게 퍼져서 모두 다 슬퍼져요. 오미선의 슬픔은 오미선 가족의 슬픔이고, 오미선의 가족을 사랑하는 누군가의 슬픔이고, 오미선의 친구와 오미선의 이웃과, 나처럼 오미선의 기사를 읽은 사람들의 슬픔이 되고…… 줄어들고 없어지는 게 아니라 자꾸자꾸 슬픔이 커져요. 오미선 하나의 슬픔이 천 개의 슬픔이 되는 것 같아요.

오미선 지부장의 인터뷰를 읽으며 느꼈던 내 슬픔에 대해 주절거렸더니 그녀는 자신의 슬픔에 대해 이렇게 말했다.

고통은 누구에게나 자기 것이 가장 절대적인 것 같아요. 내가 힘든 걸 남은 확실히 몰라요. 어렴풋이 슬프겠다 느낄 뿐 정말 어느 정도 힘든지는 아무도 몰라요. 저희가 그래요. 스물넷에 대학 졸업하고 얻은 첫 직장이 KTX였어요. 우린 정말 평범한 여자애들이에요. 그런데 요즘 일반 사람들과 같이 섞여 있으면 뭔가 다르다는 생각이 들어요. 친구들을 만나면 남자친구 얘기, 회사 얘기, 영화 얘기, 요즘 유행이 뭔지 그런 얘기들을 하는데 난 하나도 모르는 거예요. 이십 년 동안 편하게 함께 지낸 친구들과 내가 너무 달라졌다는 생각에 무서워요. 내가 다시 저 무리로 들어갈 수 있을까 걱정되고. 문득 제가 다른 사람과 다르다는 생각을 할 때 슬프고 겁이 나요…….

고통과 우울의 한 가운데서도 이 여성들을 버티게 만드는 힘은 무엇일까. 그동안 궁금했던 오래된 물음을 던졌다.

**여자**

KTX도 그렇고 기륭도 그렇고 이랜드도 그렇고, 왜 이렇게 여성사업장들은 오래 싸울까요.

한 번은 그런 생각을 한 적이 있어요. 지금 투쟁하고 있는 여성사업장들이 다 비정규직이고 안정되지 못한 여자들이잖아요. 저희는 가정을 책임지는 경우가 적었지만 다른 분들은 가정을 책임지는 엄마들이잖아요. 엄마들이라 강한 것 같아요. 가족을 지켜야 하니까. (남성)가장의 경우 투쟁을 계속하면 가족을 지킬 수 없게 되니까 어쩔 수 없이 가족을 택하면서 투쟁을 멈출 수 있을 것 같은데 엄마들은 두 가지를 다 하는 것 같아요. 저희는 몰라서 그랬어요. 어떻게 깜빡하니까 1년이 지났고, 또 깜빡하니까 또 1년이 지났고. 답이 없나…… 정말 답이 없나…… 그러다가 여기까지 온 거예요. 특별히 우리가 강해서 이렇게 온 게 아니라…….

현대자동차의 '가장'들이 만 명 넘게 정리해고됐을 땐 온 사회가 난리가 났었다. '애들 학원비나 벌러 다닌다'고 생각하는 여성노동자들의 해고쯤이야 그에 견주면 새 발의 피도 되지 않는 문제였으리라. 세상은 그래서 우습게 그녀들을 자르지만 반대로 더 이상 잃을 것도 없는 그녀들은 이토록 질긴 싸움을 할 수 있는 것일까?

그런 것 같아요. 미약해서…… 너무도 미약하니까…… 때려도 나한테 돌아오는 비난도 크지 않고…… 저희 없다고 해서 큰 사고 안 났어요. 승객들 열차 몇 번 갈아타고…… 뭐 그런 사고 정도…… 저희는 그런 얘기 많이 들었어요. 다른 직장 찾지 왜 그러고 있냐고…… 잘렸으면 딴 데 가지 왜 그렇게 궁상을 떨고 있냐고 그런 말을 들을 때면…… 우리가 다니던 직장에서 집단 해고가 되었는데 그게 남들에겐 별 문제가 아니라는 게…….

하루하루 보람과 자부심을 느끼며 해왔던 일들을 송두리째 부정당했을 때 그녀들은 파업에 나섰다. '파업'이란 단어를 평생 자기 입으로 내뱉을 거라고는 생각도 안 해봤다는 그녀. '박종철인권상'을 수상했지만 '박종철'이 누군지도 몰랐다는 그녀들.

처음 파업 짐을 싸게 됐을 때 굉장히 즐거웠어요. 3일이면 된다고 해서 운동화랑 점퍼 챙겨 넣고 3일치 짐을 쌌어요. 근데 3일은커녕 집엘 안 보내주는 거예요(웃음). 저희는 박종철이 누군지도 몰랐어요. 관심이 없으니까 당연히 모르죠. 근데 전태일은 알았어요(웃음). 그렇게 아무것도 모른 채 파업에 들어갔는데 신난 것도 잠시, 춥고 냄새나고, 매일 머리감고 화장하는 게 몸에 밴 사람들이라 그저 씻어야겠다는 생각 하나로 찬물에 머리를 감았어요. 그랬더니 파업하러 와서 멋이나 낸다고, 샴푸냄새 풍기고 놀러 온 거냐 하면서 뭐라고 하는 분들이 있었어요. 내가 불편하지 않으면 문제될 게 없는 일인데…… 용납이 안 되는 눈빛을 보내는 거예요.

'걔들'이라고 말하던 철도의 남자들이 떠오른다. 그녀들의 섭외를 위해 도움을 부탁한 철도의 정규직 남성 조합원들은 한결같이 '걔들이 요즘 너무 힘들어서……'라고 말했다. 곧 '그 동지들이'로 바뀌긴 했지만 미처 걸러지지 않은 채 툭 튀어나온 '걔들'이란 단어는 그녀들이 얼마나 여러 겹의 싸움을 해야 하는지를 말해 주고 있었다. 나는 '걔들'이란 단어를 들으면서 느꼈던 불쾌함에 대해 얘기했고 그녀는 '어리고 모르는 여성으로 시작한 이 싸움'에 대해 얘기했다.

첨엔 아무것도 모르니까 집회할 때 귀걸이도 큰 거 하고 가고 그랬어요. 근데 재네들 봐라 손가락질하는 분들이 많았어요. 하다 보니 나빠서가 아니라 경험에 의해 안 하게 됐어요. 경찰이랑 대치할 때 불편하구나 하지 말자 그렇게요. 그렇게 알아가면 되는 건데 그걸 나쁘다 아니다 얘기해서 처음엔 너무 이해가 안 됐어요. 오래 싸우다 보니까 정말 좋은 분들도 많고, 저희를 인간적으로 대해주시는 분들이 많아요. 그분들은 잘 아니까 편하게 부르기도 하고 그래요. 여성주의나 여성운동을 잘 모르니까 특별히 민감하진 않았는데 대신 저희는 다른 데 민감했어요. 예를 들어 저희가 힘들게 심사숙고하고 모든 걸 고려해서 어렵게 내린 결정에 대해 "애들이 결정한 거다"라고 말할 때요. 우리는 모두 성인이고 우리들의 문제인데, 다른 사람들이 보기에는 그냥 애들이 한 결정이고 얼마든지 바꿀 수 있다고 생각하는 거예요. 그게 너무 싫었어요. 지금도 어떤 분들은 그래요. 우리 KTX 내부에는 활동가가 아무도 없다. 그런 얘기를 들으면 왠지 안심이 되는 거예요(웃음).

어리고 아무것도 모르는 여자애들이 한 결정은 그렇게 다 크고 모든 걸 아는 조직의 남성들에 의해 쉽게 판단 당한다.

**남자**

그녀들이 가진 겹겹의 싸움 가운데 나는 남성, 정규직 노동자인 철도노조에 대해 묻지 않을 수 없었다. 이철의 철도노조미조직비정규직특별위원회대표(그녀들은 그를 대표님이라 불렀다)가 썼던 한겨레 기고 글*

* 2008년 7월 10일 서울역에서 농성 중이던 여승무원들에게 밤 11시에 천막을 철거하라는 통보를 한 철도노조에 대해 이철의 조합원이 한겨레 기고 글을 통해 비판했던 기사이다. 글의 제목은 "운동의 성골/진골/천골"이었다.

에 대해 물었다. 천막 철거 통보는 사실이었을까.

기사 때문에 발칵 뒤집혔다는 말을 듣고 찾아봤더니 기고 내용은 사실이었어요. 문제가 되고 나서 집행부에서는 그런 뜻이 아니었다, 그렇게 받아들였다면 미안하다 그렇게 말씀하셨어요. 그 일 때문에 노조와도 안 좋았고, 대표님도 어려워졌고, 어떤 분들은 대표님과 저희를 싸잡아서 욕하기도 하고……. 내부의 이야기라 답답해서 어디 얘기할 곳도 없었어요.

문제가 된 그 글은 에둘러 감 없이 직설이었다. '공공부문 민영화 저지 공동투쟁본부' 발대식을 위해 투쟁천막을 잠시 철거하라고 통보한 정규직 노조. 승무원들이 마지막 투쟁을 하겠다고 결심했을 때 '정세에 맞지 않는다'며 정작 한 명도 천막 설치에 나오지도 않았고, 그 누구도 천막농성장에 격려 방문을 한 사실도 없으면서, 밤 11시에 천막을 치우라고 할 정도로 타락한 철도노조를 정면에서 비판하는 글이었다. 사태가 불거지자 노조는 사과했다. 오해했다면 미안하다는 사과. 오해 안 했다면 미안하지 않은 가해자식 사과. 그리고 사태는 무마됐다. 물론 서울역에 천막을 칠 때도, 농성 중일 때도, 심지어 천막을 치우라고 한 그날도 위원장은 한 번도 오지 않았다. 선뜻 대답하지 못하고 망설이는 그녀를 보면서 알았다. 기고 글 그대로 정규직 노조의 위원장은 그녀들의 농성장에 한 번도 오지 않았다는 것을.

누군가 그런 얘기를 용기내서 하면 분위기가 싸해지는 걸 느껴요. 3년 투쟁으로 배운 게 있다면 너무 뻣뻣하면 부러진다는 거예요. 어느 정도 수긍하면서, 꼭 지켜야 할 자존심만 지키면서 어느 게 덜 중요한

지 판단하면서 가는 걸 배웠어요. 때론 옳지 않다는 걸 알지만 그게 나쁘다고는 말하지 못하겠어요.

그래도 생계비와 투쟁을 다 지원해 주는데 우리처럼 복 받은 곳이 어디 있느냐고 말하는 그녀에게 나는 엉뚱한 분노를 내보였다. 정말 그렇게 생각하냐고, 왜 당신들은 철도해고자가 되지 못하냐고, 힘 있고, 돈 있고, 능력 있는 철도노조가 먼저 당신들을 똑같은 철도해고자로 대해야 하는 거 아니냐고. 스스로 비정규직을 차별하면서 자본에 대고 비정규직 차별하지 말라고 요구하는 거 웃기는 거 아니냐고. 그녀는 아무 말도 하지 않았다. 그날 저녁 서울역에서 열린 철도노조파업출정식에 갔다. 무대에서 조합원들의 박수를 받고 있는 해고자들이 보였다. 전원 복직을 반드시 따내겠다는 무대 위의 철도해고자 46명은 모두 정규직 남자 조합원들이었다. 내가 내보인 분노에 긍정도 부정도 하지 않던 그녀의 묘한 얼굴이 교차한다. 슬픔이었을까, 분노였을까, 아니면 체념이었을까.

3년 내내 나름 한다고 했어요. 외부연대를 소홀히 한 건 간혹 있었어요. 그건 인정해요. 저희는 연대라는 개념을 몰랐거든요. 하지만 철도 내부에선 소홀히 한 적 없다고 감히 자부할 수 있어요. 철도에서 외부연대할 때 민주노총 집회 등 그런 곳은 저희가 모두 다 갔어요. 그런데도 아직 조합원들의 이해가 부족하다, 나는 해주고 싶지만 조합원들이 동의해 주지 않을 거다 그런 말을 들을 때면 너무 속상하죠. 하지만 싫다고 해서 뒤엎을 수 있는 것도 아니고…… 그냥 인정할 수밖에 없어요. 그렇지만 철도노조가 아니었다면 이 싸움은 절대 할 수 없었어요.

서운함과 원망도 진심이었고, 고마움과 존경도 진심이었다. 그녀들에게 철도노조는 3년 동안 함께하면서 어느 한 가지로 단일하게 재단할 수 없는 여러 결의 감정들을 켜켜이 지니게 한 특수한 존재였다. 고마워하면서도 섭섭하고, 원망스럽다가도 또 존경할 수밖에 없는. 나는 그녀들이 가진 고마움과 존경보다는 섭섭함과 원망에 대해 집요하게 물었던 것이고, 그걸 온전하게 내보일 수 없는 그녀는 또 난처해했다. 그래서 화제를 돌렸다. 지난 여름 우리를 달군 촛불에 대해.

**촛불**

여러 번 나갔는데 처음엔 단체옷도 못 입고 갔어요. 우리 때문에 오해 받을까봐요. 그때 한창 정부와 언론에서 노동계가 일반 시민들을 선동한다 그런 선전을 할 때여서 조심스러웠죠. 함께하고는 싶지만 촛불에 묻혀서 난감했어요. 그러다가 나름 문화제도 하고 노란 단체옷도 입기 시작하니까 사람들이 알아보고 이제 오신 거냐 하고 묻는 거예요. 행진하면 우리 문제를 묻고, 그렇게 만난 시민들이 매일 와서 연대도 해주시고.

광화문 뒤덮은 촛불에 절망했다던 이랜드 위원장, 촛불에 묻혀서 난감했던 KTX와 기륭전자 여성조합원들. 촛불은 이들에게 무엇이었을까.

그때 화가 많이 났어요. 광우병이란 문제 하나만 가지고 할 일이 아닌 거예요. 많은 문제 가운데 왜 하필 비정규직만 빠졌느냐 제기해도 아무도 그걸 넣으려고 하지 않는 거예요. 우리가 가서 넣자, 우리가 나서서 얘기하자, 우리만의 문제가 아니다, 거기 오는 많은 사람들이 비정규직일 거다, 직접 얘기하면 동의할 거다 했는데, 언론이 너무 무서웠어요.

약자는 언제나 싸워야 할 대상이 겹겹이다. 촛불을 들어 탄핵쿠데타를 막고 민주주의를 지켰지만 결국 그렇게 지킨 대통령에게 보기 좋게 배신당한 노동자들. 철탑농성을 마무리하며 낸 성명서에서 KTX 조합원들은 이런 말을 했다.

너무도 명백한 정당함이었고, 그토록 간절히 원한 바람이었지만 우리 사회를 지배하고 있는 권력과 철도공사 경영진은 조금도 변하지 않았습니다. 우리가 지쳐 보이거나 여론이 잠잠해져 상황이 조금만 변해도 어느새 그들은 포기를 강요했고 굴종하라고 압박했습니다. 지난 정부도 현 정부도, 지난 사장도 이번 사장도 조금도 다르지 않았습니다.

지난 정부도, 현 정부도 노동자들에겐 다를 바 없다. 아니 지난 정부는 개혁이라는 이름으로 비정규직법안을 통과시켰고, 이랜드와 기륭과 KTX 여성들은 지난 정부가 왜 '진보'가 아닌가를 온몸으로 확인시켜 주었다. 기륭전자의 농성장에서 노무현 정권 때 청와대 비서관을 지낸 여성을 봤다. 자신이 진행하는 방송을 통해 비정규직 투쟁을 지원하겠다고 한다. 진심인 것 같다. 그래서 더 섬뜩하다. 모르는 것일까. 정말 모르는 것일까. 기륭은 이명박이 아닌 노무현이 만들었다는 것을. 그녀를 보고 인사하는 노동자들은 또 무언가.

사람들은 배후에 있는 사람들은 잘 모르고 실제 손을 댄 사람들만 욕을 해요. 저희도 저희를 직접 자른 사장이 미웠지 정치란 걸 잘 몰랐으니까요. 누가 우리를 이렇게 만들었는지보다 누가 도장을 찍었는지 그 것만 문제였던 거예요. 그녀에게 인사를 건넨 사람들도 그 사람은 직접 손 댄 사람이 아니니까 모를 거예요. 그냥 현장에 와서 함께해 주면 고마운 거죠. 스톡홀름 증후군 같아요. 자기 목을 쥐고 있는 사람을 사랑하는…….

우리는 그래서 늘 당하는 것인가.

**눈물**

눈물이 났다. 슬픈 건 그녀인데 말하는 내가 내 감정에 취해 울고 만다. 그녀는 잘 울지 않는다. 눈물이 말라버린 것일까.

웬만하면 눈물도 안 나요. 어떤 때 눈물이 나냐면 예전에 힘들었을 때 얘기를 끄집어내면 그 장면들이 다 상상이 되잖아요. 그러면 눈물이 핑 돌아요. 요즘엔 애써 담담한 척……해요. 여기서 슬퍼하면 앞으로도 계속 슬플 테고…… 슬픈 일이 있을 수도 있지만 그만큼 성숙했다고 생각하니까……. 같이 모여서 손잡고 운 적 많아요. 저는 부산본부 소속이었는데 2006년 5월에 지역본부 침탈당하고 옮겨올 때 60명 정도 있다가 작년에 거의 20명만 남았어요. 우리끼린 20자매라 그랬죠. 1년이 지나 올해 초 또 10명이 나가고 10명만 남은 거예요. 이제 열자매라고 그래요. 10명이 모여서 야식 먹으면서 간담회하고 할 때 간혹 옛날 얘기, 앞으로 가야 될 얘기 하다 보면 하나가 얘기를 터뜨리면 돌아가면서 울게 되요. 꼭 누구 하나가 울면 전염병처럼 다 울고, 문화제에서 영상 틀어주면 또 울고…… 어떻게 된 게 투쟁 영상은 보고 또 봐도 눈물이 나요.

너무 슬프면 아무 말도 할 수 없다고 그녀는 말했다. 그래서 인터뷰에도 응할 수 없었다고. 웬만한 일엔 나지도 않도록 제어 장치를 다 해놓은 눈물과, 슬프다 말도 할 수 없을 만큼 깊은 슬픔에 대해 말하다, 그녀는 끝내 울고 만다.

너무 힘들 땐, 3일이면 끝날 거라던 파업배낭을 그때 싸지 않았다면 어땠을까 많이 생각해요. 아마 지금도 일하고 있었겠죠. 시집을 갔거나 다른 일을 하고 있었을 거예요. 사회의 이런 부분을 아예 볼 일도 없었겠죠. 되게 많이 힘든 날은 그런 생각을 많이 해요. 이런 어두운 면을 보지 않았다면 정말 밝고 즐겁게 살고 있었을 텐데……. 전태일 열사만 알고 나머지는 모르는 게 낫지 않았을까……. 몰랐던 게…… 그게 더 행복하지 않았을까…… 그런 생각이 들면…….

울음으로 목이 잠기는 그녀를 보며 나도 목이 멘다. 누구에게 이 원망을 돌릴 수 있을 것인가. 그녀의 엄마는 가장 노릇을 위해 선택한 직장에서 딸이 당하고 있는 고통을 자책하며 울고, 그런 엄마를 보며 그녀는 또 운다. 그녀와 가족들에게 뜻하지 않게 찾아온 고통. 누구도 원망할 수 없는 선택. 되돌리기엔 너무 멀리 와버린 싸움. 어찌할 것인가. 자신과 너무 닮은 고통, 기륭이야기를 하다 그녀는 또 운다. 그 고통이 어떤 것인지를 알기에 차라리 그만두었으면 한다는…….

얼마 전 기륭에 철탑 세웠을 때 못 갔는데 나중에 소식 듣고 가슴이 너무 아팠어요. 저희를 보는 것 같아서 차마 거기를 달려가지 못하겠어요. 마음은 달려가야지 하면서도 막상 저희가 가면 더 우울해질 것 같은 거예요. 기륭이 저희 연대 오면 저희 400일일 때 500일이래, 저희

900일일 때 1000일이래…… 우리도 1000일까지 해야 되나…… 힘들었어요. 나중에 가봤더니 용역깡패들이 진을 치고 있는데 슬퍼서 무슨 말이 안 나오는 거예요. 그런 사람들과 매번 부딪히면서 저희보다 더 큰 상처를 받고 있을 텐데…… 이런 말 하면 안 되지만 마음 한켠에선 이제 그만두면 안 될까…… 그런 생각이 드는 거예요. 기륭만이라도 꼭 이겼으면…….

**연대**

기륭전자는 그 적은 인원을 가지고 연대를 열심히 다녔어요. 그게 품앗이처럼 지금 돌아오는 것 같아요. 저희도 요즘 그걸 절실히 느껴요. 너무 몰랐기 때문에 연대를 많이 못했는데, 연대해 주는 분도 없고 내부에서도 너무 힘드니까 슬럼프를 한동안 겪었어요. 그때 우리가 그동안 연대하지 않았기 때문에 이런 어려움을 겪는구나 깨달았죠.

**이념의 시대 천형은 '빨갱이'란 낙인이었다면, 자본이 이념이 된 시대에 천형은 '비정규직'이란 낙인이 아닐까. 약자끼리의 연대보다 약자에 대한 강자의 연대가 그래서 절실한 때가 아닐까. 부자는 타워팰리스에, 비정규직은 타워에 올라야만 하는 지독한 야만의 시대…….**

철탑에 올라갔을 때 이런 느낌이 들었어요. 철도의 정규직 조합원들이 움직이지 않으면 아무것도 할 수 없는데, 열차가 정상적인 시간에 움직이도록 정비를 하잖아요. 안전운행 투쟁이라고 하죠. 그런 걸 정말 철저하게 해주셨어요. 감동이었죠. 열차 지나갈 때마다 '빵빵' 하고 기적을 울려주면서 가시는 기관사 분들…… 너무 기분이 좋았어요. 내 편이구나……. 내 사람이 아니구나 생각했던 분들이 내 편이란 걸 알았을 때, 정규직 하면 우리를 다르게 보는 다른 사람들인 줄 알았는데 저희랑 똑같은 분들이었어요. 따뜻한 사람의 마음을 가진 정규직 비정규직을 가른 건 우리가 아니고 사용자들이잖아요. 저희들끼리 너 다르고 나 다르다고 갈라치면 안 되겠구나 하는 걸 느꼈어요.

그녀는 철탑에서 '뉴코아 노조'의 타결소식을 들었다. 400일 넘게 싸우다 결국 '백기투항' '굴복' '악영향', 이런 단어들로 남은 뉴코아의 투쟁.

철탑에서 그 소식을 들었어요. 느낌이 안 좋았어요. 어떻게 합의됐냐고 물어도 잘 대답을 안 해주기에 느낌이 왔죠. 어떤 분이 뉴코아 문제를 인터뷰하려고 철탑까지 올라왔어요. 할 말이 없다, 상처는 입었지만 이 힘든 상황이 종료가 된 걸 그나마 위안으로 삼을 수밖에 없는 것 아니냐 그랬어요. 저희가 그 문제에 대해 뭐라 말해주길 바랬던 것 같아요. 근데 어떻게 비난할 수 있겠어요 우리가…… 그 힘든 걸 다 아는데……. 누군 어떻고 누군 어떻다고 평가할 자격은 없다고 생각해요. 결정을 내린 사람들도 이 결정이 주위에 어떤 영향을 끼칠지 늘 생각하거든요. 근데 사람들은 희생양을 찾길 원하는 것 같아요. 그냥 지켜보는 것 말고 힘을 보태줬다면 다른 결정을 내릴 수도 있지 않았을까…… 말보다는……. 말 많은 사람들을 믿지 못하겠어요. 비난하는 사람들은 정말 중요한 순간에는 앞에 없더라구요. 뒤로 다 빠지고…….

### 패배

500일 넘긴 이랜드 싸움도 타결이 됐다. 자신들의 복직을 조합원 복직의 걸림돌로 만든 자본의 계략을 뻔히 알면서도 위원장과 간부들은 포기할 수밖에 없었다. '아름다운 희생'이라 칭송한다. 무엇이 아름다운가. 웃는 자는 누구인가. 위원장과 간부들의 희생을 조건으로 복직된 조합원들인가, 자신들의 희생으로 조합원의 복직을 이룬 위원장과 간부들인가. 잃은 것 하나 없이 간단히 노조의 싹을 잘라버린 자본인가. 희생으로 만든 타결은 아름다울 수 없다. 적어도 아름다움이란 단어는 누구의 희생도 없는 타결일 때 쓸 수 있는 것이다. '협상' '타결', 이런 단어들은 언제나 본질을 은폐한다. 그 건조한 단어 너머 살아 숨쉬고 있는 인간들의 피와, 눈물과, 고통과, 한숨과, 삶과, 상처들을…… 모두 잊게 한다. 노예가 품었던 인간의 꿈들을…….

한 고비 보면서 가거든요. 그 고비를 모르니까, 아는 사람이면 이거 안 되면 저것도 안 될 거야 하는데, 우리는 모르니까 이게 안 되면 저거 하면 되지 될 거야, 우린데…… 그렇게 여기까지 왔어요. (철탑에서) 내려오라고 안 했으면 아마 지금까지 있었을 거예요. 네모난 통을 좌변기로 하나 만들어서 가지고 올라갔어요. 웬만하면 고소공포증도 없는데 올라갔다 오니 스트레스를 받았는지 내려오고 3일 동안 화장실을 못 갔어요.

철탑투쟁을 마치고 그녀들은 「우리는 당당히 투쟁하는 KTX 승무원입니다」라는 성명을 발표했다. 너무 감상적으로 쓴다고 혼도 많이 났다지만 나는 그녀들의 성명서가 좋다. 악다구니 쓰지 않고 거짓 투쟁도 말하지 않고, 패배는 패배라고 선선히 인정하면서도 포기하지 않는…… 그녀들은 그 성명서에서 철탑투쟁을 패배한 투쟁이라 불렀다.

철탑농성으로 뭔가를 해결하려고 했는데 결국 해결하지 못했어요.

공사와의 싸움에서 진 거죠. 철탑에 올라간 18일이 3년 동안 가장 가열차게 한 투쟁 같아요. 그런데도 '연행'에 대한 두려움이 컸어요. 끌려가는 게 무섭다기보다 재판하면 불려다니는 게 너무 많고, 길어지고, 벌금이야 내면 그만이지만 기록에 남는 거고. 너무 시달리다 보니까 두려운 거예요. 연행된다는 전제가 항상 깔려 있는 거니까. 그런 위험부담이 너무 커서 우리가 움츠러들었던 그 패를 읽힌 것 같아요. 그런 점에서 패배했다는 말이 나온 거죠. 그걸 넘어섰으면 이겼겠죠. 하지만 그걸 인정하는 게 제일 중요한 것 같아요. 진 거 아니라고 뻗댈 수야 있겠지만, 능력이 안 돼서 진 거라고 인정하고 다음 투쟁을 하겠다고 하면 되는 거죠. 그때 더 열심히 할 수 있었으면 좋았을 걸 조금 아쉬움이 남아요. 후회보다는 아쉬움. 그랬으면 더 좋은 결과가 있었을 텐데 하는 아쉬움이요…….

그녀들이 낸 성명서에는 남아 있는 조합원 서른네 명의 이름이 나란히 적혀 있었다. 박종철을 모르면 어떤가. 한 세대가 지나면 또 다른 노동자들이 누군지도 모르는 KTX인권상을 받게 될 것이다. 그래서 철탑 높이만큼 높았던 괴로움을 뒤로 하고, 지난 3년 세월을 원망하면서도 그 시간을 헛되이 만들지 않기 위해, 비록 패배했으나 굴복하지 않기로 했다는 그녀들이 있는 한, 아직 패배를 말하기엔 이르다.

**사람**

철도공사에서는 레저로 가라 그 이상의 안은 없다라고 최후통첩을 했어요. 그래서 결국 소송으로 가게 된 거죠. 투쟁을 하면서도 다른 데 눈을 돌린 적이 없어요. 이것만 보고 왔어요. 다 잃었어요. 인간관계, 사회관계 모두 멀어지고 가족관계까지……. 이렇게 잃은 게 너무 많은

데 내가 가진 이 자존심까지 없애면 내 자신을 부정하는 것밖에 안 되는 거예요. 그 안을 받는 것은 자존심을 버리는 거였어요. 집안의 가장이고 어려운 사람도 있고. 그 현실과 내 자존심 사이에서 고민하면서 분란도 많았지만 근데 결론은 하나인 거예요. 자존심을 지키자는 거. 정말 우리가 원하는 KTX 승무원 아니면 어떤 합의도 하지 말자. 그리고 우리의 옳음을 인정받기 위해 소송을 걸자 결정을 내린 거예요.

이토록 긴 싸움에도 자존심을 말할 수 있는 힘은 과연 무엇이었을까. 나는 그녀의 말에서 막막한 퍼즐 판을 맞출 첫 출발 조각을 찾을 수 있었다.

철탑에서 아래를 내려다보니까 예전에 누가 천막에 오면 부끄러워 말도 못하던 정말 그냥 조합원들이 전부 다 나서서 사람들 맞이하고 하는 거예요. 심지어는 집회 사회도 보고 발언도 하고. 지금 남은 서른 명은 그래요. 얼굴 안 보면 보고 싶다고. 왜 안 오냐고. 지금 저희가 원하는 안을 받은 것도 아니고 투쟁의 큰 성과를 낸 것도 아니고, 소송이 이길 거라는 확신도 없고, 진짜 손에 쥔 건 아무것도 없는데, 지금 생각해보면 딱 하나 사람을 얻었다는 생각이 들어요. 제 가까이에서 몇 년 동안 같이 생활했던 동료들, 십분의 일로 줄었지만 3년 동안 동고동락하면서 정말 내 피붙이 같고 자매 같은 그런 분들을 얻었어요.

모든 걸 다 잃고 딱 하나 사람을 얻었다는 그녀. 그 '사람'이 잃어버린 모든 것과 바꿀 수 없을 만큼 소중하다는 그녀들. 나는 생각한다. 함께 마스크를 쓰고 제 손으로 산 쇠사슬을 두른 채 서로의 몸을 엮은 자매들이 없었다면 그녀들은 아마 여기까지 오지 못했을 것이다.

언제 끝날지 모를 소송에 들어간 이상 일단은 몇 년이 걸리더라도 긍정적으로 지낼 거예요. 우리가 자신 있게 말할 수 있는 건 결과가 나온 후엔 다시 뭉칠 거라는 거예요. 가능성을 항상 열어놔야죠. 개인적으로 나간 친구도 많지만 어떤 생각으로 나갔는지 섣불리 생각할 수 없어요. 좋은 결과가 나오면 모두 안고 갈 수 있다고 생각해요. 마찰은 있겠지만 되도록 상처 받지 않는 방향으로, 힘든 일을 많이 겪어서 그 정도는 쉽게 해결할 수 있을 것 같아요.

비정규직으로 가르고, 해고로 내쳐진 것에 고통 받은 그녀들은, 떠난 동료들을 껴안겠다고 한다. 상처 받지 않도록……. 떠난 사람들이 남은 사람들에게 어떤 상처로 남았는지 온전히 알 수는 없다. 끝까지 함께했다면 더 좋았겠지만, 이 예측할 수 없었던 싸움에서 버티지 못하고 떠난 그들에게, 남아 있는 사람들은 또 얼마나 큰 죄책감이겠는가.

저 뒤에 앉아서 한 숨 돌리는 사람, 바로 그 한 사람이 정말 소중한 사람이죠. 잊어서는 정말 안 돼요. 소중한 사람들을.

홈에버가 타결된 후 이랜드노조의 이름으로 열린 마지막 문화제에서 조합원들은 그런 노래를 부르고 있었다. 조합원의 복직을 위해 자신의 복직을 포기한 위원장은 “500일 넘도록 투쟁하면서 정말 행복했다”고 말했다. 자신을 한결같이 믿어 준 조합원들이 있어서 너무 행복했다고. 엄동설한에 또 다시 조합원들을 추위에 떨며 농성하고, 집회하게 할 수 없어 타결할 수밖에 없었지만, 복직하더라도 노동조합만은 꼭 지키겠다는 약속을 해 달라고 했다. 직장도, 가족도, 건강도 모두 잃고 이제 실업자가 된 위원장이, 덕분에 행복했다고 칭한 그녀들은 고개를 푹 떨군 채 울고 있었다. 자신들을 위해 모든 것을 포기한 위원장에게 노조를 꼭 지켜 그 희생에 보답하겠다고 약속한다. 사람이 서로에게 어디까지 소중할 수 있는지 나는 노동자들을 볼 때마다 그 끝을 새롭게 확인한다.

알리고 싶어요. 우리가 아직 싸우고 있다는 걸……. 이 문제는 이 국가든, 철도노조든, 철도공사든 끝까지 안고 가야 될 문제예요. 우리가 제자리로 돌아가기 전까진……. 제일 중요한 건 저희처럼 아무 것도 모르고 당하는 분들이 다신 나오지 않았으면 좋겠다는 거예요. 다신 저희처럼 고통 받는 비정규직이 없었으면 해요. 곧 1000일이 되어가요. 안 올 것 같았는데…… 왔어요. 1000일이 되면 등산도 하고 함께한 분들 다 모이는 자리를 마련하려고 해요. 저희 싸움에 함께해 주신 모든 분들이 다 모여서 함께할 수 있는 걸 하고 싶어요. 지금까지도 생각날 때마다 만 원 이만 원씩 넣어주는 분들이 있어요. 너무 고마운데 연락할 방법이 없어요. 그런 분들께도 모두 고맙다는 말을 하고 싶은데…….

서로가 서로에게 '바로 그 한 사람'이 되어 주는 사람들. 기륭과 KTX와 코스콤과 이랜드는 우리 모두에게 '바로 그 한 사람'들이다. 그들은 예수처럼, 전태일처럼 제 목숨을 던져 이 땅의 비정규직들이 감내해야 할 고통을 짊어졌다. 그리고 아직도 그 고통을 내려놓지 못하고 있다.

위에서 보는 하늘은 느낌이 달랐어요. 뭔가 다른 세계 같고, 왠지 밑에서 싸울 때 본 하늘하고 다른 거예요. 뭐랄까…… 희망이 보일 것 같았어요.

철탑에서 올려다본 하늘이 너무 푸르고 아름다워 '희망'을 생각했다는 그녀. 긴 시간 인터뷰를 마치고 거리로 나와 함께 올려다 본 가을 하늘은 여전히 푸르고 아름다웠다. 투쟁하고, 패배하고, 눈물짓고, 그러나 다시 시작하는 내 곁의 그녀는, 가을 하늘보다 더 푸르렀다. 언제나 그리고 여전히, '사람'이 제일 아름답다. 그녀는 당당하게 투쟁하는 KTX승무원이었다.

**취재후기**

긴 싸움을 하고 있는 비정규직 조합원의 목소리를 담아 르포집을 만들자는 제안이 왔을 때 나는 KTX 승무원을 만났으면 좋겠다 생각했다. 그래서였을까. 운명처럼 그녀들이 내게로 왔다. 하지만 그녀들이 내게 오기까지는 정말 우여곡절이 많았다. 수월하게 인터뷰가 잡힌 다른 사업장과 달리 유독 KTX만 난공불락이었다. 간곡한 전화통화도 소용없었고, 이리저리 부탁한 철도의 아저씨들은 백방으로 노력해 보겠다고 했으나 '안 될 것 같다'는 비보만 전해왔다. 포기해야 하나…… 기획팀과 나는 잠깐이지만 포기를 생각하기도 했다. 무작정 찾아갔던 용산역 뒤편 숙소에 버티고 선 커다란 철문처럼, 그녀들의 닫힌 마음은 쉽게 열리지 않았다. 그녀들은 그토록 힘들었던 것이다. 한 2주 애를 태웠다. 그리고는 10월 25일 밤 12시 10분, 자정을 넘긴 시간에 드디어 인터뷰를 하겠다는 문자가 왔다! 고마워서, 고맙고 미안해서 울 뻔했다.

그녀를 만나러 가는 길, 지하철 안에는 눈 닿는 곳마다 철도공사의 광고가 붙어있었다. "저탄소 녹색성장의 길 코레일이 달려가겠습니다" 대운하와 녹색이라는 형용모순을 간단하게 조합시켜버리는 삽질정권의 행동대원이 되어 뜬금없이 녹색성장을 외치는 철도공사. 40조원을 투자해 2015년까지 이용객을 2배로 늘리고, 110만 명의 일자리를 만들겠단다. 40조원. 계산기 화면에 채 나타낼 수 없는 그런 숫자. 승무원 한사람이 1년에 3천만 원을 받는다 치고 처음 투쟁을 시작했던 해고자 400명이 얼마동안 받을 수 있는 돈인가…….

3333.3333333333. 셈이 흐린 나는 잠시 머리가 아득해진다. 3천 3백 3십 3년을 주고도 남는 돈. 그녀들의 투쟁은 1000일을 향해 달려가고, 그녀들의 고통은 그 끝 모를 숫자처럼 오늘도 이어지고 있는데, 왜 멀쩡한 이들을 자르고 40조 원을 들여 110만 명의 일자리를 창출하겠다는 것인지…….

너무도 힘들어 얘기하는 것 자체가 고통인 그녀들을 뜻하지 않게 괴롭혔다. 어려운 가운데 인터뷰에 응해준 정미정 총무부장과 마음고생 많았을 오미선 지부장에게 특별히 고마운 마음을 전한다. 내 글이 상처받은 그녀들에게 조금의 위안이라도 되었으면 더 바랄 게 없겠다.

"오미선, 김영선, 정미정, 박미경, 김영미, 양혜영, 한아름, 배귀염, 김경은, 김성희, 차미선, 박선미, 문은효, 이소윤, 장혜진, 김진옥, 최정현, 옥유미, 정연홍, 김다영, 김민정, 신은주, 서효정, 박정현, 박지혜, 박영신, 안미진, 남소영, 박지예, 김미향, 권세경, 유수란, 강영순, 제민경"

내게 운명처럼 와준 그녀들 모두에게 동지애와 더불어 따뜻한 자매애를 전한다.

# 당신과 나의 세상을 향한 질주

## 비정규직 · 장기투쟁 사업장 노동자들과 함께한 열흘의 기록

**질주 첫날** 우리의 소박한 질주를 응원해 주세요

### "해고 속도, 너무 빨라 기록할 수도 없다"

2009년 4월 21일 오전 11시, 청와대 들머리에 너희가 아닌 우리의 세상을 향해 열흘 동안 함께 '질주'할 사람들이 하나 둘 모여들었다. 이젠 징하다는 소리밖에 나오지 않는 낯익은 기륭 해고자들, 서산의 동희오토, 구미의 코오롱, 시설노조, 진보신당, 민주노동당, 용산대책위의 시인, 민교협의 교수, 그리고 촛불 시민까지 백인백색의 사람들이 몸으로, 마음으로 이 질주를 함께하기 위해 모였다. 이들은 전국을 돌면서 세상을 향해 비정규직의 목소리를 들려줄 계획이다.

모르거나, 모른 척하거나, 혹은 잊은 채 살고 있는 사람들에게, 오늘 이 시대를 함께 살고 있는 우리 이웃들의 고통과 상처에 대해 말하면서 신나게 자전거도 탈 생각이다. 여의도에 벚꽃이 활짝 핀 게 엊그젠데 언제 봄이었나 싶을 정도로 날씨는 추웠다. 시샘하듯, 탄압하듯 날씨마저 우리 편이 아니다. 하지만 그러면 어떤가. 추운 겨울을 서로의 체온 하나로 몇 해 째 버텨온 동지들이 함께 있어 춥지 않다.

출발 선포식을 마친 후 이들이 서둘러 닿은 곳은 대구의 출입국관리

사무소 앞에서 열린 이주노동자집회였다. 질주단을 실은 대형버스가 집회장에 닿자 서울에서 온 귀한 손님들이라며 대구지역의 동지들이 반갑게 맞아준다. 얼마 전 중국에서 온 이주노동자 여성을 출입국관리소의 관리가 무차별 폭행으로 끌고 가는 장면이 인터넷에 공개되면서 또 다시 이주노동자에 대한 폭력단속과 추방이 도마에 올랐다. 오늘 대구지역도 단속에 걸린 이주노동자들을 대구출입국관리소가 가둬놓고 있다는 제보를 받고 급하게 진상조사와 규탄을 위한 집회를 연 것이다. 꿈쩍도 하지 않는 법무부와 노동부를 상대로 허공에 날리고 말 메아리일지언정 포기하지 않고 끝까지 함께 싸우는 사람들을 보니 마음이 든든하다.

질주단을 맞이하기 위해 특별히 한적한 오후 시간에 집회를 잡았다는 대구 지역의 연대동지들은 이들이 도착하자 바로 집회준비로 부산해진다. 그림인지 글씨인지 모를 낯선 언어로 쓰여진 피켓을 들고 어디가 위인지를 묻는 한 조합원의 물음에 작은 웃음들이 터진다. 위로 들어도 아래로 들어도 낯설기만 한 문자들, 그러나 '아, 이것이 글씨구나!' 하는 정도의 깨달음과 공감만으로도 이미 그들은 하나였다. 어느 나라의 언어든 그 나라에서 건너온 이주노동자들의 염원을 담은, 혹은 그들의 정당한 주장을 담은 글씨려니 하는 생각으로 뜻 모를 피켓을 들고 함께 이 자리를 지키는 이들. 수십 가지 '다름'은 이처럼 한 가지 작은 '공감'으로도 쉽게 무너뜨릴 수 있다. 이들은 그걸 알고 있었다.

한바탕 격려와 연대와 규탄의 발언들이 끝난 후 민주노총 대구지역본부로 자리를 옮겼다. 서울에서 출발할 땐 10여 명이었던 규모가 대구에서 두 배로 늘었다. 이웃인 구미의 코오롱 해고자들, 포항에서 온 DKC지회와 진방스틸 해고자들, 서산에서 출발해 온 동희오토 사내하청지회, 노래패 좋은 친구들, 대구지역본부 간부들, 건설노조 간부들이

그림인지 글씨인지 모를 낯선 언어로 쓴 피켓을 들고 어디가 위인지를 묻는 한 조합원의 물음에 작은 웃음들이 터진다. 위로 들어도 아래로 들어도 낯설기만 한 문자들, 그러나 '아, 이것이 글씨구나!' 하는 정도의 깨달음과 공감만으로도 이미 그들은 하나였다.

속속 결합했다. 이들은 건설노조가 마련한 잠자리에 모여 질주 첫날에 대한 얘기들을 풀기 시작했다.

예전엔 1년만 투쟁해도 '장투(장기투쟁)사업장' 소리를 들었는데, 이제 1년 투쟁 정도로는 기륭이나 코오롱 앞에서 장투 축에도 못 낀다는 우스개 아닌 우스개 소리를 들으니 다시 마음이 아프다. 원직복직은 솔직히 어렵다고 생각하지만, 싸우는 과정에서 재벌이 마음대로 정리해고 하지 못하도록 한 것에 의미를 갖는다는 어느 해고자처럼, 하나하나 들여다보면 참 잔인한 일상들을 견디고 있는 사람들이지만, 웃으면서 서로를 격려하고 위무한다.

처음 들어보는 해고 사업장들도 많았다. 세계 곳곳에서 일어나는 일들을 실시간으로 알 수 있는 요즘이지만, 노동자들을 대상으로 한 비정규직화와 해고는 빛의 속도로도 따라잡지 못할 만큼 정말 정신없이 일어나고 있다. 기록이 미처 상황을 좇지 못할 만큼 힘겨운 상황인 것이다. 그래서 이들의 목소리와 삶을 담는 작업이 필요하다. 비록 열흘이라는 짧은 기간이지만 당사자들과 함께하면서 이들의 투쟁과 삶을 충실하게 기록하는 것만이, 통계조차 남지 않고 사라진 수많은 해고자와 비정규직들과 함께할 수 있는 작은 몸짓일 것이다. 그래서 오늘 여럿이 함께 첫걸음을 뗐다.

비정규직 없는 세상 만들기—너희가 아닌 우리의 세상을 향한 질주는 이제부터 시작이다!

**질주하는 사람들 ① 홍승만 진방스틸 해고자**

"내가 당당하게 살 수 있는 법을 노조가 가르쳐줬다"

숙소인 대구지역건설노조 사무실에서 만난 청년 4명이 눈에 띄었다. 포항에서 온 금속노조 DKC지회와 진방스틸코리아 지회의 해고자들이다. 작년부터 32명 집단해고, 집단승소로 전원복직, 다시 26명 해고라는 드라마틱한 상황을 겪고 있는 포항의 진방스틸코리아 해고자 홍승만(30) 씨를 만났다.

- 진방스틸코리아는 어떤 상황인가?

"모건스탠리라는 외국자본이 주인이었다가 2008년도에 한국주철관이라는 한국자본이 인수한 회사다. 쉽게 말하면 비닐하우스의 파이프를 만드는 회사라고 보면 된다.한국주철관으로 경영자가 바뀌면서 바

작년부터 32명 집단해고, 집단승소로 전원복직, 다시 26명 해고라는 드라마틱한 상황을 겪고 있는 포항의 진방스틸코리아 해고자 홍승만(30) 씨를 만났다.

로 노조파괴와 해고가 시작되었다. 2008년 6월 20일 100명 정도 되는 조합원 중에 32명이 집단으로 정리해고되었다. 경영이 어렵다는 이유였는데 조합원들 가운데 활동이 활발한 조합원들을 주로 추려서 해고했다. 지방노동위원회에서 부당해고가 인정되어 전원 복직을 했다. 그런데 복직된 지 한 달 만에 또 다시 26명이 해고됐다. 이번에는 지노위에서 져서 중앙노동위원회 제소를 준비 중이다."

- 회사가 내세운 이유는?

"모건스틸코리아 때 회사가 어렵다고 했다. 하지만 조합과 회사 사이에 별 문제가 없었다. 한국주철관이 인수 후에 천억 원대의 흑자를 내기도 했다. 고용승계를 약속하고 인수했는데 인수하자마자 노조지회장부터 간부들을 전원 해고했다. 실제로 노조탈퇴서만 쓰면 구제해 주겠다는 회유가 많았다."

- 지금 해고자들은 어떤 상황인가?

"공장 안에 천막을 치고 농성 중이다. 우리 사업장의 조합원들은 모두 정규직이었는데 집단 해고 후 인원이 줄고 노동 강도가 높아졌다. 비정규직화 하기 위한 전단계로 가고 있다. 회사와 노조의 약속인 단협도 일방적으로 해지해버렸다. 막말로 우리가 쇠파이프 만드는 회사인데(웃음) 파이프 한 번 안 들고 적법, 준법 쟁의만 해왔다. 너무나 억울하고 부당한 탄압이어서 조합원들이 같은 마음으로 싸우며 견디고 있다."

- 하고 싶은 말?

"노조 활동을 하면서 내가 자랑스럽게 느껴졌다. 노조를 몰랐다면 이런 일에 어떻게 대응할지도 몰랐을 텐데 내가 대한민국의 한 사람으로 당당하게 살 수 있는 법을 노조가 가르쳐줬다. 자본이 가장 잔인한 것은 사람을 갈라놓는 것이다. 20년 지기 동료가 하루아침에 적이 되었고, 가족과 친척인 사람들이 노조 탈퇴 공작으로 다른 편에서 서로에게 상처를 주고 있다. 이런 현실이 너무 가슴 아프다. 정말 가슴 아프다. 어떻게든 우리의 싸움을 알리고, 끝까지 싸워서 이런 비인간적인 현실을 바꿔내고 싶다."

"어쩌면 우리가 너무 빨리 절망한 건 아닐까?"

## 'TK의 중심'에서 '반(反) MB'를 외치다

새벽 5시, 부지런한 단원들이 벌써 일어나 노곤한 잠을 깨운다. 제대로 된 잠자리를 마련해주지 못해 미안해하는 지역의 조합원들에게 질주단의 장기투쟁 노동자들은 농성천막에 비하면 여기는 궁전이라며 손사래를 쳤다. 그래도 시멘트 바닥에서 침낭에 몸을 눕히고 잔 터라 얼굴들이 푸석하다. 눈을 감아 본 적은 있어도 떠 본 적은 거의 없는 이

계룡리슈빌은 2008년 9월 교섭을 거부하는 회사에 맞서 40일 동안 전면 파업을 벌인 곳이다. 짓고 있던 아파트 여러 동 가운데 3개 동을 점거하고 파업을 벌인 끝에 전원 복직과 단협 준수 약속을 얻었다.

마(魔)의 시간대에 벌써 하루를 여는 사람들이 있다는 생각으로 겨우 몸을 일으켰다.

질주단이 이렇게 이른 시간에 일어나 가야 할 곳은 대구지역의 건설 노동자들이 일하는 현장이다. 3개 조로 나누어 방문했는데 필자가 따라간 곳은 진천동의 계룡리슈빌 아파트 공사현장이었다. 6시 30분쯤 되었을까, 노동자들이 하나 둘씩 일터를 향해 들어오기 시작한다.

계룡리슈빌은 2008년 9월 교섭을 거부하는 회사에 맞서 40일 동안 전면 파업을 벌인 곳이다. 짓고 있던 아파트 여러 동 가운데 3개 동을 점거하고 파업을 벌인 끝에 전원 복직과 단협 준수 약속을 얻었다. 파업기간 동안의 임금도 모두 돌려받았다. 그런 싸움 덕에 건설 현장에서 드물게 8시간 노동이 지켜지고, 직접고용 조합원들이 현장 안에 무시 못할 힘을 가지고 있는 곳이다. 이 현장의 싸움이 이기면서 대구 시내 건설노동자들의 노동조건이 나아졌다고 한다.

선전물을 돌리는 질주단 옆으로 리슈빌 조합원들이 함께 서기 시작했다. 이들은 100여 명의 노동자들 가운데 직접 고용 상태로 있는 20명 남짓한 조합원들이다. 노조가 이긴 후, 오전 7시에 정확히 일을 시작하고 오후 5시면 정확히 퇴근한다. 정해진 노동시간에 출퇴근 하는 것이 노동자들에게는 40일 동안 파업을 벌여야 겨우 얻어낼 수 있는 일이다.

하지만 건설현장에서 가장 심각한 문제는 불법하도급이다. 사회에서도 워낙 지탄받은 일이었기 때문에 형식적으로는 2008년 1월부터 없어졌다. 그러나 여전히 일터에서는 하도급이 일상으로 자리 잡고 있다. 특히 요즘은 도급업체를 통해 들어오는 젊은 이주노동자들이 건설현장 인력의 80% 정도를 차지하고 있다고 한다. 아파트 공사의 경우 기술이 복잡한 지하층을 제외하고 층별로 똑같은 작업이 단순 반복되는 지상층은 이주노동자들이 작업을 거의 도맡아 하고 있다. 더 적은 돈을 받고도 더 많은 일을 하는 이주노동자들 때문에 자신들의 노동 강도가 세지고 일자리도 빼앗기고 있다고 생각하는 조합원들이 많아졌다. 그래서 노조에게 이주노동자 문제는 늘 '현안'이다.

현장대표와 직고용팀 팀장을 맡은 간부, 건설노조의 간부들 모두 이주노동자 문제를 묻는 질문에 무척 곤혹스러워 했다. 만국의 노동자가 단결해야 하고, 이주노동자에 대한 탄압과 차별을 없애야 하지만, 막상 현장 조합원들의 정서는 이주노동자 문제를 '해결'하라고 요구하기 때문이다. 하루 벌어 하루 먹고 사는 조합원들이 당장 자신들의 고용을 위협하는 그들을 쫓아내라고 노조에 와서 소란을 피우기도 한단다. 지역의 동지들이 보내는 따가운 시선을 잘 알고 있다고 답한 건설노조의 간부는 '원칙'과 '현실' 사이에서 고민하고 있는 자신들을 조금만 더 지켜봐달라고 했다.

이주노동자들이 처한 현실도, 건설노동자들이 처한 현실도 모두 안타깝기만 하다. 한창 올라가고 있는 아파트 동들 사이에서 40일 동안 점거했던 3개 동을 보니 유난히 키가 작다. 정당한 요구를 위해 싸우느라 키가 낮아진 저 3개 동처럼 비록 더딘 걸음일지언정 바른 걸음으로 나아가길 바라며 다음 목적지로 향했다.

다음 목적지는 달서구에 있는 성서공단노조다. 입주 기업이 2500개에 노동자만 해도 6만 명 정도가 일하고 있는 공단인데, 대부분 50명 미만의 중소영세하청사업장들이라고 한다. 공단을 통째로 노조로 묶었다니 참 대단한 이름이다 했더니 공단교섭이라는 큰 지향을 가지고 만든 노조라며 웃는다. 지금 조합원은 70여 명이다. 금속노조에 소속된 조합원 60명을 합해 이 성서공단 안에 노조로 조직된 조합원은 130명밖에 되지 않는다. 상근자 5명이 이주노동자와 여성과 고령층 등 공단 안에서도 약자인 노동자들을 대상으로 상담과 조직사업을 하고 있다. 70명 조합비로 어떻게 상근자 5명 임금을 주느냐고 했더니 후원회원과 재정사업 등으로 월 50만 원을 받고 있는데 이마저 체불상태란다.

자신들이 조직하려는 대상보다 더 열악한 현실에서도 이 일을 멈추지 못하는 사람들의 마음은 어떤 것일까? 아마도 어린 시다들에게 자신의 배를 곯아가며 풀빵을 사 먹였던 전태일 같은 마음이 아닐까. 둘러보면 전태일 정신은 그리 먼 곳에 있지 않다. 성서공단노조에서는 질주단이 합류한 덕에 오랜만에 큰 선전전을 벌였다는데 워낙 한산한 공단인지라 조금은 김빠진 선전전을 마치고 시청 앞에서 1년째 복직투쟁을 벌이고 있다는 사회복지시설 대구 애활원 해고자들을 만나기 위해

자신들이 조직하려는 대상보다 더 열악한 현실에서도 이 일을 멈추지 못하는 사람들의 마음은 어떤 것일까? 아마도 어린 시다들에게 자신의 배를 곯아가며 풀빵을 사 먹였던 전태일 같은 마음이 아닐까. 성서공단 식당에서 벌인 선전전 모습.

다시 길을 나섰다.

애활원은 애활복지재단이 운영하는 대구지역의 복지시설이다. 이곳의 원장은 공금횡령과 아동 성폭력 혐의로 고발되었다. 생활복지사와 직업훈련원의 생활교사들 5명이 노조를 결성하면서 성폭력 · 비리 재단에 맞서 싸웠기 때문에 얻어낸 성과다. 그러나 사회의 대표약자인 시설보호아동의 인권을 지키기 위해 싸운 이들은 오히려 해고를 당했다. 지금은 5명 조합원 가운데 2명만이 남아 싸우고 있다. 이들은 이틀 전 시의회 앞으로 천막농성 자리를 옮겼다. 이들에게 물려받은 천막에서 장애차별 철폐를 위한 농성을 시작한 장애인 한 분이 "더러운 세상이라는 말 밖에 할 수 없는 현실이 너무 안타까울 뿐이라"고 "애활복지문제 해결을 위해 꼭 노력하자"고 결의를 다진다.

애활원 집회를 마치고 자리를 옮긴 곳은 근로복지공단 앞에서 전국동시다발로 열리고 있는 '노동자건강권 쟁취'를 위한 민주노총의 집회장이다. 대구경북지역에서 모인 노동자들이 산재법의 개악을 규탄하고 MB악법 철폐를 위해 목소리 높여 구호를 외치고 있다. 집회를 마치자마자 질주 시작 후 처음으로 시내 자전거 행진을 했다. 목적지는 대구지방노동청과 경북지방노동위원회 앞에서 열리고 있는 수성 레미콘 해고자들의 집회장이다. 현안 사업장들을 좇는 것만으로도 숨이 찰 지경이다.

민주노총의 집회에 참가하지 못하고 노동청 앞 집회를 벌이고 있는 곳은 수성레미콘이 소속된 대구지역일반노조였다. 작년 4월 25일 수성레미콘 노동자들이 지역일반노조에 가입한 후 수성자본은 해고와 징계, 고소 고발을 남발하며 노동자들을 탄압해왔다. 운송료를 지급하지 않아 운송을 할 수 없도록 만들어놓고 오히려 생계가 막막한 조합원들에게 운송거부는 집단행동이라며 손배, 가압류를 거는 잔인한 자본. 노동자를 위하라고 만들어 놓은 노동청과 노동위원회가 노동자들의 규탄대상이 되는 게 너무도 당연한 일상. 세계 11위 경제대국 한국의 부끄러운 뒷모습이다.

드디어 오늘의 마지막 일정, 다시 자전거를 타고 동대구역 앞 촛불문화제에 참석했다. 질주에 참가한 네티즌 연대 '함께 맞는 비'의 한 단원은 "광화문을 뒤덮었던 백만 촛불은 작은 촛불로 시작했다. 지금 비록 작은 촛불이지만 다시 촛불을 들자"고 했고, 살인 등록금에 죽어난다는 학생은 으리으리한 건물을 올리느라 학생 등록금은 뒷전인 대학자본을 규탄했다. 민주노총 지역본부의 실천단은 흥겨운 몸짓으로 자리의 흥을 돋웠고, 비정규직과 장애인에 대한 차별 없는 세상을 위한 직장인들

사회의 대표약자인 시설 보호아동의 인권을 지키기 위해 싸운 이들은 오히려 해고를 당했다. 지금은 5명 조합원 가운데 2명만이 남아 싸우고 있다.

의 노래 모임 '내가 그린'은 잔잔하고 따뜻한 노래로 자리를 훈훈하게 만들었다. 마지막은 오늘만 벌써 4번째 만나는 '좋은 친구들'이다. 다양한 발언들과 노래들, 공연들을 보고 있자니 꼭 청계광장에서 열린 촛불집회에 온 것 같다.

숨차게 달린 오늘 하루를 돌아보니 새벽부터 밤까지 꼬박 6곳에 집회와 선전전을 다녔다. 우리는 하루지만 지역의 노동자들은 이런 투쟁이 일상일 것이다. 새벽에 눈을 떠 늦은 밤 눈을 감을 때까지 대구 곳곳에서는 노동자들과 사회의 약자들이 인간답게 살기 위해 싸우고 있다. TK의 중심에서 MB심판을 외치는데도 오히려 박수쳐 주는 시민들을 보며 어쩌면 우리가 너무 빨리 절망한 게 아닐까, 빨리 포기한 게 아닐까 하는 생각이 든다. 당신이 잠든 사이에 어느 곳에선가 인간이기 위해 몸부림치고 있는 이들과 함께, 우리 다시 한 번 촛불을 들어야 할 때가 아닐까.

**질주하는 사람들 ② 대구지역 노래패 '좋은 친구들'**

"한 번 좋은 친구들은 영원히 좋은 친구들"

오늘 하루만 네 번, 가는 곳마다 '좋은 친구들'을 만났다. 하루 종일 이어진 공연으로 지칠 법도 한데 여전히 씩씩하고 흥겨운 박경아, 임정득, 이형우, 정구현 네 분 노래운동가와 얘기하며 내내 즐거웠다. 4인 4색이면서 4인 1색인 이들, '계급'이란 단어를 참 오랜만에, 참 기분 좋게 들어본 인터뷰였다.

- 꽤 오랫동안 활동한 걸로 안다.

94년에 정식으로 창단했으니 벌써 15년 됐다. 대표인 나(정구현)는 스물 넷에 시작했으니 정말 청춘을 다 바친 셈이다.

- 무대에서 작업복을 입고 공연하는 것으로 유명한데?

우리가 지키고자 하는 원칙이 있다. 노동자계급의 노래를 부르는 노래패가 없다는 문제의식으로 시작했고, 기본적으로 노동자계급에 대한 믿음이 있다. 우유배달, 신문배달, 과외, 아르바이트로 각자 생계를 이어가며 지금까지 노래운동을 계속하는 것도 이런 원칙과 믿음 때문이다.

- 노동문화, 집회문화가 대중과 동떨어지고 획일화되었다는 비판들이 많은데 여전히 강하다.

90년대에는 정규직 대형 사업장에 공연을 주로 다녔다. 집회도 대규모 인원이 동원된 대회가 많았고, 그 집회의 투쟁열기를 끌어올리는 게 우리의 임무였다. 당연히 강하고 힘찬 투쟁가가 주를 이뤘다. 하지만 한편으로는 아까 성서공단에서 보셨던 자투리 공연을 8년째 이어가고 있다. 관객은 적어도 그런 작은 공연들이 의미 있게 느껴진다. 다양성과 변화야말로 우리 문화운동가들이 가장 절실하게 원하는 것이다. 그런데 우리가 표현하는 문화를 조합원들에게 누리도록 해야 할 노동조합의 문화는 과연 바뀌었는가 묻고 싶다. 노동문화는 노동조합문화와 함께 변할 수밖에 없다.

- 기억에 남는 공연이 있다면?

지지난주에 용산에 다녀왔다. 서울에 한 번 가려면 4명이 움직이는 경비도 만만치 않아 어렵다. 예전에 대기업노조 대의원대회 공연이 재정에 큰 보탬이 됐는데(웃음), 요즘은 대중가수를 부르는 추세로 바뀌고 있다. 어쨌든 용산을 다녀와서 마음속에 계속 남아 있던 짐을 던 느낌이다.

- 늘 강해 보이는데 노래 부르다 울기도 하나?

잘 운다. 열사 투쟁에서도 울고, 특히 임정득은 프로답지 못하게(웃음) 많이 운다. 하지만 무대에서 울지 않아도 우리도 속으로는 다 운다.

- 좋은 친구들은 언제까지 계속되나?

한번 좋은 친구들은 영원히 좋은 친구들이다. 노래운동의 전반적인 흐름과 같이 가는 것이기 때문에 어쩌면 이름이 바뀔 수도 있고 형식이 바뀔 수도 있지만, 노동자들의 가슴을 울릴 수 있는 노래, 감동을 줄 수 있는 노래, 감동이 실천으로 이어지도록 하려는 우리의 원칙이 있는 한 '좋은 친구들'은 영원하다.

## 질주 셋째 날 구미의 날개 잃은 천사들 "이들에게 다시 날개를 달아줄 수 있다면……"

질주 셋째 날, 오늘은 구미다. 코오롱에서 해고되어 지금 5년째 복직 투쟁을 벌이고 있는 해고자들의 출근 선전전에 함께하기 위해 숙소인 대구에서 이른 아침에 길을 나섰다. 구미공단 코오롱 공장 앞에는 벌써 피켓과 현수막을 들고 섰는 해고자들이 보인다. 코오롱 해고자들은 다른 장기투쟁 사업장의 노동자들이 보면서 위안을 얻는다고 말하는 곳

코오롱 해고자들은 다른 장기투쟁 사업장의 노동자들이 보면서 위안을 얻는다고 말하는 곳이다. 저런 데도 있는데 우리는 아직 괜찮지 않느냐며 스스로를 위로하는 곳, 그곳이 바로 '코오롱 정리해고분쇄투쟁위원회' 다.

이다. 저런 데도 있는데 우리는 아직 괜찮지 않느냐며 스스로를 위로하는 곳, 그곳이 바로 '코오롱 정리해고분쇄투쟁위원회(정투위)'다.

코오롱 정투위는 2005년 2월 21일 구미 코오롱 공장이 78명을 일방적으로 해고하면서 해고자 가운데 50명이 만든 조직이다. 5년째 이어지는 투쟁으로 많이 떠나고 지금은 29명이 남아 정투위를 끌어가고 있다. 그마저 23명은 생계를 위해 일하며 정투위에 기금을 내고, 나머지 6명만이 사무실도 없이 떠돌며 투쟁을 하고 있다. 코오롱 노동자들의 싸움은 처절했다. 해고자 신분으로 노조위원장에 당선된 최일배 정투위 위원장은 2006년에 회장 자택에 침입했다는 이유로 구속되기도 했고, 해고자들과 함께 단식, 송전탑농성, 점거, 재판 등 안 해본 투쟁 없이 모든 걸 다 시도했다.

선전물도 하나 없이 왕복 8차선 대로변에 현수막과 피켓을 들고 서 있는 해고자들 곁을 너무도 무심하게 지나쳐 버리는 조합원들을 보자니 씁쓸할 따름이다. 대형 출근버스는 계속 들어가고 승용차도 이어지는데 아는 척 해주는 사람 하나 없는 광경. 그래도 한때 같은 일터에서 정을 나눈 동료들인데 너무 매정하다 싶었더니 조합원들의 그런 반응엔 다 이유가 있었다. 회사가 해고자의 상가에 간 조합원에게 지시불이행이라며 징계위원회 출두를 명령하고, 출퇴근할 때 해고자와 인사했다는 이유로 시말서를 쓰라는 등 철저히 감시하기 때문이다.

아마도 자본은 인간에게 '마음'이란 게 없어지도록 할 수만 있다면 모든 걸 내서라도 그 방법을 살 것이다. 정도, 아픔도, 연민도 모르는 기계로 모든 일이 다 해결된다면 좋으련만, 사람만이 할 수 있는 일이 있으니 얼마나 안타까울 것인가. 인간의 역할을 완벽히 대신할 기계를 만들지 못한 탓에 자본이 찾은 방법이 바로 인간을 기계로 만드는 것이다. 동료가 상을 당해도 슬픔 따위 나누지 말 것, 17년 동안 함께 일한 동료가 해고되어 아침마다 눈물겨운 복직싸움을 해도 모른 척 할 것, 손 잡아서 체온 전하는 일 따위 하지 말 것, 옆 사람 몰래 눈인사 같은 거 나누지 말 것, 행여 옆 사람이 눈인사를 하거든 바로 신고할 것. 안 하면 눈인사 한 사람, 보고도 신고 안 한 사람 모두 '사람'으로 간주해서 해고할 것. 기계로 살면 해고당하지 않을 것이요, 사람으로 살고자 하면 바로 해고다. 자본은 생계와 해고를 무기로 공장 안의 사람을 기계로 바꾸는 데 성공했다.

하지만 공장 담 밖의 해고자들은 인간이기를 포기하지 않았다. 노래방 도우미와 잘 놀지 못한다고 해고하고, 식당에서 밥 많이 먹는다고 해고하는(믿기지 않겠지만 진짜 이런 소리를 듣고 해고당한 조합원이 있다) 해고 제조업 코오롱 자본에 맞서, '마음' 하나 달랑 가지고 맞섰다. 사람이 사람답게 사는 세상을 만들려는 마음, 일터로 돌아가 동료들과 정

나누면서 살고 싶은 마음, 인간을 기계처럼 부리다 마구 해고해 버리는 자본가들에게 이 세상을 맡길 수 없다는 마음, 그 '마음'이 지난 5년 동안 벌인 싸움에서 이들이 가진 유일한 무기다.

한국합섬의 노동자들도 마찬가지였다. 간담회를 하기 위해 찾은 한국합섬 공장은 가동이 되지 않아 을씨년스러웠다. 벌써 3년 1개월째란다. 한국합섬은 한때 공단에서 제일 잘 나가는 노동조합이 있던 기업이다. 경영능력도 없는 자본이 조합원들을 대량으로 해고하면서 정리해고 반대 싸움이 시작되었고, 복직도 쟁취했으나 결국 경영진의 무능으로 자본이 파산을 했다. 법정관리 신청이 기각되면서 공장에 대한 인수합병이 진행되고 있다. 조합원들의 체불임금 채권만 300억에 달한다. 지금 한국합섬의 노동조합은 비상대책위원회(비대위)의 위원들이 평의회 형태로 조합을 꾸려가고 있다. 어떻게든 공장을 다시 가동시켜 조합원들을 일하게 하는 것이 노동조합의 목표다.

2005년 전만 해도 한국합섬노조는 구미지역에서 유명한 민주노조 사업장이었다. 이들은 2004년도에 제조업으로는 거의 처음으로 4조 3교대를 따냈고, 같은 해 단협안에 비정규직의 직고용을 못 박았다. 그런데 당장 시행이 어렵다는 회사의 요구를 받아들여 1년 유예기간을 갖기로 한 게 화근이었다. 회사는 경영난을 이유로 2005년 말부터 조합원 350명을 정리해고 했다. 이들은 파업을 벌였고, 구사대와 용역깡패의 폭력을 이겨내며 공장을 지켰다. 정리해고자도 전원 복직시켰고, 비정규직의 정규직화도 못을 박았다. 2006년 공장가동을 전제로 한 합의 후 일을 다시 시작했으나 곧 파산이 되고 만다.

나는 5일 동안 파업을 벌여 비정규직의 직고용을 쟁취한 정규직 노조의 싸움이 어떤 것이었는지 궁금했다. 정규직화 하지 않으면 안 될 어떤 현안이 있었던 것인지, 아니면 그야말로 노동자로서 원칙 때문이었는지, 어떤 마음으로 그 파업을 했는지를 물었다. 비대위원장은 망설임 없이 대답했다. "당연히 노동자로서 원칙 때문이다." 비정규직들이 대부분 60, 70대 어르신들이라 스스로 투쟁할 수 없었다고 한다. 당사자들이 싸우고 정규직 노조가 연대하는 게 바람직하지만 도저히 싸울 수 없는 분들이었기 때문에 정규직 노조가 나설 수밖에 없었다. 물론 하루아침에 가능한 일은 아니었다. 이들은 2003년부터 꾸준히 정규직 조합원들을 설득했다. 최소한 우리 공장만큼은 비정규직이 없어야 한다, 같은 노동자로서 차별 받는 노동자를 용인해서는 안 된다는 원칙을 지키기 위해 이들은 파업을 벌였고, 결국 단협에 다음과 같은 조항을 삽입했다.

제80조 (사내 비정규직노동자 처우)

1. 사내 하청 도급노동자 중 채용 결격 사유가 없는 자는 2005년 12월 31일까지 직접고용하며, 근로기준법 및 사규를 적용한다. (단 사내 하청 도급노동자를 직접고용 전환을 이유로 임금을 저하시킬 수 없으며, 본인의 의사에 반하여 하도급 계약만료를 이유로 고용관계를 종료 할 수 없다.)

3. 회사는 직접고용 노동자 외 외주, 하도급 노동자 및 불법파견 노동자 등 어떠한 형태의 비정규직도 사내 근로케 하여서는 아니 된다.

"내 공장에 어떠한 형태의 비정규직도 사내 근로케 하여서는 아니된다"는 단협안을 눈으로 확인하면서 나는 마음이 찡했다. 자본가보다 더 잔인한 정규직노조 때문에 분노하는 비정규직들이 얼마나 많은지 알기에, 그 글귀에 담긴 한국합섬 정규직 노동자들의 진심이 너무도 고마웠다. 누가 노조를 두고 제 밥그릇만 챙기는 경제동물이라 하는가. 내 눈에는 이들이야말로 천사로 보였다.

코오롱의 정투위 또한 코오롱의 물산업 민영화 사업 시도를 반대하는 투쟁을 벌이고 있다. 정리해고와 물 민영화가 무슨 관계가 있냐고 경찰서에서 조사도 받았지만 이들의 의지는 단호하다. 우리가 코오롱의 해고자가 아닌 시민이었어도 물 민영화 반대 싸움은 당연히 해야 하는 일이다. 우리 코오롱 노동자들이 만드는 건 옷이지만 옷은 비싸면 싼 옷 입으면 되지만 물은 그렇지 않다. 먹지 않으면 죽는 생명줄이다. 그런 물을 자본의 논리로 만든다는 것은 국민들의 목숨을 돈으로 흔드는 것이다. 그게 어째서 우리가 싸울 이유가 되지 않는가.무능한 자본을 만난 탓에, 잔인한 자본을 만난 탓에, 날개 꺾여 날지 못하고 있을 뿐 이들이 천사임을 부정할 수는 없을 것이다.

코오롱 정투위 위원장은 다 죽어버린 구미공단에서 자신들을 위해 대우라이프, KEC, 김천 오웬스의 노동자들이 다달이 2000원씩 월급을 떼어 220만 원을 지원하고 있다며 연대동지들의 지원이 고맙다고 했다. 죽을 지경인 해고투쟁 중에도 내 이웃의 목숨을 지키기 위한 싸움을 하고, 함께 일하는 사람에 대한 어떤 차별도 용납해선 안 된다는 원칙을 위해 자신들의 기득권을 버리는 이들. 이들을 위해 다달이 자신의 임금을 떼어 고통을 나누고 있는 또 다른 이들.

이 날개 잃은 천사들에게 다시 날개를 달아줄 수만 있다면, 다시 날게 할 수만 있다면 더 바랄게 없으련만. 누가 이들에게 날개를 빼앗았는가. 이제 그만 날고 싶다…… 날고 싶다.

**질주하는 사람들 ③ 이경희 코오롱 해고자**

**"예전에 하던 일을 딱 하루만 다시 해보고 싶다"**

2학년이었던 아이는 6학년이 되었고 30대였던 조합원은 어느새 40대가 되었다. 대기업 정규직 직원이 하루아침에 영세자영업자가 돼버

가만히 정문 앞에 서 있으면 내가 왜 저 안에 안 있고 여기에 서 있지? 하는 생각이 들어 먹먹하다는 코오롱 정투위의 이경희 해고자를 만났다.

린 시간. 지난 5년은 그런 세월이었다. 가만히 정문 앞에 서있으면 내가 왜 저 안에 안 있고 여기에 서 있지? 하는 생각이 들어 먹먹하다는 코오롱 정투위의 이경희 해고자를 만났다.

- 생계 일을 하다가 다시 정투위로 복귀했다고 들었다.

2007년 5월에 생계 일을 나갔다. 동대구역에서 생과일주스 가게 점원으로 8개월 동안 일했는데 근무조건이 너무 안 좋아 그만두고 다시 정투위로 돌아왔다.

- 해고자 대부분이 노조활동에 열심인 간부와 조합원들이었다는데?

간부도 아니었고 노조에 적극 가담한 편도 아니었다. 다만 노조에서 하는 일은 모두 따랐다. 하지만 결근, 지각한 번 안 한 성실한 직원이었다. 남편이 어떻게 내가 해고될 수가 있냐고 말할 정도로 직장 일에 소홀한 적이 없다. 상경투쟁 때 유일하게 여성 2명이 따라갔는데 그 중 하나나 나여서 찍힌 것 같다.

- 5년 투쟁이란 어떤 것인가?

물론 힘들다. 하지만 돈에 쪼들려도 마음은 편하다. 회사 안에 있는 사람들이 저렇게 움츠리고 사는데 나는 당당하니까. 그래도 가끔 휑한 공장 정문에 서 있으면 '내가 지금 여기서 뭐하고 있나' 하는 생각이 든다. 5년이 다 되었어도 우리보다 어려운 곳들이 많다. 우리는 그래도 나은 편이다. 우리 해고될 무렵 금강화섬 투쟁 500일이었다. 우리는 저러지 말자 했는데 이제 우리보고 다른 데서 그런다고 한다(웃음).

- 투쟁 이전과 달라진 점은?

해고 투쟁을 하면서 상부단체나 활동가들이 '노동이 아름다운 세상'이란 말을 할 때면 '노동이 뭐가 아름답나, 쌔가 빠지게 일하는 게' 그랬는데, 투쟁을 하면서 그 말을 이해하게 됐다. 서로가 일하면서 따뜻하게 정을 나누는 것, 동료가 아프면 내가 그 일을 대신 해주는 것, 돈은 덜 받더라도 그런 노동을 할 때 행복할 것 같다. 머리 속 인식이 바뀌었다.

- 복직하면 제일 먼저 하고 싶은 일?

우리가 요구하는 게 원직복직인데 나는 부서가 없어져버렸다(웃음). 복직된다면 내가 예전에 하던 일을 정말 딱 하루만 해보고 싶다.

## 질주 넷째 날

30년 전으로 돌아가버렸다

## 모닝차 만드는 사람들, "'굿'모닝 한번 해봤으면…"

"너희가 아닌 우리의 세상을 향한 질주"라는 슬로건으로 시작한 질주단의 행진이 오늘로 나흘째다. 청와대에서 시작해 대구의 성서공단→구미의 코오롱과 한국합섬→서산의 동희오토→광주 로케트 밧데리

→평택 쌍용자동차, 동우화인캠→부평의 GM대우로 이어질 9박 10일간의 여정도 벌써 절반을 넘어서고 있다.

어제 구미에서는 질주 시작하고 처음으로 더운 물을 만났다. 땡볕 아래서 구미시내 선전전을 하고, 시내 곳곳을 자전거로 돌았더니 벌써 얼굴들이 새까맣다. 숙소였던 전교조 경북지부 사무실에 온수와 샤워기가 있어 3일 동안 뒤집어쓰고 다닌 흙먼지와 비바람을 오랜만에 씻어낼 수 있었다. 겨우 머리만 감은 수준이지만 그래도 씻고 나오는 단원들의 얼굴이 한결 뽀송하다. 거기다 놀이방까지 갖춰진 사무실인지라 여성들은 따뜻한 방에서 푹 잘 수 있었으니 질주 시작하고 처음으로 호사를 누린 밤이다. 아이들을 위해 놀이방을 만들어 놓으니 우리처럼 잘 곳 없는 여성들까지 그 혜택을 누린다. 사회서비스의 기본 원칙은 바로 이런 것이다. 약자를 위한 서비스가 결국 만인을 위한 서비스라는 것.

호사스런 밤을 보내고 어김없이 새벽 6시에 눈을 떴다. 컵라면과 김밥으로 아침을 대충 때우고 출발해 도착한 곳이 바로 이곳 서산이다. 서산에 있는 '동희오토사내하청지회'는 이 질주단과 인연이 깊은 곳이다. 동희오토의 이백윤 지회장이 맨 처음 비정규직 철폐를 위한 질주를 기획한 사람이고 단장까지 맡기로 결정되어 있었기 때문이다.

그런데 출정식날인 4월 21일 이백윤 지회장은 박태수 조직부장과 함께 서산경찰서에 덜컥 갇혀 버렸고, 거기다 유치장 안에서 경찰에게 집단으로 폭행까지 당하는 일이 벌어졌다. 구속과 폭행소식까지 전해들은 질주단은 서산으로 달려가는 마음을 다잡고 다른 지역에서 기다리고 있는 동지들을 향했다. 동희오토 지회의 이청우 정책부장이, 구속된 이백윤 지회장 대신 단장을 맡아 가는 곳마다 동희오토의 현실을 전했다. 동희오토에서 참가한 단원 3명과 다른 단원들 또한 오늘 서산에 오기만을 벼르던 차였다.

4월 21일 이백윤 지회장은 박태수 조직부장과 함께 서산경찰서에 덜컥 갇혀버렸고, 거기다 유치장 안에서 경찰에게 집단으로 폭행까지 당하는 일이 벌어졌다.

이들은 서산에 오자마자 서산경찰서로 향했다. 유치장에 구속된 이백윤 지회장과 박태수 조직부장은 경찰의 집단폭행에 항의하며 단식 중이었다. 자해할 조짐이 보이는 자 외에는 유치장 안에서는 어떤 이유로도 수갑을 채울 수 없는 게 규정인데, 서산경찰서의 경찰들은 두 사람을 폭행한 뒤 팔을 뒤로 돌려 강제로 수갑을 채우고 목을 짓눌렀다고 한다. 국가인권위에 제소하겠다고 하니 당당하게 신분증을 보여주며 '제소할 테면 해라, 나는 눈 하나 깜짝 안 한다'고 큰소리쳤다는 경찰. 이 정권 들어서서 정말 피눈물로 쌓은 민주주의와 인권의 가치가 모두 삼십 년 전으로 되돌아가는 느낌이다.

두 노동자는 안에 있으니 오히려 더 많이 웃게 된다며 걱정 말라고

질주단은 집회에 참여한 지역의 노동자들과 함께 서산의 넓은 길을 달리며 선전전을 한 후 검찰청에 이들 폭행경찰들을 고소했다.

동료들을 안심시켰다. 일 벌여놓고 함께 질주하지 못해 정말 미안하다며 유치장의 뿌연 아크릴벽 너머에서 미안한 얼굴을 짓는 지회장에게 '단결' 인사를 하고 바로 규탄집회장인 서산시청 앞으로 향했다. 여전히 이곳 충남서부에도 해고에 맞서 싸우고 있는 사업장들이 많았다. 언론에 이름 한 줄이라도 난 적 있는 투쟁은 그나마 알려진 투쟁이다. 그 지역에 가서 직접 당사자들을 만나보기 전에는 전혀 알 길 없는 해고자들이 너무나 많다. 자기 코가 석자인데도 어쨌든 오늘만큼은 동희오토의 해고자들을 위해 주먹을 불끈 쥐었다.

시청 앞 규탄집회를 끝내고 바로 질주단의 자전거 행진이 시작됐다. 질주단은 집회에 참여한 지역의 노동자들과 함께 서산의 넓은 길을 달

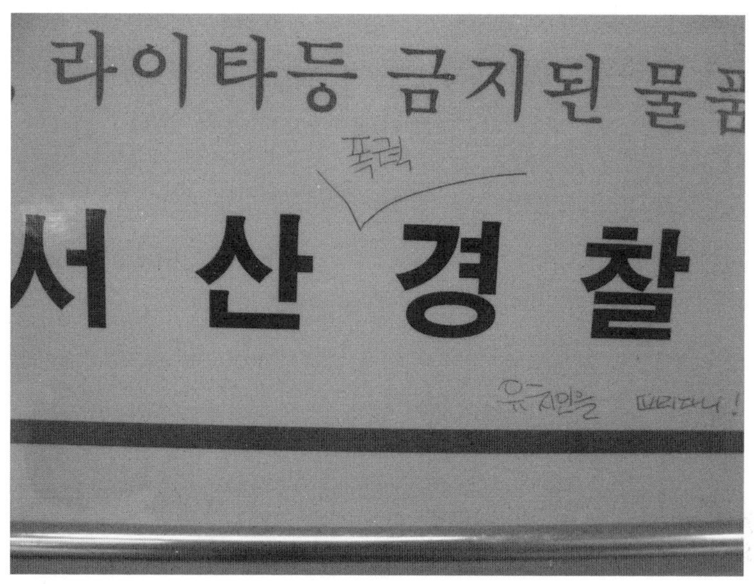


조합원들이 써놓은 작은 항의.

리며 선전전을 한 후 검찰청에 이들 폭행경찰들을 고소했다. 가해자 입에서 '어디 한번 해보라'는 그런 오만한 말이 나오지 못하도록 꼭 처벌되어야 한다.

경찰에게 당한 폭력도 분한 마당에 경찰서 앞 규탄집회장에 해고자들이 들고 나온 현수막을 보니 지금 동희오토 하청노동자들이 어떤 세월을 살고 있는지 알 수 있었다. '노동 강도 완화', '연차사용 자율화: 몸이 아픈 날은 쉬어야 합니다. 연차는 법적으로 보장된 권리입니다'라고 적힌 현수막. 이들은 법에 보장된 휴일도 없이 자본이 시키는 대로 몸이 축나는 줄도 모르고 엄청난 노동을 하고 있었다. 근골격계 질환이 대부분이고(진단도 받아보지 못한), 아무리 다쳐도 산재처리를 거의 안 해주기 때문에 머리가 터져 피가 나도 출근해서 일을 하고 있다는데,

이런 일에 한마디라도 했다간 바로 해고를 당하게 된다.

한국에서 처음으로 완성차 공장에서 비정규직만 100% 작업이라는 부끄러운 신화를 만든 곳이 바로 이 동희오토다. 동희오토라는 회사 자체가 현대기아그룹의 하청업체인데, 그 아래 다시 16개 업체를 또 하청으로 두고 차를 만들고 있다. 해고된 노동자들은 모두 재하청 업체들에 다니던 조합원들이며, 이들 업체의 직원은 모두 1년짜리 비정규계약직 노동자들이다. 하청에서 재하청으로 이어지는 이 부도덕한 고용형태를 유지하는 한 재벌은 모든 책임에서 자유로워지고 노동자들에 대한 착취는 2중 3중으로 더해질 수밖에 없다. 구조 자체가 비인간적인 제도, 하청이란 바로 그런 제도다.

모터쇼에 가서 차에 선지를 뿌리는 퍼포먼스를 해서 언론에 났던 게 바로 이 동희오토 노동자들이다. 오죽했으면 짐승피를 구해 차에 뿌릴 생각까지 했을까. 2008년 기준으로 시급이 3770원. 고등학생 아르바이트 시급보다도 적은 이 돈을 받으며 하루 20시간 넘게 일을 하고 주야간 철야 노동을 한다. 정규직 노동자들이 1년에 60대를 생산할 때 이들 하청의 하청인 노동자들은 170대를 생산한다. 몸은 벌써 축난 상태다. 밀려드는 주문을 맞추느라 밤낮없이 일하고, 일하는 족족 그 이윤은 고스란히 재벌의 주머니로 들어가 정몽구 회장은 900억을 들여 전용기를 구입한다는데, 1년 월급을 한 푼도 쓰지 않고 모아도 자신들이 만든 경차 하나 사기 어려운 이들. 같은 하늘 아래 이 지독한 차별과 부도덕을 문제로 여기지 않는 사회에 과연 어떤 희망이 있을까.

동희오토의 노동자들은 대부분 젊다. 해고자들도 모두 젊은이들이다. 불의는 참아도 불이익은 못 참는 이기주의자들이라고 비판 받았던 세대가, 이제 초임이 깎이든 말든, 계약직이든 아니든, 하청이든 재하청이든 모든 불이익들마저 다 감수한다. 오로지 나만 일할 수 있다면.

이 철저하게 파편화된 조각들을 모으고, 또 모으기 위해, 이 파편 조각들을 모아 결국 동희오토 공장에 정의를 세우기 위해 오늘도 동희오토 사내하청지회 해고자들은 쉼 없이 뛰어다니고 있다. 툭하면 폐업신고를 해버리는 자본에 맞서, 자본과 창립일이 같은 어용노조에 맞서, 법과 원칙을 무시하고 힘없는 노동자들의 인권을 유린하는 공권력에 맞서 뛴다. 유치장에서, 농성장에서, 감옥에서, 광장에서, 그리고 우리들의 양심 저 너머에서 이들은 온몸으로 말하고 있다. 함께하자고, 우리가 모두 모이면 그것이 곧 정의가 된다고. 오늘 밤, 서산경찰서 앞에는 기꺼이 정의를 완성할 퍼즐조각이 되고자 전국에서 달려 온 사람들이 동희오토 해고자들을 위해 늦도록 촛불을 들고 있었다.

**질주하는 사람들 ④ 장동준 동희오토 사내하청지회 사무부장**

"해고되니 돈이 전부가 아니란 걸 알았다"

서산경찰서 앞 규탄집회에서 만도위니아 해고자 한 분이, 남은 건 오기와 분노뿐이고 믿는 건 노조뿐이라고 했다. 장동준 사무부장 역시 같은 말을 했다. 힘들어도 노조가 있어 괜찮다고. 집회준비로 분주한 사무실에서 장동준 동희오토사내하청지회 사무부장을 만났다.

- 언제 해고되었나?

2005년 11월에 의장반에 입사했다. 수습 2개월 후 전에 다니던 직장에서 노조에 가입한 사실이 있다는 이유로 해고통보를 받았다. 한국노총 사업장이었는데(웃음). 동희사내하청지회에 가입하고 바로 해고무효 싸움을 해서 이겼으나 결국 2006년 11월 재계약을 하지 않아 해고되었다. 10개월 동안 다시 싸운 끝에 2007년 복직되었는데, 2008년 12월에

장동준 동희오토사내하청지회 사무부장.

다시 해고되었다.

- 생계는 어떻게 하나?

실업급여를 받아왔는데 기간이 되면 끝나게 되기 때문에, 장기투쟁해고자들에게 주는 금속노조의 신분보장기금을 바라보고 있다.

- 동희오토의 노조탄압방법은 주로 어떤 것들인가?

한 업체에 조금만 민주노조의 싹이 보여도 바로 폐업신고를 해버린다. 폐업신고를 하고도 공장은 계속 돌아간다. 해고할 대상이 2년 미만이면 계약해지를 하고, 2년 이상자면 폐업을 해버린다. 그러다가 신규공고를 내면서 이전의 싹들은 전부 잘라버리고 다시 신규채용 한다. 노조의 씨를 말리려는 수작이다.

- 조합원은 얼마나 되나?

동희오토 지회 노동자가 대략 900명 정도 된다. 이주노동자도 40% 정도를 차지한다. 조합원은 20명이고 이 중 10명이 활동하고 있다. 모두 해고자다. 여성 해고자도 3명 있었으나 생계로 나가기도 했다.

- 대법에서마저 지면 어떻게 할 건가?

법의 판결이 우선이 아니다. 투쟁을 통해 복직하겠다. 이 싸움으로 많은 걸 배웠다. 해고되고 나서 돈이 사는 게 전부가 아니라는 걸 알았다. 몇 년을 살아도 이렇게 의리 있는 사람들을 만난 적이 없다. 노조가 있고 동지들이 있어 괜찮다.

## 질주 다섯째 날 50일 가까이 관제탑 농성 중인 로케트전기 해고자 너흰 어느 별에서 왔니?

질주 닷새째, 비가 추적추적 내린다. 그러고 보니 질주 시작하고 하루도 날씨가 좋았던 적이 없다. 첫날 기자회견 때는 바람이 너무 심하게 불어 한겨울처럼 추웠고, 대구와 구미에서도 계속 먼지바람을 맞으며 고생했는데, 이제 바람이 잔잔해지나 싶더니 서산에 도착하고부터는 계속 비다.

남부지방에 계속 비가 온다는 일기예보를 들었어도 광주에 가지 않을 수 없다. 빛고을 광주에서 로케트 전기 해고자들의 복직투쟁이 600일을 넘어섰기 때문이다. 로케트 전기는 힘 좋은 건전지로 유명한 로케트 밧데리를 만드는 회사다. 광주가 자랑하는 유명한 향토기업이기도 하다. 옛 전남도청 앞에 세워진 로케트 전기 해고자들의 농성장에는 집단 문자로 해고 통보를 받은 대한통운 택배 노동자들도 함께 투쟁하고 있다.

훗날 2000년대 들어서 새롭게 생긴 풍속으로 꼭 기록될 '휴대폰 문자해고 통보'는 요즘 자본이 애용하는 해고 통보 방법이다. 출근하려는데 갑자기 '귀하는 정리해고되었으니 나오지 마십시오' 하는 문자를 받고 주저앉았다는 노동자가 있고, 동료들의 문자 해고 통보 소식에 문자 신호음만 울리면 가슴이 쿵하고 내려앉는다는 노동자도 있다. 작은 액

오늘 질주단이 찾은 로케트 전기의 해고자들은 2007년 9월 1일, 회사가 경영악화를 이유로 해고한 11명 가운데 남은 해고자들이다.

정 화면 안의 텍스트를 통해 해고당하는 노동자들의 모습은 IT강국 대한민국의 우울한 단면이기도 하다.

오늘 질주단이 찾은 로케트 전기의 해고자들은 2007년 9월 1일, 회사가 경영악화를 이유로 해고한 11명 가운데 남은 해고자들이다. 로케트 전기는 한국노총 소속의 노조였고, 이들 해고자 11명은 위원장 선거 때면 이른 바 '민주파'로 출마해 왔던 사람들이었기 때문에 노동조합도 이들의 해고를 위해 싸워주지 않았다. 오히려 노조 위원장이 노동위원회에 회사 쪽 증인으로 출석해 회사의 해고가 정당함을 증언해줄 정도였다니 이들의 싸움이 얼마나 힘겨웠는지 보지 않아도 알겠다.

회사는 경영상태가 좋아지면 해고자를 우선 복직시키기로 합의했지만, 흑자로 돌아선 이후 신규 사원을 채용하면서도 해고자들은 나 몰라라 하고 있다. 지금 일자리를 돌려달라고 싸우고 있는 해고자들은 11명 가운데 해고 무효 판정을 받아 복귀한 2명과, 해고자 생활을 정리한 2명을 제외한 7명이다. 실업급여 받던 것도 끝나고 생계가 막막했는데 다행히 금속노조의 지원기금으로 버티고 있다. 해고자들은 한국노총을 탈퇴하고 민주노총의 금속노조에 가입했다. 금속노조는 이들의 복직투쟁을 적극 지원하고 있다.

"살고 싶다. 돌려 달라." 30미터 높이 교통관제철탑에 올라가 농성 중인 조합원 2명이 만든 고공 농성장이다.

민주노총 광주지역본부의 강승철 본부장은 농성철탑의 아래쪽에 또 다른 고공농성장을 만들어 그 위에서 엿새째 단식농성을 벌이고 있다.

집회장에 도착해 고개를 들어 하늘을 올려다보니 옛 도청의 민주광장 한 켠 저 위 하늘 쪽으로 현수막을 두른 농성탑이 바로 눈에 들어온다. 30미터 높이 교통관제철탑에 올라가 농성 중인 조합원 2명이 만든 고공 농성장이다. 이솝 우화에 나오는 학 모가지처럼 얇고 긴 몸통 맨 위에 둥그런 발판이 있는 불안한 모양새의 탑은 실제 바람이 불 때마다 휘청휘청 흔들린다. 눈에 뚜렷이 보일 정도로 바람결 따라 휘어짐이 심한 것이 아찔하기만 하다. 쳐다보기도 어지러울 정도로 곧 흔들려 무너질 것 같은 모습의 관제탑에서 46일째 농성중인 이주석, 유제휘 조합원은 반갑게 손을 흔들어 집회에 온 동료들을 맞아주고 있었다.

두 사람이 다리 펴고 잘 수도 없을 만큼 좁은 공간에서 먹고, 자고, 싸고, 투쟁하는 것은 인간으로서는 할 수 없는 일이자 인간만이 할 수 있는 일이다. 46일 동안 저런 곳에서 버틴다는 것은 사람으로서 도저히 할 수 없는 일이지만, 사람이기 때문에 하고 있는 일이기도 하다. 로케트 전기에서 해고 된 후 노동자들의 고공농성만 이번이 세 번째라는데 자본은 여전히 묵묵부답이다.

해고자 유제휘 씨는 고공농성장의 생활에 대해 "옴짝달싹할 수 없는 좁은 공간에서 허리와 무릎 관절에 전해 오는 고통이 입을 통해 신음소리로 절로 기어 나온다"고 표현했다. 스스로를 '정상적인 인간의 모습이 아니라'고 한탄하면서 "이윤을 위해 생존을 앗아 가는 잔인한 짐승 같은 세상"에 절망하고 있었다.

"이윤을 위해 생존을 앗아 가는 잔인한 짐승 같은 세상"이란 구절을 보다 소름이 오싹했다. 어디서 많이 들어본 말투, 한진의 김주익 위원장이 골리앗에서 썼던 유서의 말투다. 혼자밖에 없다면, 하늘 아래 혼자만 던져진 기분으로 짐승 같은 자신의 몰골을 저주하기 시작하면 그 사람이 선택할 수 있는 건 결국 한 가지밖에 없다. 그래서 고공농성은 너무나 위험천만한 투쟁이다. 둘이 함께 있다는 게 천만다행이다. 휴우, 하고 가슴을 쓸어내린다.

다행히 이들을 위해 지역의 노동자들이 많이 모였다. 오늘 집회의 주제는 '구도청 보전을 위한 결의대회'다. 민주주의의 역사이자 광주항쟁의 상징인 유적지 도청을 부수고 그 자리에 새로운 건물을 들이기로 한 결정에 분노한 노동자들과 시민들이 모여 도청을 사수하자고 다짐하는 자리다. 한 목사님은 농성자들을 가리켜 "40일 넘게 철탑 위에서 농성하고 있는 이것이 바로 5 · 18이다. 30년 전 광주는 아직도 진행되고 있다"고 말해 오늘 이 자리가 단순히 도청 건물 사수가 아닌 광주정신을

"살고 싶다. 죽음으로 내몰지 말라."

지키기 위한 것임을 밝혔다. 집회 참가자들은 모두 시내 행진을 한 후 금남로에 모여 로케트 해고자들의 복직투쟁을 위한 촛불문화제에 참석했다. 전국 각지에서 달려온 노동자들이 로케트 해고자들에게 힘을 줬다.무대에 오른 로케트 해고자 오미령 씨는 "고맙다, 저 위 농성장에서 연락이 왔는데 이 자리에 꼭 함께하고 싶은데 못 가니 사진이라도 올려달라고 한다. 해고 된 후 지금까지 싸우면서 느낀 게 로케트 자본이 정말 악랄하다는 것이다. 자본가 저 사람들은 어떤 차원의 사람들인가, 정말 어느 별에서 왔는지 궁금하다. 사람이 이렇게 짐승처럼 고통 받고 있는데 어쩌면 저럴 수가 있나 싶다. 위의 동지들 때문에 맘이 너무 간절하고 너무 조급하다. 하루 빨리 현장으로 돌아가야 한다"고 말했다.

촛불 문화제가 모두 끝난 후 늦은 밤 질주단과 가진 간담회에서도 오미령 해고자는 연신 '조급하다'는 말을 반복했다. 얼마나 조급한 마음인지 알 것 같다. 위에서는 50일 가까이 짐승처럼 살면서도 '살아 있는 한 싸우겠다, 절대 복직 없인 내려가지 않겠다'는 다짐을 반복하고 있으니, 그 초조한 맘이 어떨지 묻지 않아도 알 수 있다.

농성장을 둘러싼 현수막에는 선명하고 처절한 구호가 쓰여 있었다.

'살고 싶다'. '일자리를 돌려달라'.

지금 여기, 살려달라고 애원하는 노동자가 있다. 극한의 상황까지 왔으니 더 이상 몰지 말라고, 더 이상 몰리면 우리는 죽음밖에 길이 없다고, 그러니 우리를 살려달라고 절규하는 해고자가 있다. 지상에 만든 천막농성장, 천막의 지붕 높이에 또 만든 고공 농성장, 그리고 그들의 맨 위 하늘 끝에 있는 철탑농성장까지, 위에선 아래를 내려다보며, 아래선 위를 올려다보며 서로를 버티게 해주고 있는 사람들이 있다. 그들은 12년차 연봉이 1700만 원인 저임금에도 그저 자기가 하는 일을 사랑하고, 함께 일하는 동료들이 좋아 일터에 돌아가고 싶은 평범한 내 이웃들일 뿐이다. 이들이야말로 지구별의 평범한 '사람'들이다.

**질주하는 사람들 ⑤ 오미령 로케트전기 해고자**

"너무 간절하고 너무 조급하다"

그녀는 몇 분 되지 않는 발언 가운데 '간절하다'와 '조급하다'라는 단어를 십여 차례 반복했다. 차라리 직접 위에 올라가 있다면 이 정도로 간절하고 조급하진 않을 텐데……. 고공 농성장의 두 동지와, 자신들 문제로 굶고 있는 지역본부장 때문에 그녀는 날마다 피가 마른다.

- 위에 계신 두 분 상태는 어떤가?

처음에는 멀미가 난다, 어지럽다, 관절이 많이 아프다, 마비증세가 온다 고통을 많이 호소했는데, 이제는 고통조차 호소하지 않고 있다. 아래서 올려주는 밥 두 끼 먹고 피티 병에 오줌 누면서 짐승처럼 생활한다. 너무 간절하고, 너무 조급하다.

로케트 전기 해고자 오미령 씨는 몇 분 되지 않는 발언 가운데 '간절하다'와 '조급하다'라는 단어를 십여 차례 반복했다.

- 회사의 반응은 여전한가?

도저히 받아들일 수 없는 얘기만 반복하고 있다. 로케트 자회사에 1명, 간접고용비정규직 1명 이렇게 해주겠다고 한다. 9월 1일 해고당시 우선채용을 합의해 놓고 약속을 팽개쳤다.

- 그래도 지역의 연대가 참 잘되는 것 같다.

정말 고맙게 생각한다. 우리가 처음 해고됐을 때 이 싸움을 하면서 비정규직 문제도 아니고, 한국노총 사업장이고, 공공성 문제도 아닌 우리 싸움에 누가 함께해 줄까 싶었다. 그런데 해고자들이 시작하니까 모두 달라붙어서 함께 싸워줬다. 정말 고맙다. 광주지역이 가진 자랑스런 전통이 아닐까 싶다.

- 회사 내부는 어떤가?

접근금지 명령을 내려 회사 접근도 잘 못하고 있다. 해고됐다 복귀된 조합원은 풀 뽑기 시키고, 창고 청소 시키고 악랄하게 괴롭힘을 당했다. 현장 안의 노동자들은 자기 일이 아니어서 다행이라고 생각한다. 비정규직화 하려는 움직임이 보이는데 안에서 싸울 수 없어 걱정이다.

- 하고 싶은 말이 있다면?

지역 모든 단위의 동지들이 함께해 주는 자체가 승리다. 승리로 보답해야 한다. 꼭 복직하겠다. 특히, 이 싸움을 백퍼센트 이해하고 함께해 주는 남편과 아이들에게 고맙다. 뭔가 얻어내려면 희생이 따를 수밖에 없다고 생각하지만 그걸 희생이라 생각하지 않고 지지해 주기 때문에 싸울 수 있다. 물론 나도 남편이 이렇게 되면 당연히 그렇게 할 것이다.(웃음)

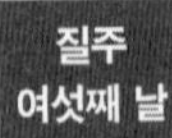


자전거는 연대를 싣고…

## "빚이자 빛이었던 금남로와 망월동이 사라진다"

엿새째, 오늘은 질주가 시작되고 나서 처음 맞는 일요일이다. 이른 새벽에 눈을 뜨고 자정을 넘겨서야 잠자리에 드는 빡빡한 일정이 계속되다 보니, 얼굴은 조금씩 검어지고 피곤한 기색이 몸에 묻어난다. 그래서 오늘은 좀 쉬어가기로 했다. "지난 닷새간의 질주에 대해 돌아보고 몸도 추슬러서 수도권 진입 후에 더 가빠질 일정들을 힘차게 가져가자"고 질주단의 이상욱 상황실장이 말을 떼자 작은 환호성들이 터진다.

휴식과 자체 간담회가 예정된 곳은 평택이다. 아침에 광주를 출발해 평택으로 떠나야 한다. 질주단은 광주를 떠나기 전 도청 앞 고공 · 천막

농성장을 다시 들렀다. 로케트 전기의 고공농성 해고자들이 '밤새 안녕'했는지 가기 전에 한 번 더 들여다보기 위한 것이다. 그저께 4일차 질주 날, 서산의 동희오토촛불문화제에서 서산지역에 모인 동지들이 모두 한 마음으로 로케트 전기의 해고자들에게 전할 연대의 말을 종이에 적었다. 다음날 로케트 해고동지들에게 달려갈 질주단이 온 참에 배달을 맡긴 것이다. 서산의 노동자들이 손수 쓴 따끈한 연대의 소식은 곧 광주의 하늘 위 농성장으로 전해졌다.

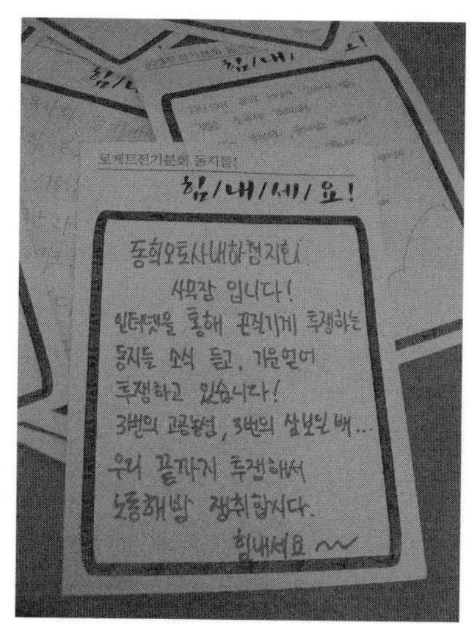

서산지역에 모인 동지들이 모두 한 마음으로 로케트 전기의 해고자들에게 전할 연대의 말을 종이에 적었다. 다음날 로케트 해고동지들에게 달려갈 질주단이 온 참에 배달을 맡긴 것이다.

질주단이 따뜻한 글들과 '정'을 담은 초코파이 등 간식을 챙겨 포대에 담는 모습을 30미터 위 하늘에서 두 동지가 줄곧 내려다보고 있다. 멀리 충청도에서 날아온 동지들의 체온이 그분들의 추운 몸과 마음을 따뜻하게 덥혀줄 테니, 오늘은 두 분에게 조금 더 나은 하루가 될 것이다.

질주단이 농성장 둘레에서 움직이는 소리가 들렸는지 땅위 10m 높이 고공농성장에서 단식 1주일을 맞은 민주노총광주지역본부의 강승철 본부장이 꺼칠한 모습을 드러냈다. 추위를 막기 위해 검은 비닐을 머리에 둘러쓴 채로 질주단에게 반가운 인사를 건넨다.

'밤새 안녕'이란 말이 가장 실감나게 들리는 곳이 바로 농성장이다. 특히 고공농성장은 잠자리와 배변문제, 추위, 더위, 바람 등 몸을 해치

질주단이 평택으로 떠난다는 소리에 위에서 마지막 인사를 건넨다.

는 상황이 너무나 많기 때문에 농성자들의 건강 문제가 심각하다. 다행히 본부장의 상태는 그나마 나아 보인다. 저 위는 어떤지, 농성 시작하고 건강검진도 못해봤다는 위의 두 분들이 염려가 된다. 건강은 괜찮냐고 손나팔을 만들어 물었더니, 저 위에서는 46일째 머리를 못 감아 이렇게 흉한 몰골로 인사를 하게 돼 미안하다고 농을 친다. 하긴 어떻게 건강이 괜찮겠는가. 마음 아픈 얘기는 서로 삼킨 채 싱거운 농을 주고받는다.

질주단이 평택으로 떠난다는 소리에 위에서 마지막 인사를 건넨다.

"5월 정신이 삶의 현장에 스며들면 좋겠습니다. 가는 곳마다 우리 노동자들의 얘기를 전해주시고, 우리도 꼭 복직해서 여러분과 다시 만날 수 있도록 하겠습니다."

두 동지가 꼭 이겨서 내려오기를 바라며 하늘과 땅에서 동시에 '투쟁'을 외치고 길을 나섰다. 휘청거리는 철탑에 두 분을 남겨두고 돌아서는 질주단의 걸음도 무거워진다.

평택으로 가는 길에 마지막으로 망월동을 찾았다. 금남로의 옛 도청은 허물어질 위기이고, 망월동의 옛 묘역은 쓸쓸하기만 하다. 금남로와 망월동, 젊은 날 우리 모두에게 마음의 빚이자, 찬란한 빛이었던 두 곳이 사라져간다. 5월 광주가 이루었던 세상은 '대동 세상', '민주 세상'

5월 광주의 정신을 삶 곳곳에 스며들게 해달라는 해고 노동자들의 당부는 사실 질주단이 달리고 있는 이유이기도 하다. 망월묘역에 비정규직 철폐 깃발을 꽂았다.

이었다. 비록 잠깐이었지만 '국민'이 아닌 '시민'들은 스스로 독재를 물리치고 민주주의의 이름으로 차별 없고, 소외 없는 해방 광주를 만들었다. 망월묘역의 제단에 '비정규직 철폐' 깃발을 꽂으며 질주단은 광주의 넋들 앞에 5월 정신을 이어가겠다고 다짐한다.

5월 광주의 정신을 삶 곳곳에 스며들게 해달라는 해고 노동자들의 당부는 사실 질주단이 달리고 있는 이유이기도 하다. 차별 없고, 소외 없는 해방 세상, 대동 세상 그게 바로 '너희가 아닌 우리의 세상'이니까.

**질주하는 사람들 ⑥ 문원석 동희오토 해고자**

"노조 가입한 뒤 해고됐지만 말이 늘었다"

얼굴만 봐도 '충청도 총각'이라고 써 있는 질주단의 막내 문원석 씨. 이백윤 지회장과 박태수 조직부장을 면회할 때도 "누가 먼저 단식하자고 했느냐"는 엉뚱한 질문을 던져 질주단을 한바탕 웃게 만든 분위기 메이커다. 동희오토 형들의 사랑을 한 몸에 받고 있는 그와 한산한 틈을 타 이야기를 나눴다.

- 동희오토에는 어떻게 입사하게 됐나?

집이 서산 옆 태안인데 동네 형이 소개시켜줘서 들어오게 됐다. 면접 보고 바로 일하기 시작했다.

- 해고된 이유는?

지금 대협부장 맡고 있는 박성영 형을 친하게 잘 따랐는데 형과 함께 노조활동도 하게 됐다. 우리 회사에서 20명 정도가 해고당했는데 모두 함께 동희오토 사내하청지회에 가입했다.

- 형이 원망스럽진 않나?

나는 원래 말로 잘 못하는 편인데 노조활동을 하게 되면서 형들이 말하는 것도 많이 보고, 따라하게 되고, 선전선동 교육 같은 것도 받으면서 자연스럽게 말이 늘었다. 형들과 함께 행동하는 것이 후회도 없고 좋다.

- 동희오토 다닐 때 어땠나?

집에서 아침 7시에 나와 오토바이를 타고 나와 회사버스로 갈아타고 50분 쯤 오면 회사에 도착한다. 모닝은 잘 팔리는 차였기 때문에 잔업

없이 일한 날이 없다. 잔업 마치고 집에 돌아오면 늘 밤 9시가 넘는다. 잔업 다 포함해서 120만 원 정도 받았다. 철야작업도 있는데 너무 힘들어서 돈을 좀더 줘도 잘 안한다. 외국인 노동자들이 주로 철야를 한다.

동희오토 사내하청지회 해고자 문원석 씨. 질주단의 막내기도 하다.

- 로케트 해고자들을 보면서 동희오토와 많이 비슷하다고 했는데?

한국노총 노조가 괴롭힌 것이 똑같다. 우리 회사도 그랬다. 그리고 해고된 사람들이 모두 한꺼번에 민주노총의 금속노조에 가입한 것도 똑같다. 지금 금속노조의 해고자 신분보장기금을 신청하려고 하는데 안 될 수도 있다 해서 그 점도 로케트 해고자들과 상황이 비슷하다는 얘기다.

질주 일곱째 날

봄이 와도 봄 같지 않은 쌍용차 노동자들

## "참으로 잔인한 쌍용차 노동자의 봄날"

질주 이레째. 2646명에 대한 정리해고를 발표한 평택의 쌍용자동차 공장에 출근 선전전을 하기 위해 나섰다. GM대우, 현대자동차, 쌍용자동차까지 요즘 자동차 산업이 난리다. 수출도 내수도 경기불황을 비껴가지 못하는 상태에서 이들 거대자본들이 선택한 것은 하나같이 노동자에 대한 구조조정과 정리해고다.

쌍용자동차의 대량해고 소식을 접하고 나는 두려웠다. 1998년 울산 현대자동차에서 벌어진 정리해고가 떠올랐기 때문이다. 아직도 울산에는 그때의 고통스런 기억 때문에 자다 식은땀을 흘리는 사람들이 있다. 인간의 뇌에는 잊고 싶은 일을 정말로 기억 속에서 지워버리는 기능이 있다고 한다. 하지만 자동차 노동자들이 겪은 십 년 전 대량해고의 기억은 아무리 지우려 해도 지워지지 않은 채 남아 있다. 십 년이 지난 후 어느 날 밤, 아무렇지 않은 듯 밥을 먹고 편안히 누운 잠자리에서 불쑥 악몽으로 되살아난다. 아마 또 다른 십 년이 지난 후에도 기억은 그렇게 가끔 노동자들의 밤을 괴롭힐 것이다.

쌍용자동차 정문을 들어서니 양쪽으로 늘어선 초록색 텐트촌이 보인다. 텐트촌 앞에는 현장의 대의원들과 선봉대들이 줄을 지어 서서 출근하는 조합원들을 상대로 정리해고 철회투쟁에 나서자고 호소하고 있다. 조합원들이 질주단과 노동조합에서 나눠주는 선전물을 받아 들고 관심 있게 읽어본다. 대공장이 대부분 그렇듯 출근하는 사람들의 얼굴에 생기가 없다. 마지못해, 정말 먹고살기 위해 고단한 일상을 시작하는 가장들의 처진 어깨, 회색빛 작업복, 회색빛깔 공장은 그야말로 절망 3종 세트 같다. 더구나 2646명에 대한 정리해고까지 발표된 마당이니 그 흉흉함이란 더 말할 나위가 없다. 둘 중 하나는 해고란다. 셋 중 하나, 넷 중 하나도 아닌, '나 아니면 너'라는 이 잔인한 현실 앞에서 설마 나는 아니겠지 하는 막연한 기대는 설 자리가 없다. 노동자들도 그걸 알고 있다.

선전전이 끝나고 쌍용자동차노동조합과 쌍용자동차비정규직노동조

나란히 선 쌍용자동차 비정규직과 정규직.

합이 질주단과 함께 간담회를 가졌다. 비정규직지회는 작년부터 이미 정규직의 전환배치에 따른 해고를 꾸준히 당해 온 상태다. 비정규직 노동자들은 호소했다. '오늘 비정규직에 대한 해고는 곧 정규직에 대한 해고로 돌아올 것이다. 그러니 함께 싸우자'. 그러나 정규직 노조는 꿈쩍도 하지 않았고, 비정규직 노동자들의 외침은 곧 현실이 되었다.

어느 사회건 약자들의 주장은 대체로 옳다. 약자들은 늘 가장 낮은 수준의 요구를 하기 때문이다. 사회 최저선의 기준도 적용받지 못하기 때문에 사회의 약자가 되는 것이고, 최저선이란 그 사회가 보편적으로 지켜야 할 가장 낮은 수준의 요구다. 일자리를 보장해 달라, 최저임금을 보장해 달라, 최저생계비를 보장해 달라는 요구는 그야말로 가장 기본적인 요구다. 때로는 임금삭감까지도 받아들이면서 고용을 보장해달

"쌍용자동차 위기의 공동의 4적은?" 노동자가 위기를 불러온 것일까?

라는 것은, 고용이 보장되어야 인간으로서 가장 기본 선의 삶을 유지할 수 있기 때문이다. '잘'살기 위해서가 아니라 '살기' 위해서 하는 요구인 것이다.

쌍용자동차노조도 3조 2교대, 자동차생산에 대한 긴급자금 등에 대한 노조 담보 1000억 원 등 자신들의 희생을 감수하는 자구안을 내면서 고용보장을 요구하고 있다. 노동자들이 말하는 '뼈를 깎는 고통'은 그냥 수사가 아니다. 온갖 도둑질로 법정에 섰을 때만 '뼈를 깎는 마음으로 참회 한다'해 놓고는 언제 그랬냐는 듯 900억짜리 전용비행기를 사는 재벌 총수의 수사와는 뼛속부터 다른 것이다.

장기투쟁 사업장과 비정규직 투쟁 사업장이 많은 질주단의 특성 때문인지, 질문은 주로 비정규직과 공동투쟁을 어떻게 할 것인가에 쏠렸다. 만일, 회사가 비정규직에 대한 해고로 이 상황을 끝내려고 한다면 어떻게 할 것인가? 나도 그게 가장 염려가 됐다. 지금 정규직 노조의 집행부는 작년 선거에서 새로 당선된 분들이다. 비정규직 투쟁에 함께 해 온 분들이 많아 비정규직노조가 거는 기대가 남다른 상황이라고 한다. 정규직 노조는 그런 상황에 대해 상정조차 하지 않고 있다고 단호하게 말했다. 총고용은 정규직과 비정규직을 모두 포함하는 것이며 그 안에서 갈라치기 하려는 어떤 시도도 받아들일 수 없음을 분명히 했다. 믿고 싶다. 제발 그렇게 되길 간절히 믿고 싶다.

현장에 어지럽게 널린 선전물 가운데 '다함께'라는 조직에서 낸 유인물이 눈에 띤다. 공장점거 파업을 해야 한다고 주장하며 "1998년 현대자동차 노동자들이 대량해고에 맞서 공장점거 투쟁을 벌인 덕에 사측의 1538명 해고 시도를 277명으로 최소화했다" 적고 있다. 화가 났다. 277이란 숫자에 담긴 한국노동운동의 모순과 부조리와 질곡에 대해 모르는 것일까. 최소화됐던 277명은 바로 현대차정규직의 해고를 막기 위해 노조가 나서서 해고에 합의한 비정규직 식당 여성 노동자들이다. 가장 힘없고 약한 대상, 자신들의 파업 때 시장에서 시래기를 주워 나르며 밥해먹이던 여성 노동자들을, 자신들이 살기 위해 가차 없이 버린 잔인한 정규직 노조. 277명은 그런 숫자다. 노동자로서 가장 기본인 연대와 단결의 원칙을 저버린 점거투쟁이 현대자동차 정리해고 싸움이었다. 부디 쌍용에서는 그런 일이 일어나지 않기를, 해고를 최소화하기 위해 비정규직을 방패막이로 삼는 정규직 노조를 보는 일이 없기를 모두 한 마음으로 빌었다.

간담회를 마치고 바로 노동청 앞에서 열리고 있는 동우화인캠 해고자들의 선전전을 찾았다. 노조탄압 백화점으로 불리는 동우화인캠은 포승공단에서 가장 큰 규모의 기업이다. 직원이 2000명이나 되는 곳인

노동청 앞에서 열리고 있는 동우화인캠 해고자들의 선전전을 찾았다. 어딜 가나 그렇듯 주무부서인 노동청은 모르쇠다.

데 정규직과 비정규직이 절반씩이다. 화장실도 정규직 관리자의 허락을 받아야 하고, 정규직들 성과급 받을 때 비정규직은 볼펜 한 자루 받는 현장, 발암물질을 들이마시면서도 건강검진 한번 제대로 못해본 암울한 상황을 바꿔보고자 비정규직노동자들이 노조를 만들었다. 간부들에 대한 해고와 노조탄압이 뒤를 이었고 지금 위원장과 사무국장은 구속 중이다.

어딜 가나 그렇듯 주무부서인 노동청은 모르쇠다. 선전현장에서 수첩에 노동자들의 발언을 적고 있는 담당 근로감독관을 만났다. 노동자들의 이런 요구에 대해 주무관청의 담당자로서 어떻게 하고 있느냐고 물었더니, 아직 공식적으로 저 분들을 만난 적이 없어 요구사항을 전달받지 못했다고 한다. 법과 원칙의 테두리 안에서 취할 조치가 있으면 취하겠다고 하는 관료식 답변. 그런 태도 때문에 노동자들이 공장도, 시청도, 국회의사당도 아닌 이 노동청 앞에서 집회를 열고 있는 것인데……. 노동자 편에 선 노동부를 우린 언제쯤에나 볼 수 있을까.

선전전을 마치고 오랜만에 자전거를 탔다. 나는 방송 차에 올라타 포항 시내를 누비는 자전거 질주를 구경했다. 쌍용차비정규직지회와 동우화인캠, 이젠텍 해고자들과 쌍용차시민대책위 분들이 오늘 질주에 함께했다. 질주단은 비정규직 철폐 깃발을 꽂고 시장과 대형마트와 시내 곳곳을 다니며 비정규직 철폐와 쌍용차 정리해고 반대를 외쳤다.

하늘은 높고, 햇볕은 뜨겁지 않을 정도로 이마에 내려앉았다. 이 좋은 봄날을 제대로 느껴보지도 못하고 정리해고라는 매서운 한파에 잔뜩 웅크린 쌍용자동차 노동자들에게 따뜻한 봄소식은 언제쯤에나 전해질 수 있을까.

2646명을 해고한다는 것은 해고자와 그 가족 만 명이 함께 무너지는 일이다. 아빠가 해고된 어떤 아이는 학원을 끊을 것이고, 정리해고자의 자식이라는 놀림 속에 날로 말수가 적어질 것이다. 어떤 아이는 급식비를 못 내 밥을 굶고, 더 큰 아이는 등록금을 내지 못해 학교를 그만둘 것이다. 그리고 이 아이들의 오늘을 책임지지 못한 어느 가장은 목을 맬 것이다. 노동자들에게 참으로 잔인한 봄날이다.

**질주하는 사람들 ⑦ : 유제선 쌍용차 비정규직 지회 교선부장**

**"쌍용차에서부터 정규직과 비정규직의 공동투쟁을"**

선전전을 하는데 발언자로 나오는 그를 가리켜 동우화인캠의 해고자가 '입이 상당히 거친 분'이라고 표현했다. 세상이 순수청년이던 자기를 이렇게 만들었다며 '거칠게' 항변하는 쌍용자동차비정규직지회 유제선 교선부장을 만났다.

- 정규직의 공동투쟁과 총고용 보장 약속을 믿고 싶다.

어떤 우려인지 잘 안다. 물론 우리는 어떤 가능성도 배제하지 않는다. 정규직 노조가 비정규직을 방패막이로 삼아 자신들의 희생을 막아온 일이 있기 때문이다. 하지만 지금 우리 상황은 300명 정도 되는 비정규직을 정리해서 정규직이 살아날 수 있는 구조가 아니다. 또한 현장에

쌍용자동차비정규직지회 유제선 교선부장.

서 우리와 함께 꾸준히 싸워 온 분들이 집행부를 꾸렸고, 지금 정규직의 회의에도 우리가 함께 결합하고 있기 때문에 모든 상황을 공유하고 있다. 공동투쟁, 총고용 보장에 대한 정규직노조의 의지를 믿는다.

- 현재 비정규직 상황은 어떤가?

회사는 계속 비정규직들을 안심시킨다. 2646명에 비정규직은 포함되어 있지 않다. 하지만 우리는 믿지 않는다. 당장은 아니더라도 회사는 정규직을 잘라낸 자리를 비정규직으로 채우려 할 것이다. 자본이 원하는 것은 비정규직 100%인 동희오토 같은 공장이다. 노노갈등을 일으키려 하는 것에 대해 단호하게 싸울 것이다. 오늘 정규직과 공동투쟁하기 위해 주요 거점인 농성천막을 쳤다. 조합원 정서 때문에 쉽게 하지 못했던 일인데 정규직 노조와 합의했다. 이제부터 시작이다.

- 정규직 노조가 의지를 많이 보이고 있다는 말인가?

그렇다. 현 정규직 집행부와 거의 한달 차이로 임기를 시작했다. 우리 쌍용의 비정규직지회는 투쟁을 해 왔지만 간부들 모두 전과가 없다. 다른 비정규직지회들이 모두 놀란다. 정규직 노조의 방어가 있었기 때문에 가능한 일이다. 전국에 모범이 되는 정규직과 비정규직간의 공동투쟁 사례를 만들고 싶다.

– 하고 싶은 말이 있다면?

정규직과 비정규직만의 싸움으로는 안 된다. 실업자, 대학생, 금속노조, 자동차4사 모두 나서서 이명박 정권에 맞서 싸워야 한다. 노동자만 희생시키는 이 구조를 바꿔내지 않으면 이길 수 없다.

## 질주 여덟째 날 정부보다 먼저 정규직에게 외치는 말 '함께 살자' "함께 비 맞을 게 아니라 함께 우산을 쓰자"

어젯밤은 쌍용자동차 천막에서 보냈다. 넓은 공장마당에 세워놓은 투쟁천막 가운데 하나가 질주단의 숙소였다. 낮에 평택시내 자전거 선전전을 한 후 수원으로 갔다가 늦은 밤에 이곳 숙소로 다시 돌아온 터라 몹시 피곤했다. 늦은 시간, 천막 앞에서 시내 자전거 질주부터 수원역 촛불문화제까지 함께한 이젠텍 노동조합의 이선자 부분회장이 작별 인사를 한다. 수원역 촛불문화제에서 조용히 앉아 있다 사회자의 호명에 부끄러워하며 토해낸 그녀의 말을 듣고 나는 거의 기절하는 줄 알았다.

"우리 얘기만 하려면 괜히 생색내고 유난 떠는 것 같아 미안하다. 그래서 말을 잘 안 하려고 한다. 우리 이젠텍은 쌍용자동차 뒤편에 있는 회산데 노조 만든 이유도 단순했다. 일터가 너무 안전하지 않아서, 너무 우리를 비인간적으로 대해서였다. 나이 50이 넘은 조합원들이 30, 40대 관리자한테 상소리를 들어가며 일하고, 프레스에 양팔이 절단되고, 상반신이 눌려 죽는 곳이 이젠텍이다. 그래서 노조를 만들었다. 그런데 갑자기 유령노조가 나타났다. 2005년 10월에 우리가 노조를 결성했는데 회사가 2000년부터 이미 노조가 있었다고 주장한 것이다. 뇌출혈로 쓰러진 사람에게 사직서를 강요한 사람이 위원장이었고, 자궁적출수술을 한 여성에게 1주일 안에 나오되, 나와서 아픈 건 본인책임이라는 각서를 쓰게 한 사람이 회계감사였다. 노조를 인정받기 위한 싸움을 하다가 4명이 해고됐다. 지금 해고자들이 열심히 출근투쟁하고 복직을 위해 뛰고 있다."

양팔이 절단되고, 상반신이 기계에 말려들어가 죽는 얘기를 두고 유난 떤다고 할까봐 미안해서 말 못하겠다는 사람들이 노동자들이다. 얼마나 더 처참한 얘기여야 떠들만한 것일까. 고통의 극한선이 자꾸만 높아지는 것 같아 우울해진다.

아침 일찍 일어나 질주 8일째 일정의 시작인 이젠텍 앞 출근선전전에 나섰다. 공장 정문에 한국노총 소속 노조간판이 보인다. 민주노조가 만들어진 후 갑자기 생긴 노조간판이란다. 해고자 4명을 포함해서 19명 남았다는 조합원들이 출근투쟁을 위해 속속 모여든다. 50대쯤 되어 보이는 여성조합원들이 많다. 마이크를 잡은 이선자 부분회장 모습이 어제 부끄러워하던 지역집회 때와는 사뭇 다르다. 손짓도 힘차고 목소리도 훨씬 크고 당당하다. 그녀는 공장 안으로 들어가는 노동자들에게 호소했다.

"여러분 눈에 보이는 저 잔디가 1억 5000만 원이다. 노조 만들고 나서 저 잔디를 밟았다는 이유로 7500만 원을 가압류했다. 나는 용접봉도 안 주고, 안전화도 안 주는 회사라 무척 가난한 줄 알았다. 그런데 노조

몇 차례나 철거된 이젠텍 노동조합의 사무실.

만들었더니 바로 용역경비 고용하고, 요구하지도 않은 탁구대, TV, 당구대 같은 것을 설치했다. 조합원들이 사용할 시간도 없는 것들을 들여놓고 생색내는 회사가 한심하다. 매해 적자라며 최저임금 겨우 넘는 노동자들의 월급마저 안 올려주면서, 사장은 앉은자리에서 주식배당으로 수억을 챙겼다. 우리 적은 인원이지만 꼭 이기겠다."

삼십분 넘게 선전전을 하다가 곧 출근해야 할 조합원들이 있어 아쉽지만 마쳐야 했다. 회사는 파업에 참가했던 조합원들을 모두 여기저기로 찢어 놓았다. 공장이 3개인데 그렇게 떨어져 있다 보니 현장 활동이 어렵다. 조합원들을 떨어진 공장마다 출근시키려 다시 그녀가 낡은 승합차의 운전대를 잡는다. 한눈에도 조합원들이 그녀를 얼마나 아끼는

GM대우 부평공장 서문 앞에 천막을 치고 농성 중이다.

지 눈에 보였다. 떡을 챙겨주며 혼자만 먹으라고 살짝 귀엣말을 하고 가는 조합원도 있고, 주머니에 뭔가 챙겨 넣어 주는 조합원도 있다. 조합원들 곁에서 그녀도 연신 웃음을 잃지 않는다. 조합원들은 한결같이 우리 위원장이랑 해고자들 모두 빨리 복직해야 되는데 못하고 있어서 안타깝다고 했다. 그 마음 변치 않고 이들 복직 때까지 잘 버텨주기를 바라며 부평으로 향했다.

GM대우자동차 비정규직 사내하청지회에 도착했다. GM대우 부평공장 서문 앞에 천막을 치고 농성 중이었다. 천막 농성 500일이 훌쩍 넘은 이들 역시 금속노조의 대표 장기투쟁 사업장이다. 2007년 10월 30일 비정규직 외주화와 해고 반대, 노조 인정 등을 요구하며 천막을 친 후 해고자 9명이 지금까지 투쟁을 이어오고 있다.

지난 4월 7일 정규직 노조가 회사와 합의한 전환배치 때문에 비정규직 노동자가 900명 가까이 무급순환휴직으로 돌려지고, 5월부터는 휴직이 시작된다고 한다. 정규직의 전환배치는 곧 비정규직에 대한 해고다. 정규직도 비정규직도 모두 어렵지만 정규직 살자고 비정규직 희생시키는 건 이제 그만 좀 봤으면 좋겠다. 적어도 민주노조라면 함께 살거나, 함께 죽거나 둘 중 하나여야지 나만 살기 위해 약자를 희생시킨다는 건 어떤 명분이 있어도 용납할 수 없는 일이다.

서문 앞 집회장에서 코오롱에서 연봉 5000만 원이 넘었던 정규직 출신 해고자 최일배 정투위 위원장은 발언을 청해 대우의 정규직 노동자들을 향해 호소했다.

"오늘 이 자리는 유독 마음이 무겁다. 나는 13년 동안 정규직이었고 입사할 때부터 정규직이 안 하는 힘들고 어려운 일을 하기 위해 비정규직을 뽑는 걸로 생각했다. 코오롱에 정규직이 1500명일 때 비정규직이 200명이었다. 지금은 비정규직이 1500명이다. 더 기가 막힌 것은 정규직들이 해고되었다가 다시 똑같은 일을 비정규직이 되어 하고 있다는 것이다. 몰랐다. 해고되고 5년 투쟁하고 난 후에야 끝없이 비교하고 분열시키는 자본의 생리를 알았다. 오늘 발언은 13년 정규직으로 살면서 부끄러웠던 과거를 속죄하는 마음으로 하는 것이다. 여러분들이 부디 이 현실을 깨닫고 비정규직 동지들과 함께할 때만이 살 수 있다는 것을 알았으면 좋겠다."

비정규직 해고자 한 분은 쌍용에서 정리해고 발표하니 모든 언론과 운동단체에서 관심을 가져 주는데 우리는 조용히 천 명이 잘려나가도 누구 하나 관심 가져 주지 않아 서럽고 외롭다고 했다. 이미 지난 일이

"비정규직 희생강요 전환배치 반대한다."

라 어쩔 수 없다고 하지만, 아직 늦지 않았으니 정규직노조가 전환배치 합의를 철회하고 함께 총고용 보장을 위해 싸웠으면 좋겠다고도 했다.

비정규직 해고 뒤엔 곧 정규직에 대한 해고, 그리고 모든 노동자의 비정규직화로 이어진다. 비정규직 100% 사업장, 자본가들에게 꿈의 공장인 '동희오토'가 부평에 또 하나 만들어지려고 하는데, 아직 내 목에 칼이 들어오지 않은 정규직 노동자들은 모른다. 알고 난 후엔 이미 자신이 해고자나 비정규직 둘 중 하나가 되어 있을 터인데, 나는 그렇게 되지 않을 거라는 막연한 믿음으로, 너무나 분명한 '사실'을 애써 외면하고 있다. 자본은 악랄하고 교묘한데, 노동자들은 순진하고 어리석다. 공장 문을 사이에 두고 어리석음을 되풀이하지 말라고 호소하는 비정규직 노동자들의 외침이 저 안에 있는 정규직 노동자들에게 닿았으면

내가 빼앗아 버린 우산 때문에 맨 몸으로 빗속에 던져져 비를 맞고 있는 비정규직을 보는 마음이 그대, 정규직들인들 편하겠는가.

좋겠다.

함께 사는 길이 분명히 있다. 금속노조에서 만든 등 벽보도 '함께 살자'가 큰 주제다. 노동자만 죽이지 말고 '함께 살자'고 정부에 요구하려면, 여기 정규직 노조를 향해 '함께 살자'고 호소하는 비정규직들의 외침에 먼저 귀 기울여야 한다. 그게 순서다.

연대란 우산을 씌워 주는 게 아니라 함께 비를 맞는 것이라 했다. 하지만 나는 이왕이면 함께 우산을 쓰는 연대를 했으면 좋겠다. 비록 드러난 한 쪽 어깨가 좀 젖을지언정 같은 우산 아래 서로의 몸을 의지해서 비를 피할 수 있다면 그보다 더 좋은 일은 없을 것이다.

대우자동차 정규직 노동조합처럼 알량한 비정규직 일자리마저 뺏는다는 건, 큰 우산 아래 비를 피하고 있던 사람이, 겨우 머리 하나 가릴 수 있는 약자의 작은 우산마저 빼앗고 장대비 속으로 내모는 것이다. 내가 빼앗아 버린 우산 때문에 맨 몸으로 빗속에 던져져 비를 맞고 있는 비정규직을 보는 마음이 그대, 정규직들인들 편하겠는가.

**질주하는 사람들 ⑧ : 이선자 이젠텍노조 부분회장**

"노조 생긴 뒤, 말 함부로 하는 건 바뀌더라"

이젠텍 분회의 컨테이너 사무실이 있는 공단 안 쪽 인적 드문 곳에서 질주단의 단원 한 분이 네잎 클로버를 몇 개 찾아냈다. 이 싸움을 꼭 이기게 해 줄 거라고 이선자 부분회장에게 건네자 수줍어하며 기념촬영에도 응한다.

- 입사는 언제 했나?

2003년도에 입사해서 2006년도에 해고됐다. 해고되기 전 잔업과 야근을 다 해야 월급 120만 원을 받았다. 비록 해고가 됐어도 늘 조합원들 곁에 있으니 해고자라는 걸 못 느낀다.

- 해고자들의 생계는 어떻게 꾸려가고 있나?

조합원들이 내는 조합비는 한 달에 총 8만 원이다(웃음). 거기다 우리는 분회기 때문에 분담금은 지회를 통해서 받는다. 회사가 단체교섭에 응하지 않아 법원에서 부과한 강제이행금이 있다. 하루에 30만 원씩인데 그걸 받아서 소송비용과 투쟁기금으로 썼다. 해고자들 생계는 어렵다. 워낙 저임금이라 조합원들한테 돈을 걷는 것도 부담이다. 하루 주점이나 빚을 내서 살기도 하고 그렇다.

- 조합원들에게 굉장히 사랑받는 것 같다.

(웃음)우리 모두 사랑한다. 처음에 조합원들이 차별 받고 그런 게 화나고 억울하다고 했다. 하지만 노조가 생기고 나서 그렇게 함부로 하지는 못하고 있다. 조합원들이 그런 점에 대해 신뢰하고 우리를 사랑해주는 것 같다.

이젠텍 노동조합의 이선자 부분회장.

- 노조가 생기고 나서 위험한 사고들이 줄었나?

일단 형식적이지만 안전교육을 한다. 하지만 거의 개선되지 않고 있다. 다른 것도 마찬가지다. 처음에만 반짝 시늉하고는 도로 제자리다. 관리자들이 말 함부로 하는 것은 확실히 바뀌었다.

- 바라는 게 있다면?

빨리 복직해서 끝났으면 좋겠다. 그래도 조합원들 앞에만 가면 힘이 난다. 서로 힘들어도 안 힘든 척 하고 재미있게 하고 있어서 위로가 된다. 후회는 없다.

## 질주 아홉째 날 기록하지 않으면 기억될 수 없다
## "가진 자든, 못 가진 자든 우린 그들에게 빚이 있다"

9박 10일간의 여정을 계획하고 청와대 들머리에서 출발한 질주단이 질주 아흐렛날을 맞은 29일 드디어 서울에 도착했다.

서울 들어 처음 찾은 곳은 이제 '비정규직탄압, 장기투쟁, 독한자본' 분야에서 일반명사가 되어버린 '기륭전자'다. 기륭전자비정규직 노동자들의 투쟁에 대해서는 이제 더 말할 것도 없을 정도다. 구로디지털단지역 근처에 있는 기륭전자의 새 사옥 앞에서 선전전을 했다. 경찰은 소음측정기를 가지고 와 소란을 떤다. 주민들한테 민원이 들어와 그렇단다. 평택의 동우화인캠에서 유독가스를 마신 노동자들이 아픔을 호소하며 현장조사 좀 해달라고 요청해도 눈도 꿈쩍 안 한 공권력들이다. 어제 인천의 성모병원에서 노동자들의 선전전을 방해하고자 병원측이 귀가 찢어질 정도로 클래식 음악을 크게 틀어 주민이 항의를 해도 그냥 바라만 보던 경찰들. '공'자를 입에 붙이기도 민망한 자본의 '사' 권력들이 '인권'과 '공익'이란 말을 유린한다. 입만 벌리면 노사자율교섭을 외치면서 발만 뗐다 하면 사는 쏙 빼고 노동자만 탄압하는 경찰.

만일 노동자들의 파업이 정말 당사자들만의 문제라면 우리나라의 노동쟁의는 훨씬 더 줄어들고 훨씬 더 짧게 끝날 것이다. 쟁의만 들어가면 투입되는 일방적인 공권력, 소환장을 남발하는 경찰, 해고를 정당하다 하는 검찰, 100만 원짜리 노동자에게 천문학적인 가압류를 행하는 법원, 입법부의 다수를 차지하는 자본가들. 이런 입체적인 연결고리 속에 노동자들은 달랑 빈 몸 하나로 포위되어 있다.

이런 포위망 속에서 기륭전자의 노동자들이 5년째 이 지난한 싸움을 이어갈 수 있는 것은 서로가 서로의 마음을 사슬처럼 묶고 있기 때문이

기륭전자의 새 사옥 앞에서 자장면 잔치를 벌였다.

다. 뜯겨나가지 않고, 튕겨나가지 않기 위해 갑옷과 속옷을 꿰맨 황산벌의 병사들처럼 제 몸과 동료의 몸을 하나로 묶고 버텨온 기륭 노동자들의 투쟁이 있었기에 우리는 비정규직 문제가 얼마나 심각한지 알게 됐고, 이것이 개별자본의 문제가 아닌 자본주의 구조 자체의 문제라는 것을 깨닫게 됐다. 가진 자든, 못 가진 자든 우리는 모두 기륭의 비정규직노동자들에게 빚이 있다.

기륭전자의 새 사옥 앞에서 자장면을 시켜먹고 인사동에서 열리는 콜트 · 콜텍 노동자들의 독일원정투쟁보고대회와 문화제에 참석했다. 전자기타를 만드는 계룡의 콜텍과 통기타를 만드는 인천의 콜트는 같은 자본이 운영하는 회사다. 세계 기타시장의 30%를 차지할 정도로 업계에서는 유명한 곳이고 회장이 한국서 손꼽는 부자다. 그런 부자 회장

"노! 콜트" 머리띠를 두른 노동자. 불매운동을 벌이자면서도 자신들이 만든 제품들에 대한 애정의 끈을 놓지 못하는 오지랖들이 미련하게 느껴질 정도다.

은 경영이 어렵다며 2007년 4월과 7월에 인천과 계룡에서 노동자들을 집단으로 해고했고 법원에서는 그 해고가 부당하다는 판결을 내렸다.

그런데도 회사는 노동자를 복직시키기는커녕 갑자기 공장을 닫아버렸다. 기약 없는 콜트 · 콜텍 노동자들의 싸움은 그때부터 시작되었다. 창문 하나 없는 공장에서 손가락이 잘려나가고, 80만 원을 받으면서도 세계 기타시장을 주름잡는 훌륭한 제품을 만든다는 자부심으로 일했던 순박한 노동자들이 분신을 하고, 수십만 볼트가 흐르는 죽음의 송전탑에 올라 40일 동안 밥을 굶는 '악바리'들이 되었다. 온갖 투쟁으로도 답이 안 나오자 끝내는 콜트 · 콜텍 매출에서 중요한 계약들이 성사되는 독일의 메쎄악기쇼에 원정단을 보내기로 마음먹었다.

이들은 빚을 내고 모금을 해서 노잣돈을 모아 이역만리 타국에서 최저 수준으로 먹고 자며 8일 동안 콜트 · 콜텍 자본의 비인간적인 행위들을 알렸다. 한국에선 얼굴 한번 보기 힘들었던 회장은 우세스러웠는지 메쎄악기쇼 주최 측에서 주선한 면담에 응했다. 한 시간가량 면담에서 박용호 회장은 '아내가 악질자본가 어쩌고 하는 소리에 뒤로 넘어간다'는 등 자기도 편치 않다고 했단다. 그러면서도 공장폐쇄에 대한 것은 더 말할 필요도 없다며 이들을 복직시킬 뜻이 없음을 밝혔다고 한다. 대통령보다 더 만나기 힘들었다는 박용호 회장을 만난 노동자들은 여전한 그의 태도에 절망했다.

그러나 싸움은 끝이 아니다. 그 자리에서 콜트 · 콜텍 노동자들의 사연을 알게 된 독일의 노동자들이 온갖 매체를 통해 이 사연을 알렸고, 콜트 · 콜텍이 만든 기타를 연주하는 뮤지션들은 거기에 담긴 노동자들의 절규와 피눈물을 알게 된 후 그 기타를 들지 않겠다고 했다. 내수보다는 수출이 주요 매출 수단인 콜트 · 콜텍 자본은 국제적인 망신을 당하고 있다. 하지만 지금 가진 돈만으로도 3년은 끄떡없이 버틸 수 있다고 자신한단다.

노동자들은 그런 자본에 분노하면서도 한편으로는 주문자생산(OEM)방식으로 해외공장에서 생산되고 있는 기타의 품질이 떨어진다는 소리에 안타까워하고 있었다. 불매운동을 벌이자면서도 자신들이 만든 제품들에 대한 애정의 끈을 놓지 못하는 오지랖들이 미련하게 느껴질 정도다. 그 기타를 통해 나오는 선율이 아름다웠던 것은 최고의 소리가 나올 수 있도록 정성을 다한 이들 콜트 · 콜텍 노동자들 때문이었다. 살아 있는 목숨들을 사지에 내몰고도 부끄러움과 죄의식이라고는 찾아 볼 수 없는 자본가가, 하물며 생명 없는 것들에도 애착을 가지고 살려내려 애쓰는 노동자들의 마음을 어떻게 이해할 것인가.

악기를 만드는 노동자들의 해고 집회를 마치고, 이번에는 제 몸이 곧 악기인 국립오페라단 비정규직 해고자들의 집회에 참석하기 위해 광화문 문화관광부청사 앞으로 모였다. 화려하게만 보이는 예술노동자들이 처한 저임금과 해고위협 등은 여느 비정규노동자들과 다를 바 없었다. 단장의 한마디에 합창단이 해체되고 단원들 40여 명은 거리에 나앉았다. 70만 원 월급에 4대 보험도 없이 열악한 노동조건에서도 문화예술 공연의 문턱을 낮추기 위해, 찾아가는 공연, 중소도시 공연 등 공공재로서 예술의 역할을 고민하던 예술노동자들은 하루아침에 거리의 악사가 되었다. 매주 수요일마다 문화관광부 청사 앞에서 항의공연을 하는 이들을 위해 많은 노동자들이 연대하고 있다.

물론 이들도 연대 품앗이를 한다. 연주자들답게 노래 연주로 연대를 하기 때문에 요청이 많다고 한다. 기륭의 여성노동자가 연대문화제 때 이들의 노래를 듣고는 '세례받는 느낌이었다'고 했는데, 정말 그랬다. 문외한인 내가 듣기에도 이들의 연주는 훌륭했다. 거리에서 하는 공연이니 반주나 음향이 제대로 일리 만무한데 녹음된 음악을 튼 것처럼 이들의 연주는 완벽했다. 문화예술인이 인정받는 사회를 위해, 전국의 모든 비정규직 합창단들을 지키기 위해서라도 절대 무너질 수 없다며 이들은 투쟁 70일을 맞은 오늘도 열심히 노래하고 있었다. 노래만이 이들이 가진 무기였고, 노래는 그 어떤 무기보다도 힘이 셌다. 듣는 이들의 가슴을 절절하게 울렸으니까. 집회가 끝나고도 한참 동안 이들은 곧 다가올 메이데이에 부를 인터내셔널가를 연습하고 있었다. 이들이 부르는 노랫말처럼 '대지에 저주받은 땅에 새 세계를 펼칠 때 어떠한 낡은 쇠사슬도 이들을 막지 못할' 것이다.

마지막으로 용산이다. '거기 사람이 있던 곳'. 비정규직 철폐와 정리해고 반대를 외치며 전국을 돈 질주단이 용산으로 향한 것은 당연하다.

열악한 노동조건에서도 문화예술공연의 문턱을 낮추기 위해, 찾아가는 공연, 중소도시 공연 등 공공재로서 예술의 역할을 고민하던 예술노동자들은 하루아침에 거리의 악사가 되었다.

비정규직을 만들어내는 논리와 구조조정이라는 명분으로 노동자들을 해고하는 논리는 철거민들을 계속 죽음으로 내모는 논리와 맞닿아 있기 때문이다. 막가파식 철거와 막가파식 해고도 똑같고, 자본의 무한이윤 증식을 위해 힘없는 약자들을 내모는 행태도 똑같다. 자본은, 자본주의는 그렇게 인민의 '피'를 먹고 몸집을 불려나가고 있다.

김대중, 노무현 정권 때 잠시 정권의 성격을 두고 헷갈려하며 노동운동과 시민운동 진영이 주춤했던 때 유일하게 화염병을 들었던 곳이 바로 철거투쟁현장이었다. 어쩌면 노동자들보다 더 첨예하게 자본과 권력에게 맞서왔던 사람들, 그래서 어떤 죽음보다 더 참혹하게 죽어간 사람들의 넋이 아직도 용산4가 학살현장을 떠돌고 있다. 죽은 사람은 있는

마지막으로 용산이다. '거기 사람이 있던 곳'. 비정규직 철폐와 정리해고 반대를 외치며 전국을 돈 질주단이 용산으로 향한 것은 당연하다.

데 죽인 자는 없는 곳, 평화로운 애도 행진에도 길을 틀어막고 '시위대를 모두 채증하라'고 공개적으로 떠드는 용산경찰서의 수사과장을 보니 이 넋들이 제대로 눈을 감으려면 아직도 먼 것 같다. 우여곡절 끝에 지하철을 타고 서울역에서 열리는 '용산 참사 100일 범국민 추모제'에 참석했다. 백발의 문정현 신부님이 우리들에게 간절히 호소하고 있었다.

"할 수 있는 일을 해달라. 음악인은 노래로, 화가는 그림으로, 신부는 미사로, 하다못해 분향이라도, 우리 모두가 자신이 할 수 있는 모든 것으로 이들과 함께하자".

한 달 내내 미사를 드렸다는 신부님의 절절한 호소가 마음에 날아와 꽂힌다. '경찰이 죽였느냐고' 오히려 뻔뻔하게 큰소리치는 용산경찰서 수사과장의 말을 기록하는 것으로 나도 글쟁이의 몫을 하련다. 작은 죄인이든, 큰 죄인이든 우리가 본 모든 것들을 꼼꼼하게 기록해서 반드시 죗값을 물어야 한다. 우리가 아니면 누구도 대신해 주지 않으므로, 기록하지 않는 역사는 기억될 수 없으므로. 한대성, 이성수, 이상림, 윤용현, 양회성. 남일당 건물 망루에서 악 소리도 못 내고 죽어간 고인들의 명복은 말로만 빌어서는 안 될 것이므로…….

**질주하는 사람들 ⑨ : 임영기 진보신당 당원**

"노동자라는 하나의 명제, 잊지 말아야"

질주 9일째, 반가운 소식이 들려왔다. 지난달 29일 열린 재보궐 선거에서 진보정당들이 국회의원 한 석과 시구의원에 나란히 당선됐고, 한나라당이 한 석도 건지지 못하고 참패했다는 것이다. 질주 첫날부터 전 일정에 참가한 진보신당의 임영기 당원이 이 반가운 소식을 전했다.

- 축하한다.

질주단이 서울에 입성한 오늘 의미 있는 일이 벌어져 기쁘다.

- 당원인데도 선거현장에 안 가고 질주단에 참여한 이유는?

우선 울산의 대중들을 믿었다(웃음). 물론 시기가 엄중한데 너 같은 선수가 빠져서는 안 된다는 압력을 받은 것도 사실이다(웃음). 하지만 비정규 투쟁은 하루 이틀로 끝날 수도 없고, 당이 비정규직과 함께하는 정당이라는 걸 보여주고도 싶었다. 당에서 낸 단원 모집공고를 보고 바로 신청했다.

- 진보신당이 질주단에 많은 기여를 한 것 같다.

초기에 동희오토 동지들이 제안한 것을 적극 받았다. 재정과 인력 등 선거에 바쁜데도 함께한 당원들이 많았다. 자랑스럽게 생각한다.

- 질주하면서 느낀 점이 있다면?

우선 영세 비정규 사업장에서 일하면서 나 역시 많이 힘들었는데 이렇게 끝도 안 보이는 투쟁을 계속 하는 동지들을 보면서 그 원동력이 무엇인지를 알게 됐다. 대구의 성서공단에서 느꼈던 건데 어려운 일일수록 재미나게 하는 게 필요하더라. 또한 비정규철폐 투쟁이 대자본만을 상대로 하는 싸움이 아니라는 것도 새삼 느꼈다. 노동자들 사이에 다른 시각들이 분명히 있다. 노동자는 하나라는 명제를 실천할 수 있도록 적극 노력해야 한다.

## 질주 열째 날 그대, 혼자가 아니랍니다 "서울은 그야말로 '공포 공화국'이었다"

9박 10일 동안 달려온 질주의 마지막 날인 4월 30일 오전 10시, 질주단은 종로의 보신각에 모였다. 혜화로터리 근처 재능교육 본사 앞에서 열리는 '재능교육노조 천막노숙농성투쟁 500일 재능자본 규탄대회'장까지 자전거를 타고 가기 위해서다.

5월 1일 노동절이면 재능투쟁 500일이다. 재능교육노조의 농성은 원래 천막농성이었다. 그런데 500일을 싸우는 동안 천막은 13차례나 철거를 당했고, 바로 며칠 전에 당한 철거로 지부장과 조합원들은 천막도 없이 길바닥에서 노숙을 하고 있다. 여성들만 있는 천막에 갑자기 들이닥친 구청의 철거반원들은 사전 통보나 계고장도 없이 느닷없이 치고 들어왔고, 이를 막아서는 조합원 7명을 경찰과 합동해서 강제 연행했다. 천막농성이 노숙농성으로 바뀐 것은 그야말로 순식간이었다.

공교육보다 훨씬 더 아이들에게 밀착된 사교육의 교사, 특히 그 가운데서도 학습지 교사들은 면대 면 교육으로 아이들을 가르치고 있는 최일선 교사 노동자들이다. 그런데 허울로만 교사일 뿐 이들이 처한 현실은 여느 비정규직 노동자와 다르지 않다. 아니 오히려 노동자이면서 노동자성을 인정받지 못하고 노동권과 인권의 사각지대에 방치된 특수고용노동자들이다. 회사에 고용되어, 회사의 업무지시를 받아 일하면서, 회사에서 주는 임금을 받지만 법은 이들을 자영업자라고 한다. 사소한 업무 한 가지도 이들 '자영업자'들이 회사의 통제를 벗어나 재량으로 할 수 있는 건 없다.

재능교육의 노동자들이 천막을 치고 농성을 할 수 밖에 없었던 이유도 바로 여기에 있다. 2007년 11월 1일, 회사는 일방적으로 임금을 삭감하고 단체협상을 해지하겠다고 통보했다. 단협상 보장 받은 전임자들도 현장에 복귀하고 삭감된 수수료에 도장을 찍으라고 명령했다. 노동조합은 당연히 이에 응할 수 없었고 회사는 이들에게 해고하겠다고 위협했다. 2007년 12월 21일 이들은 임금삭감과 해고, 노조파괴를 막기 위해 회사 앞에 천막을 쳤다. 그러나 2008년 11월 회사는 결국 단협해지와 전임자 해제를 일방 통보하고, 12월에는 지부장과 사무국장을 해고했다. 농성천막은 구사대와 구청에 의해 수도 없이 부서졌다. 부수면 또 세우고, 또 부수면 다시 이를 악물고 천막을 세우면서 500일을 버틴 이들에게 조그만 힘이라도 보탤 양으로 질주단은 서울 시내를 달릴 계획이었다.

그런데 시내 질주는커녕 보신각 앞 도로조차 넘어설 수 없었다. 경찰이 질주단을 둘러싸고 자전거를 막아버린 것이다. 스무 명 남짓한 질주단을 막기 위해 100명도 훨씬 넘는 경찰이 왔다. 막무가내로 단원들을 사진 채증하고, 자전거는 꼼짝도 못하게 둘러싸 근접도 못하게 한다. 시위용품이란다. 하긴 노란 풍선도 시위용품이라고 뺏는 경찰이니 어련하랴 싶다.

서울에 들어선 후 느낀 점이 서울경찰이 지방경찰보다 훨씬 독하다는 것이다. 지방에서는 자전거 행진을 할 때 나름 경찰의 호위를 받으면서 하기도 했고 호위가 없을 때도 최소한 방해를 받지는 않았다. 경찰의 호위를 받으며 비정규직 철폐, 구조조정 분쇄, MB정권 반대를 외치는 게 아이러니하기도 했지만, 경찰은 시민의 안전을 책임질 의무가 있으므로 당연히 할 일을 하는 것이려니 생각했다. 그런데 서울에 들어서자마자 분위기는 완전히 달라졌다. 대한민국은 서울과 지방 딱 두 가지 행정구역으로 나뉜 것 같다. 서울은 그야말로 공포공화국, 공안정국이었다.

한 시간가량 실랑이를 벌이다 결국 트럭에 자전거를 다시 싣고 단원들은 흩어져서 재능교육노조의 농성장으로 향했다. 혹여 다시 자전거를 탈까 싶어 경찰차가 자전거트럭 뒤를 졸졸 쫓아다녔다. 기막히고 어이없고 분했지만 기다리고 있을 재능교육 노동자들을 생각하며 길을 재촉했다. 그렇게 닿은 혜화동 재능교육노조 노숙농성장에서는 더 기막힌 일이 벌어지고 있었다. 미리 신고한 적법한 집회인데도 음향을 맡고 있는 방송차를 견인한다고 경찰견인차가 들어왔다. 이를 막기 위해 노동자들은 또 싸워야 했다. 견인차를 겨우 돌려보내자 이번에는 지나

"서울에 들어선 후 느낀 점이 서울경찰이 지방경찰보다 훨씬 독하다는 것이다. 지방에서는 자전거 행진을 할 때 나름 경찰의 호위를 받으면서 하기도 했고 호위가 없을 때도 최소한 방해를 받지는 않았다."

가는 시민들이 집회현장을 보지 못하도록 종잇장 주차로 경찰버스들을 집회장 둘레에 갖다 붙였다. 위험천만한 실랑이가 계속 이어졌다. 합법 집회를 방해하지 말라고 학습지노조 위원장과 재능교육 노동자가 계속 경고했지만 경찰의 집회방해는 끝도 없었다. 재능의 사설 경비대처럼 이들은 철거반이 여성조합원에게 폭력을 행사하는 것을 돕고, 이에 항의하는 노동자들을 7명이나 연행했다. 오늘은 또 이에 항의하는 노동자들의 '합법' 집회마저 버젓이 방해하고 있다.

혜화경찰서의 행동은 지나치게 격했다. 무언가 의도를 가진 듯 거칠었고 자꾸 시비를 건다는 느낌이 들었다. 불길한 예감은 적중했다. 재능본사 앞에서 벌인 항의집회를 마치고 해산하는 단원들을 경찰이 갑자기 막아섰다. 계란 던지기 퍼포먼스와 재능자본이 버린 쓰레기 투하 퍼포먼스도 마치고 각자 헤어지는 길이었다. 주택가 골목에 갑자기 경찰들이 우르르 몰려와 해산하는 사람들을 막아섰다. 해산하는 길이라고 수차례 말했으나 이들은 꿈쩍도 하지 않고 참가자 일부를 주택가 벽쪽으로 막아 둔 채 1시간을 가뒀다. 결국 이들 가운데 4명이 강제 연행됐고 질주단원들은 그 중 셋이나 됐다. 곧 혜화경찰서로 항의방문을 갔다. 가는 도중에 연행된 단원들이 송파경찰서로 갔다는 소식이 들렸다.

자전거 행진을 마친 후 출발지였던 청와대 들머리에서 9박 10일 동안의 활동을 보고한 후 해단 기자회견을 하려던 처음 계획은 무산됐다. '비정규직 철폐, 구조조정 및 경제위기 고통전가 분쇄를 위한 전국 자전거 대행진 해단 기자회견'은 '전국 자전거 대행진 불법연행 규탄 기자회견'으로 급 변경되었다. 혜화 경찰서 앞에 주저앉아 항의 기자회견을 열었다.

기자회견을 빙자한 불법집회를 하고 있으니 모두 연행하겠다는 경고방송을 들으면서 송경동 시인이 잡아갈테면 잡아가라며 '학살정권 살인정권 이명박 정권 퇴진하라'는 구호를 외쳤다. 질주단도 모두 잡아가라고 구호를 외쳤다. 그에 연행자를 내고야 마는 경찰. 촛불문화제 때처럼 1인당 얼마라는 연행현상금이 붙었는지 실적 경쟁하듯 노동자를 잡아들이지 못해 안달이다.

송파서에 들러 연행자들을 면회하고 다시 건국대 앞에서 열리는 메이데이 전야제에 참석했다. 어영부영 해단식다운 해단식도 못한 채 우리들의 질주는 그렇게 끝이 났다. 폼 나는 해단식을 계획한 것도 아니었고, 어쩌면 전원 연행될지도 모른다는 각오로 시작한 질주였지만, 막상 해단식도 못하고 연행자도 생기니 억울하고 힘이 빠진다. 하지만 곧

"재능본사 앞에서 벌인 항의집회를 마치고 해산하는 단원들을 경찰이 갑자기 막아섰다. 해산하는 길이라고 수차례 말했으나 이들은 꿈쩍도 하지 않고 참가자 일부를 주택가 벽 쪽으로 막아 둔 채 1시간을 가뒀다."

마음을 다잡는다.

9박 10일 동안 전국 수십 곳을 돌며 확인한 기막힌 현실, 서러운 사연, 목울대를 치고 오르는 분노들을 모으고자 했다. 기막히고 서러운 현실을 이겨내고 있는 더욱 기막힌 연대와 희생과 노력들을 알리고자 했다. 그래서 이제 막 싸움을 시작했거나, 슬슬 지치기 시작한, 혹은 너무 긴 싸움으로 포기하기 직전인 노동자들에게 힘을 주고 싶었다. 더 많은 곳에, 더 많이 들러서 연대하지 못한 것이 아쉬울 뿐 쉬지 않고 온 힘을 다해 질주했다. 그리고 말했다.

그대들보다 더한 곳도 이렇게 꿋꿋하게 이겨내고 있으니 조금만 더

"'비정규직 철폐, 구조조정 및 경제위기 고통전가 분쇄를 위한 전국 자전거 대행진 해단 기자회견'은 '전국 자전거 대행진 불법연행 규탄 기자회견'으로 급 변경되었다."

힘을 내라고, 이렇게 기막히게 연대해서 버티고 있는 사람들이 있으니 포기하지 말라고, 혼자가 아니라고, 이 참혹한 현실에서도 이토록 끈질기게 살아남은 우리들의 모습이 곧 희망이라고, 절망을 말하기에는 눈에 밟히는 동지들이 너무 많지 않느냐고…….

그리고 그들은 질주단의 호소에 답했다.

동지들이 있어 힘들어도 참을 수 있다고. 가진 것 없어도 마음을 나누고, 피붙이보다 더 살가운 정으로 서로를 위하는 동지들 덕에 외롭지 않다고.

철거민들의 목숨을 빼앗아 지은 주상복합 아파트에 사는 자본가들은 절대 알 수 없는 사람 사는 세상. 질주단이 달리고자 했던 '우리의 세상'

질주단

은 그리 먼 곳에 있지 않았다.바로 우리가 달려온 그 길 곳곳에 있었다.

**질주하는 사람들 ⑩ : 유명자 재능교육노조 지부장**

"13만 학습지 교사를 위해 포기 못 한다"

재능교육노조 유명자 지부장은 원래 질주단의 단원으로 뛰어야 할 분이었다. 그런데 충남부터 함께하려고 했다가 덜컥 천막이 뜯기는 바람에 못했고, 평택서 결합하려던 차에 천막이 뜯기고 7명이 연행되는 바람에 또 못했다. 서울에 입성한 후라도 열심히 하려 했는데 그놈의 천막이, 아니 재능자본이 말썽이었다.

재능교육노조 유명자 지부장.

- 투쟁하는 곳에 오니 정권타도 소리가 들린다.

구속 같은 건 두려워하지 않는다. 투쟁하는 노동자들 모두 연행하면 구치소랑 감옥 가서 모두 싸우면 된다.

- 생계는 어떻게?

투쟁기금 모아서 투쟁하고, 재정사업 같은 것을 해서 겨우 겨우 이어가고 있다. 단협에 노조 전임자에 대한 임금을 주게 되어 있는데 회사가 단협도 파기해 버렸다. 조합비로 운영이 불가능한 상태여서 어렵다.

- 재능에 민주노총 소속 노조가 2곳이지 않나?

그렇다. 정규직 직원중심인 노조가 서울본부에 직가입되어 있다. 교사들은 학습지노조 재능지부로 편재되어 서비스연맹 소속이다. 서로 조직도 다르고 연대하기가 힘들다.

- 경찰의 대응이 남다르다.

4월 30일 앞두고 너무 무리수를 두는 것 같다. 우리도 들은 이야기인데 서울시내 투쟁사업장 관할 서장들이 연석회의를 해서 각 구청에 협조요청을 했다는 제보다. 구청과 경찰이 합세해서 계속 탄압 일변도로 나오고 있다. 5월, 6월 촛불 등 투쟁을 앞두고 미리 정리하려는 게 아닌가 한다.

- 노숙농성중이라 들었는데?

천막 뜯긴 후 다시 뼈대 치는데 지난 일요일 새벽에 불법 건조물이라고 또 철거당했다. 그래서 노숙을 할 수 밖에 없었다. 노숙을 하는 한이 있어도 거점 사수는 꼭 할 것이다.

- 노조활동이 힘들지 않나?

그런 거 많이들 물어본다. 후회한 적은 없다. 다만 스스로 돌아봤을 때 중간 중간 혹시 투쟁 방향을 잘못 잡아서 나 때문에 이렇게 장기투쟁으로 오지 않았나 하는 자책이 든다. 하지만 이 나라에 사는 이상 투쟁을 접지 못하겠다. 13만 학습지 교사들을 위해서라도 끝까지 노조는 포기 못한다.

## 질주, 그 못다한 이야기

두어 달 전, 비정규직으로 해고된 당사자들, 3년 넘게 싸우고 있는 장기투쟁 사업장들, 그리고 꾸준하게 이들과 연대해 온 사람들이 한데 모여 자전거 행진을 하기로 했다는 소식을 들었다. 그 여정을 기록해달라는 요청을 받고 망설임 없이 '기록단원'으로 합류했다.

정식 이름은 "비정규직 철폐, 구조조정 및 경제위기 고통전가 분쇄를 위한 전국 자전거 대행진단". 이 딱딱하고 긴 이름 대신 우리는 우리를 '질주단'이라고 불렀다.

'너희가 아닌 우리의 세상을 향한 질주'. 어찌 보면 멋있고 철학적으로 들리는 이 이름은 많은 물음을 던지게 해서 좋았다.

너희는 누구고, 우리는 누굴까? 너희는 자본과 권력, 우리는 노동자 이런 단순하고 명쾌한 도식으로만 생각할 수 있는 것일까? 우리 안에 또 다른 우리는 없는가? 전선 저 건너편의 '너희'보다 때론 더 상처 주고, 가혹하기도 한 그런 '우리' 안의 '너희' 모습. 우린 그것까지 찾아보고자 했다.

기륭, 동희오토, 코오롱, 한국합섬, 재능교육, 진보신당, 촛불네티즌, 시설노조, 콜트콜텍, GM대우비정규직, 진방스틸, DKC, 학생, 백수까지 다양한 사람들이 질주단에 모여들었다. 오랜 준비를 거쳐 단일한 생각으로 뭉친 강철대오도 아니었고, 어찌 보면 급조된 티가 역력한 사람들이었지만, 이미 많은 투쟁 현장에서 함께한 경험들이 있어서인지 서로가 서로에게 참 따뜻했다.

무엇보다 지금 싸우고 있는 당사자들이었고, 그 당사자들의 싸움에 조그만 도움이라도 주고자 시간과 마음을 내어 온 동지들이었기 때문에 말하지 않아도 서로에게 가진 고마움들이 느껴졌다.

그들의 언저리에서 나는 배회하다가, 때론 한가운데로 들어가기도 하면서 그들의 마음과 싸움을 기록했다. 열흘 밤을 꼬박 뒤풀이 한 번 제대로 참여하지 못하고, 고된 일정을 마치고 모두가 곤히 잠든 새벽에 혼자 그날의 기록을 적고 있자면 살짝 외롭기도 했다. 그렇지만 마냥 외롭지는 않았다. 온전히 섞이지도 못하고, 그렇다고 철저히 관찰자도 아니었지만, 이들의 싸움을, 이들의 현실을 알리고 기록하는 것이 내가 해야 할 몫이었고 기꺼이 하기로 한 투쟁이었기 때문이다.

용산에서 문정현 신부님이 하셨던 말씀,

"자기가 가진 모든 것으로 연대해라. 노래하는 이는 노래로, 돈 가진 이는 돈으로, 그림 그리는 이는 그림으로, 글 쓰는 이는 글로, 마음 가진 이는 마음으로……."

나는 그 말씀을 지키려고 노력했고, 그거면 됐다고 생각했다.

하지만 못 다한 이야기들이 너무 많았다. 꼭 써야 했던 것들을 쓰지 못해 한으로 남은 일이 있었고, 쓰기로 약속하고 지키지 못한 일도 있었다. 무엇보다 이름도 없고 글재주도 별로 없는 나를 작가랍시고 내내 존중해 주었던 그 동지들에게 미안한 마음이 가장 컸다. 같은 비정규직 노동자일뿐이니 편하게 부르시라고 해도 그 분들은 나를 '작가님'이라 불렀다. 그리고 자신들의 얘기를 정성스레 들려주었다. 그들의 이야기를 올곧게 담아내는 게 내가 할 일이었는데, 부족하고 어리석은 내겐 아직 과분한 일이었다. 그 동지들이 내게 부여한 책임을 어쩌면 지금도 다 하지 못한 죄책감이 여전히 이 글을 쓰고 있는 이유이기도 하다.

지금부터 적는 이야기는 열흘 동안의 질주를 마치고 난 후기이자 기억의 조각들을 다시 모아 쓴 못 다한 이야기들이다. 함께 질주했던 모든 동지들과 함께하는 마음으로 이 이야기들을 적는다.

### 1. 구미에서 만난 사람들

질주단이 떠나던 첫날, 열사추모회의 간부께서 이런 말을 했다. "2천년대 들어와서 최근 열사들이 모두 비정규직들이다. 그분들이 바라는 세상을 우리가 만들어야 한다. 이 자리에 억울하게 돌아가신 우리 비정규직 열사들 함께 계실 거다. 우리는 귀신들과 연대하고 있다. 꼭 승리하도록 하자."

귀신들과 함께하는 싸움, 답답할 때면 그 귀신들을 떠올려보곤 했다. 김주익이나 곽재규, 이용석, 이해남……. 내 안에 가시처럼 박힌 그 이름들을. 그리고 얼마 후 박종태 열사가 또 목을 맸다.

박종태는 내게 아픈 이름이다. 질주단이 광주에 들렀을 때 대한통운 택배 노동자들과 로케트 전기 해고자들이 싸우고 있었다. 40일 넘게 철탑농성 중인 로케트 전기 해고자들의 절박한 사정 때문에 바로 그 곁에서 천막을 치고 함께 농성 중이었던 대한통운 택배 노동자들의 사정을 제대로 알려내지 못했다. 하루아침에 70명이 문자로 해고당한 이들의 사정은 덜 절박하다는 이유로 우리에게조차 외면당했던 것이다.

세상이 너무 독해지고 각박해져서, 하늘로 오르거나, 100일 이상 굶거나, 제 몸을 자해하지 않으면 우리조차 돌아볼 여유가 없어졌다. 너무 많은 곳에서 하루가 멀다 하고 굶고, 다치고, 싸우고, 하늘에 오른다.

우리는 더 많이 오른 곳, 더 많이 굶은 곳, 더 많이 다친 곳을 찾는다. 그 연대가 절실해 우리의 동지들은 자꾸 더 높은 곳에 오르고, 더 오래 굶고, 더 독한 싸움을 준비한다.

이 악순환을 어떻게 끊을 수 있을 것인가. 박종태 열사의 소식을 듣고 가슴이 아득해졌다. 대한통운 해고자들의 싸움에 조금 더 연대했더라면 이보단 낫지 않았을까.

더 절박하고, 더 연대해야 할 싸움은 없다. 누구에게나 해고는 살인이고, 투쟁은 고통이며, 삶은 소중하다. 다 알면서도, 그런 줄 알면서도 떠나보낸 후에야 우리는 그걸 새삼스레 깨닫는다.

**구미에서 만난 사람들**

5년 넘게 복직투쟁을 하고 있는 구미의 코오롱정투위(정리해고분쇄투쟁위원회)노동자들이 있었다. 만사형통(대통령의 형인 이상득을 통해야 만사가 해결된다는 뜻)의 주인공 이상득이 사장으로 있던 곳. 코오롱의 전 구조본부장은 이 정권 들어서서 국정원 기조실장으로 발탁되기도 했다. 거기에다 지금 노조는 회사의 투자유치 행사에 함께하는 노동부 지정 '노사화합 모범' 노조다.

회사 뿐 아니라 노조까지 함께 상대해야 하는 지난한 싸움에 해고자들은 많이 지쳐 있었다. 올해 3월, 코오롱 자본은 구미시, 경북도와 함께 투자양해각서를 체결하면서 2010년까지 1500억을 투자하고 130명을 새로 고용하겠다고 선언했다. 지푸라기라도 잡는 심정으로 코오롱 해고자들은 구미시청을 찾았다. 구조조정 과정에서 해고된 조합원들을 먼저 채용해 줄 것을 요청하기 위해서다.

시장실로 올라가는데 한 쪽 벽면을 모두 차지한 대형 사진이 보인다. 이명박과 구미시장이 다정하게 찍은, 눈을 피할 수 없을 만큼 큰 사진이다. 억지로 군인대통령의 사진에 경례해야 하는 나라를 바꾸려고 그렇게 많은 인민들이 피를 흘렸는데, 민주화되었다는 지금 오히려 군인대통령사진보다 더 큰 대통령의 사진을 봐야 하는 이 현실에 한숨만 나올 따름이다. 시장의 눈과 귀가 해고되어 떠도는 약한 구미시민들보다 사진 속 대통령을 향해 있는 한, 코오롱 정투위의 복직은 더 요원할 것이라는 뻔한 현실에 한숨만 깊어졌다.

시장 면담을 위해 갔는데 시장은 자리에 없고 부시장이 기다리고 있었다. 삼십분이면 끝날 줄 알았던 면담이 1시간 넘게 길어졌다. 면담 보고를 하는데 최일배 코오롱정투위 위원장은 기다림에 지친 질주단원들을 웃겨준답시고 슬픈 농담을 던졌다.

"너무 면담이 오래 걸리니 복직협상 마무리 짓고 온 걸로 오해한 거 아니냐. 우리 노동자들이 너무 순진하다. 너무 순진해서 이렇게 꼬이는 거다."

그는 온화하면서도 다부지고, 강인함이 느껴지는 사람이었다. 질주단 가운데 가장 오랜 싸움을 하고 있는 분이어서 그런지, 아니면 원래 품성 때문인지 그에게선 맏이의 듬직함이 느껴졌다. "구치소에 간 건 부끄럽지 않은데 정리해고자라는 게 너무 부끄럽다. 무능한 아빠로 낙인찍힌 것 같아 아이들에게 부끄럽다"고 말하던 그. 여러 곳을 돌면서 그는 곧잘 마이크를 잡고 발언을 했다. 그 발언들은 내게 화살이 되어 박히기도 했고, 따뜻한 위안이 되기도 했다. 그리고 함께한 사람들에겐 언제나 낮은 울림이 되어주었다.

그는 "큰 욕심과 큰 기대는 없지만 큰 희망은 가슴속에 있다. 어렵다고 한발 물러서면 더 힘든 투쟁을 해야 한다."고 우리를 북돋았고, "장기투쟁사업장끼리 모여서는 해결할 수 없다. 힘 있는 곳들이 연대하도록 강제해야 한다."고 목소리 높여 외치기도 했다. 코오롱 정문에서 출근투쟁을 할 때는 허공에 울릴 메아리일지언정 조합원들을 향해 안타깝게 절규하기도 했다. "회사는 조합원자격 박탈하고 해고시켰지만 코오롱의 조합원들은 해고자인 저를 위원장으로 뽑아줬습니다. 저는 아직도 이곳 정문에만 서면 이렇게 말합니다. 코오롱 노조 10대 위원장 최일배입니다."

어느 늦은 밤 모두가 모여 두런두런 얘기 나눌 때 그가 나직하고 담담한 목소리로 말했다.

"코오롱 정투위 29명이 결의했습니다. 결과에 집착하지 말자. 5년 동안 부끄럼 없이 당당하게 싸웠고, 회사도 정리해고 했더니 피 보더라 하는 것을 각인시켰습니다. 그래서 집착하지 말자고 말할 수 있습니다. 우리 싸움 솔직히 말하면 패했다고 할 수 있습니다. 하지만 우리는 부끄럼 없습니다."

5년 넘는 세월 동안 가족보다 더 많은 시간을 함께 보낸 정투위 조합원들은 다른 듯 닮은 모습들을 하고 있었다. 내가 좋아했던 정투위의 김혜란 언니는 연대 집회에 가서는 마이크를 잡고 단호하게 말했다. "아무리 고통이 가득해도 고통을 이겨낼 힘도 가득한 것 같습니다. 조합원 믿고, 절대 회사와 윈윈(win-win)하지 마십시오!"

타협하지 않고, 자신의 양심과 신념을 지킨 사람들이 가질 수 있는 얼굴, 태도, 마음가짐 같은 것들을 나는 이들에게서 볼 수 있었다.

구미에서 만난 또 다른 동지들은 한국합섬 해고자들이었다.

텅 빈 공장 안, 집기들만 겨우 모양새를 갖추고 있는 삭막하고 어두운 한국합섬의 노조 사무실에 둘러앉아 한때 잘나갔던 한국합섬 노조의 과거를 돌이키다 보니 마음이 신산해졌다. 기륭의 언니들은 자기들 투쟁하면서 정말 감사했던 게 연대투쟁이었는데, 기륭투쟁 때 앰프 없다고 하니까 바로 앰프를 보내준 게 한국합섬 노조였다고 회상했다.

정규직들이 파업 끝에 비정규직을 없애도록 단체협상에 못 박았던 곳. 단위노조로서 따낼 수 있는 건 다 따내 본 민주노조는, 자본가들이 재산 싸움으로 낸 부도 탓에 하루아침에 주저앉게 되었다. 멀쩡할 땐 공장이 자기 것이라 주장했던 자본가들은 나 몰라라 발을 뺐고, 그저 '종업원'이었던 노동자들은 주인이 되어 공장을 살리기 위해 백방으로 뛰어다니고 있다.

그런 한국합섬에서 우리는 때 아닌 국유화 논쟁을 벌였다. 국유화가 대안이라고 주장하는 사람들이 있었다. 어려운 때일수록 공세적인 요구를 해야 하는데, 운동진영의 요구가 지금까지 너무 수세적이었다. (구미의) 금강화섬 투쟁 때 국유와 내걸었더라면 싸움은 이겼을지 모른다. 누군가 해야 한다면 한국합섬노조가 해야 한다. 실업의 문제도 결국 국유화로 해결할 수 있다고 그들은 말했다.

한켠에서는 국유화라는 단어가 가지고 있는 너무나 반대중적인 정서를 우려했다. 반공이 지배하는 사회에서 국유화를 내걸어 불필요한 빨간 딱지를 붙일 필요가 있느냐는 것이다. 또한 산업의 국유화가 아닌 단위노조의 국유화 정책이 과연 대안일 수 있는가도 회의적이었다.

가볍게 시작했으나 나중엔 너무나 무거워져 버린 국유화 논쟁에서 나는 잠깐이지만 목소리를 높이기도 했다. 그 모든 논쟁이 과연 지금 어떤 의미가 있을까 하는 짜증이 잠시 치밀었기 때문이다. 나는 한국합섬의 해고자들이 지금 무얼 먹고 사는지가 궁금했고, 투쟁엔 돈이 드는데, 해고된 지 몇 년이 지난 이들이 계속 싸울 수 있는 방법을 찾는 게 필요하다고 생각했다. 그 자리의 국유화 논쟁이 내겐 운동권 사투리들로 들렸다. 문득 엊그제 버스 안에서 들었던 구슬픈 노래 소리가 떠올랐다.

착하고 곧아서 해고자 생활 오래 하겠구나 하고 느꼈던, 한국합섬의 박성호 해고자가 질주단의 관광버스 뒷자리에서 처량하게 부르던 노래. "아아 어쩌다 생각이 나면, 그리운 사람 있어 밤을 지세고, 가만히 생각하면 아득히 먼 곳이라, 허전한 이내 맘에 눈물 적시네……" 가락도 구슬프고, 노랫말도 구슬펐던 그 노래. 무엇보다 그 노래를 부르는 그의 목소리가 가장 구슬펐다. 이들의 상처 난 가슴을 어떻게 위무할 수 있을까, 함께 우는 거 말고 우리가 할 수 있는 건 뭘까. 이들에게 국유화 논쟁이야 말로 '아득히 먼 곳'이 아니었을까. 때론 우리의 진지함이 무책임과 무관심의 다른 표현일 수도 있다는 생각을, 나는 그 날 국유화 논쟁 자리에서 잠깐이지만 할 수밖에 없었다.

### 2. 저주받은 아이들

질주단과 함께 곳곳을 다니면서 내 맘을 흔들었던 말들은 마이크에 익숙해서 세련되게 선동하고 연설할 줄 아는 노조간부들이나 높은 사람들의 말이 아니었다.

수줍은 듯, 약간 어색하게 떨리는 목소리로 조용히 말하다가도 억울한 대목에서 의도하지 않게 목소리가 높아져 흠칫 놀라곤 하던 그런 분들이 내뱉는 한마디가 가슴에 팍팍 날아와 꽂혔다.

사교육에 몸담고 있으면서 가끔 노래패 활동으로 비정규직과 연대한다던 여성은 자신이 가르치는 97, 8년생 아이들이 "무능하면 짤리는 거죠"라며 사람을 자른다는 것을 당연하게 생각하는 모습을 보면 마음이 아프다 했다. IMF 때 태어나, 생존을 위해 전쟁을 치른 부모 밑에서, 오직 이겨서 살아남는 게 아니라 살아남는 게 이기는 것이란 법칙을 자연스럽게 내면화한 아이들의 가치관이란 그런 것이라 한다. 무능하면 짤리고, 그건 다 그 사람 탓이고…….

그 아이들이 가진 생각이 섬뜩했다. 그러나 생각해 보니 그건 아이들이 아닌 어른들의 가치관인 것이다. 언제부턴가 우리조차도 사람이 짤릴 수 있다는 걸 어쩔 수 없는 일로 받아들이고 있지 않은가?. '해고 요건', '해고 사유' 같은 단어들이 그렇다. 이미 해고를 받아들이는 전제에서 말하는 용어들. 요건이 있고, 사유가 되면 해고는 가능한 것인가? 노동자는 사장을 선택하거나 바꿀 수 없는데, 사장은 노동자를 마음대로 고용하거나, 해고할 수 있는 이 공정하지 않은 구조에 대해 우리는 문제제기 할 수 없는 것일까? 신자유주의란 원래 그런 것이라고? 우리는 신자유주의라는 체제 때문에 그렇다고 생각하지만, 지금 아이들은 '세상'이 원래 그런 것인 줄 알고 자라고 있다.

서로 존중하고, 연대하고, 조화롭게 사는 세상도 있(었)다는 사실을 아예 모른다는 것, 또 다른 세상에 대한 상상력 자체가 없는 것. 그런 아이들이 꾸려갈 세상이 끔찍한 게 아니라, 그런 아이들 자체가 이미 가장 끔찍한 일이다.

**노동자의 고통이 담긴 제품을 사지 말자**

서산에서 만난 어느 작은 사업장의 여성 조합원은 혼자서 외로운 싸움을 하고 있었는데 연설을 하다 복장이 터지는지 탄식을 했다.

"아니 이 세상은 노동자 없이 살 수 없는 것 아닌가요?"

정말 그 당연한 이치를 왜 이렇게 세상이 몰라주는지 너무나 원통하고 분한 목소리였다.

계룡건설의 리슈빌(건설노조) 아파트에서 눈을 떠 만도위니아의 딤채(만도노조)에서 김치를 꺼내 밥을 먹고, 기아에서 만든 모닝차(동희오토노조)를 타고 내비게이션(기륭전자노조)을 앞세워 일터로 향한다. 주말이면 콜트 기타를 가지고 취미인 기타(콜트 · 콜텍) 연습을 하고, TV(동우화인캠)를 보면서 휴대폰(기륭전자)으로 친구와 통화를 하다 옷(코오롱, 한국합섬)을 갈아입고, 국립오페라단(국립오페라단 노조)의 공연을 보러 간다.

질주단이 방문한 사업장들만을 엮어 가상으로 그려 본 하루다. 얼마 되지 않는 사업장인데도 그 안에는 벌써 우리 일상과 뗄 수 없는 물건들이 포함되어 있다. 물건 뿐 아니라 우리가 편안하게 잠드는 집, 타는 차, 입는 옷, 특별한 날 보러 가는 문화공연까지, 삶의 기반이 되는 모든 것들이 있다. 아침에 눈을 떠 밤에 눈을 감을 때까지, 혹은 세상에 태어나 다시 세상을 떠나는 날까지, 우리 삶을 이루는 모든 것에는 그 제품(서비스)을 만들어내는 노동자들의 고단한 삶이 고스란히 들어 있는 것이다. 평범한 사람들의 삶도, 특별한 사람들의 삶도 그 사실을 비껴갈 수는 없다. 그래서 이 세상은 노동자 없인 살 수 없다. 그런데도 노동자는 늘 배제되고 소외된다.

그래서 생산하는 노동자와 그 노동의 생산물을 소비하는 사람들 사이의 아름다운 연대를 만들어가는 게 필요하다. 음악 노동자들이 콜트 · 콜텍 기타의 싸움에 연대하며

"이런 아픔이 새겨진 기타로 삶을 노래할 수 없다"고 외쳤듯, 우리도 외쳐야 한다.

"이런 아픔이 담긴 제품은 살 수 없다, 노동자들의 고통을 담은 제품은 더 이상 쓰지 않겠다"라고.

노동자일 때는 투쟁의 주체로, 소비자일 때는 연대의 주체로, 생산의 공장을 멈추는 파업에서 연대의 틀을 더 넓히는 노력이 필요함을 절실하게 느꼈다.

**'진보'와 '진일보' 사이에서**

"나는 정규직이 싫어요"라고 솔직하게 말하던 비정규직 조합원도 있었다. 정규직 모두가 싫은 게 아니라 완성차 노조 정규직들이 정말 싫단다. 하긴 제품의 우수성을 알리기 위해 사장단과 함께 모터쇼에 가는

정규직 노조와, 폼 나는 자동차 뒤에 숨겨진 노동자들의 피눈물을 드러내기 위해 선지를 들고 모터쇼에 가는 비정규직 노조의 마음이 어떻게 같을 것인가. 물론 정규직 노조인들 좋아서 간 게 아님을 안다. 고육지책, 억지춘향 노릇이었지만 이 엄연한 현실의 간극에 대해 정규직 노조는 뭐라 할 것인가. 우선 우리가 살아야 비정규직도 살릴 수 있다고 말할 것인가.

1년 전, 광화문 뒤덮은 촛불들을 보면서 절망했다던 이랜드 노조 위원장, 그 촛불의 바다에서 버려질까봐 나중에야 '일터의 광우병 비정규직'이라는 구호를 들고 조심조심 들어왔던 기륭, 노조 같은 불순세력이 선량한 시민들 선동한다 할까 두려워 단체로 맞춘 투쟁 옷도 못 입고 촛불에 합류했던 KTX 여성 노동자들.

민주주의를 지키기 위해, 평화와 인권을 지키기 위해, 내가 시민사회의 소중하고 정당한 구성원임을 입증 받기 위해 모두 하나였던 그 자리에서 이들 비정규직 노동자들은 어디에도 말할 수 없는 소외감과 두려움을 느껴야 했다. 그리고 한결같이 바랬다.

"아, 우리들의 파업에도 이렇게 많은 시민들이 함께해 주었으면……, 우리들의 투쟁에도 이렇게 지지를 보내 주었으면……."

이들은 너무도 외로웠고, 그 깊은 외로움은 '절망'이란 단어까지 끄집어내게 했다. 비정규직들의 분노가 정권이 아닌 정규직 노동자들을 향한다면 그 끝은 결국 모두의 파국일 뿐이다.

비정규직 문제는 더 이상 '여력이 있을 때' 하는 운동이 아니다. 나는 우리가 '진보'하길 원하는데, 이명박이 들어선 지금 '진일보'는 커녕 퇴보를 막기 위해 온 힘을 쏟아 부어야 하는 지경이다. '진보'와 '진일보' 사이에서 갈등했던 지난 10년 세월이 무색할 정도다.

김대중과 노무현 정권에게 우리는 '진보'를 바랬으나 그들은 '진일보'에서 멈춰 실망을 안겼다. 하지만 지난 10년 정권에서 우리는 스스로 힘이 없을 때 '진보'할 수 없다는 걸 깨달았고, 진일보하기가 얼마나 어려운 것인지도 알게 됐다.

'진보'를 바란다면 '진일보'해야 한다. 비정규직 철폐가 진보라면, 비정규직 차별철폐는 진일보다. 한 걸음, 한 걸음, 가능한 싸움부터 시작해야 한다. 진일보, 진일보 하다보면 결국 진보하지 않겠는가.

### 3. 노조라서 행복해요

두 전직 대통령의 죽음과 민주주의에 대한 단상

올해 우리는 전직 대통령 2명의 죽음을 잇달아 겪었다. 김대중과 노무현, 누군가에겐 묻지도 따지지도 않는 애정의 대상이었고, 누군가에겐 밑도 끝도 없는 저주의 대상이었고, 또 다른 누군가에겐 애증의 대상이었던 그들.

많은 국민들이 두 전직 대통령의 '죽음'을 통해 민주주의에 대해 다시 생각하게 되었다고 한다. 아이러니하다. 나는 두 대통령의 '삶'을 통해 민주주의가 무엇인가를 늘 생각했었다. 당선 전에는 노동자의 편인 줄 알았는데, 대통령을 할 때는 너무도 노동자에게 가혹했던 그들. 그래도 그들에 대한 짝사랑을 멈추지 못했던 우리들. 노무현 대통령의 죽음을 애도하기 위해 창립 20주년 행사를 황급히 취소한 전교조, 김대중 대통령에게 절절한 연서를 쓴 권영길 위원장, 그리고 미안하다고 말하는 전직 민주노총 대변인. 우리가 무얼 그리 잘못했을까. 왜 그들의 죽음 앞에 미안해하고, 그들에게 고마워해야 하는 것일까.

### 애도할 자유와 하지 않을 자유가 공존하는 세상은……

나는 사람들의 넘치는 슬픔이 기이하기고 했고 불편하기도 했다. 이명박이 죽였다는 오열을 들을 때는 그래 충분히 그렇게 생각할 만하다 싶다가도, 노무현의 지지자들이 민주노동당과 진보세력들에게 '생전에 그렇게 욕하더니 속이 시원하냐, 무슨 낯으로 왔느냐'며 문상조차 막았다는 뉴스에는 짜증이 나기도 했다. 예측할 수도 없었던 죽음에, 살아생전 비판 한마디 했던 자들을 모조리 죄인으로 만들어버리는 그들의 태도가 싫었다. 인간 노무현을 그저 '저주'하기만 했던 극우들과 달리, 진보세력은 그의 정책을 '비판'했다. 대통령이라는 한 나라 최고의 권력자에게 대들고, 비판의 날을 세워야 하는 건 진보세력의 의무이기도 하다.

마찬가지로 노무현에 대한 애도는 죽어도 못하겠다며 장례기간에도 그가 얼마나 반노동자 정권이고, 파쇼였는지를 상기하라고 끝없이 외쳐대는 이들에게도 똑같은 짜증이 일었다. 장례식이 열렸던 광장에는 정말 민주주의가 무엇인가, 이토록 허무하게 많은 것들이 순식간에 무너져도 되는가, 다시 이 광장을 뺏긴다면 우리는 무너지는 게 아닌가 하는 불안함으로 나온 사람들도 많았다. 20년 전 6월, 이한열 학생만을 추모하기 위함이 아니라 민주주의를 되찾기 위해 나왔던 100만 시민들처럼 말이다. 대중이 왜 그렇게 우는지 헤아리기보다 여전히 대중들을 계몽하기 바쁜 그들. 애도할 자유와 애도하지 않을 자유가 공존하지 못하는 현실. 쿨하게 서로가 섰던 자리에서 최선을 다했다고 인정해 주고, 담백하게 애도할 수는 없었을까?

### 다시 용산으로

나는 장례기간 동안 용산에 갔다. 용산에 가는 것이 내가 가진 애도를 표현하는 것이라 생각했다. 시청 앞 광장은 전직 대통령을 애도하고 민주주의를 지키기 위해 모여든 사람들로 가득했다. 하루 쯤 시청에 가서 함께 광장을 지키면 어떻겠느냐 하다가도, 이곳에 몇 달 째 삶을 유보하고 있는 이들과 함께하는 것이 민주주의를 지키는 게 아닌가 하는 생각에 용산으로 향할 수밖에 없었다. 많은 상념이 일었다.

모든 것이 이명박 때문이라고 하면 참 쉽다. 정말 그런가? 모든 게 다 내 탓이라고 하는 것도 참 쉽다. 그런데 맞는 말인가? 이 모든 일이 이명박 때문이라면…… 차라리 그렇게 간단하고 명료하면 얼마나 좋을까. 이명박 때문이라고 하려면 김대중과 노무현 때 이런 일이 없었어야 하는데 그것도 아니고, 노무현, 김대중이 진짜 문제라면 그 둘이 집권했을 때 이런 식의 살인이 있었어야 하는데 그것도 아니다. 문제는 거기 있지 않다.

2005년 오산에서 철거민들이 망루를 짓고 싸웠고 경찰특공대가 진압했다. 평택 대추리의 평화로운 들도 군대와 포크레인이 들어와 부숴버렸다. 이런 사례는 아주 많다. 역사적인 6 · 15정상회담 뒤안에는 개처럼 끌려 나가던 롯데호텔 노동자들이 있었다. 노벨평화상을 타려면 노동자들에 대한 무자비한 탄압이 없어야 한다고 노동자들은 주장했다. 그것이 잘못된 일인가?

그런데 두 정권 10년 동안 줄곧 피해자였던 노동자들이 전직 대통령의 죽음 앞에 졸지에 가해자가 되었다. 두 정권의 지지자들은 그들이 섬겼던 두 대통령이 노동자계급에게 했던 일들을 외면하거나, 부인한다. 이는 아주 위험한 일이다. 역사까지 왜곡할 수 있기 때문이다. 피해자더러 가해자에게 너그러운 마음을 가지라고 하는 것 또한 폭력이다. 그런데 유독 노동자계급에 대한 폭력에 그들은 둔감하다. 이명박의 폭력만이 아니라 우리 안의 여러 가지 폭력들에 대해서도 살펴봐야 하는 이유다.

**우린 힘들지 않다**

용산이 다른 투쟁 현장과 다른 점은 젊은 예술가들이 함께한다는 점이었다. 사진작가, 작가, 화가, 연주가, 가수, 미술가 등 다양한 예술작업을 하는 이들이 모여 개발에 반대하고, 새로운 생명의 기운을 불어넣는 작업들을 하고 있었다. 그들은 사진관을 만들어 방문한 사람들의 사진을 찍어주고, 스티로폼 상자에 채소를 심어 생명의 뜰을 가꾼다. 흉흉한 담벼락은 화사한 꽃무늬 담장으로 다시 태어나고, 참사 현장 코앞 네거리는 순식간에 집단으로 북치고 노래하는 공연마당이 된다. 이들은 철거로 쑥대밭이 된 죽음의 현장을, 생명이 살아 숨 쉬는 현장으로 바꾸는 작업을 하고 있다. 그들은 레아호프 건물을 예술가들의 아지트로 꾸며 놓고, 거기에 플래카드를 걸어 놓았다. '우린 힘들지 않다', '우린 슬프지 않다', '우린 끝까지 간다'. 힘들고, 슬프고, 언제 끝날지 모르는 이 싸움의 막막함에 대한 유쾌한 역설. 그 플래카드를 보면서 나는 질주단과 함께한 열흘을 생각했다.

질주단이 가는 곳마다 만났던 비정규직 노동자, 장기투쟁 노동자, 그리고 해고자들. 그들은 하나같이 "노조가 있어 행복하다"고 말했다. 노조만 아니었다면 그렇게 힘든 삶을 살지 않았어도 되는 이들인데, 노조가 있어 행복할 뿐 아니라 "전혀 후회하지 않는다"고도 했다. 기륭전자의 한 언니는

"인간이 살맛나는 세상을 느끼게 해준 게 민주노총이고 금속노조였다"고 한다.

이들의 말처럼 노조는 이들이 새로운 인생을 살게 해 준 고마운 존재

였다. 노조 활동을 통해 인간답게 사는 법을 배웠고, 피붙이보다 더 가까운 비혈연 가족들도 얻었다. 그리고 무엇보다 인간의 존엄을 깨달았다고 한다. 그래서 그 수난과 고통을 겪으면서도 이들은 용산의 철거민들처럼 "우린 하나도 힘들지 않다", "우린 하나도 슬프지 않다", "우린 끝까지 간다"고 말할 수 있었던 것이다.

노조를 할 수 있어 행복한 이들, 이들을 만날 수 있었던 건 내게도 무척 큰 행운이었다. 다시 신발 끈을 동여매고, 지금도 어디에선가 인간답게 살고 싶어 노조를 만들고 있을 동지들과 함께할 다음 번 질주를 꿈꾸며, 열흘 넘도록 이어진 우리들의 질주는 그렇게 막을 내렸다.

## 당선소감

작년 이맘 때 전운이 감돌던 쌍용자동차 공장을 다녀온 후 '참으로 잔인한 쌍용자동차 노동자의 봄날'이란 글을 썼다. 이들에게 따뜻한 봄 소식은 언제쯤 전해질 수 있을까, 아이들의 오늘을 책임지지 못한 어느 노동자가 또 목을 매지 않을까 두려운 마음을 담은 글이었다. 결국 노동자와 그 가족 몇 명이 죽어나갔고 공장에서 쫓겨난 죽은자(해고자)들은 오늘도 계속 자살을 시도하고 있다.

지금 이 순간, 이 땅 어딘가, 베란다 난간에 서서 자기 앞날처럼 아득한 땅 밑을 내려다보고 있는 노동자들에게, 고개 들어 하늘을 보라고 말하고 싶어 글을 썼다. 혼자 가지 말고 함께 가자고 손 내미는 마음으로 지금도 글을 쓰고 있다.

여전히 재판'투쟁'을 벌이고 있는 KTX 정미정님과 조합원들, 질주단에 함께한 비정규직 · 장기투쟁 노동자들게 특별히 고맙다는 말 전한다. 하나하나 다 불러보고 싶은 이름들이지만 그러지 못함을 너그럽게 이해해 주시길. 촛불광장과 을왕리 바닷가, 주사랑을 오가며 삼 년 내내 탄식과 열정과 기쁨을 함께했던 성공회대 친구들에게도 고마움을 전한다. 바다 건너에서 언제나 나를 응원해 주는 경미와 경호에게도.

르포가 뭔지도 몰랐던 나를 르포의 세계로 데리고 간 박수정, 송경동, 오도엽님, 응모를 포기하고 있던 내게 용기를 북돋아준 송기역님, 노동자의 얘기를 숙명처럼 담아내고 있는 작가들 모두와 끝까지 함께 하고 싶다는 수줍은 고백도 함께 담는다.

글을 붙잡고 있던 내내 따뜻함과 유쾌함으로 나를 보듬어준 가족 같은 친구 경화, 경욱, 내 가족인 윤주, 갑용에게도 고맙다. 그들이 있어 이 글이 나올 수 있었다.

마지막으로 내겐 너무 소중한 서해식, 곽복희 언니. 그녀들과 함께했던 경주의 어느 봄날을 기억한다. 멀리 있어도 늘 함께하고 있음을, 나는 안다.

사는 동안 내내, 태일이처럼 사랑하고 싶다.

# 심사평

시 부문 | **백무산, 김해화**– 신인은 최고시인이 아니라 전위시인이다

소설 부문 | **김하경, 안재성**–좋은 글감은 좋은 소설의 첫걸음이다

생활 · 기록문 부문 | **서정홍, 박영희**–일하지 않는 사람이 돈을 벌기 위해 글을 써서는 안 됩니다

〈시부문〉

## 신인은 최고시인이 아니라 전위시인이다

리얼리즘적 경향은 작가들에게 시대의 평균적 사회의식을 요구하는 것으로 오해를 하기도 합니다. 그래서 민중문학, 노동문학 작품들은 사회학에 주눅이 들거나 그에 충실하려고 하는 경향도 보입니다. 문학의 사회적 역할은 오히려 사회 의식적 관계에서 패착된 현실적 난관을 감각적으로 뛰어넘는 힘을 가질 때 비로소 사회적 역할을 한다 할 것입니다. 그래서 작가에게 시대적 감각이 무엇보다 중요한 것입니다. 신인에게 우선적으로 신선한 감각을 요구하는 것은 그 때문입니다.

예선을 거친 아홉 분의 시를 읽고 우선 세 분의 시를 추려보기로 했으나, (가)*, (나)**, 두 분의 시에서 일치를 봤습니다. (가)의 시는 상상의 자유로움과 표현의 기교면에서뿐 아니라 대상과 일정한 거리를 유지하면서 그 이면을 꿰뚫어보는 날카로우면서 독특한 시각도 돋보였습니다. 좋은 시인이 될 자질을 엿볼 수 있었습니다. (나)는 오랜 시간 습작으로 단련했음직한 저력을 보여주었습니다. 민중적 삶을 미화하거나 과장하거나 엄살을 떨지도 않고, 한발 물러선 관찰자의 입장도 거부하면서, 있는 그대로 진실되게 껴안으려는 자세와 이를 깊이 천착해가려는 노력으로 좋은 시를 쓸 수 있는 소양과 저력을 키워온 것 같습니

* 18-2-다-075, 표제시 '째깍째깍……'
** 18-1-다-181, 표제시 '금 캐는 시간'

다.

두 분 가운데 삶의 현장에서 살아 숨 쉬는 전태일 정신을 살려내는 쪽에 무게를 실었습니다. (나)의 경우 투고작 모두 고른 수준을 보여주었다는 점에서도 다소 가산점이 주어졌습니다.

(가)도 이미 일정한 수준에 올라 있습니다. 그를 다른 지면에서 곧 만날 수 있기를 바랍니다. (나)에게 축하의 박수를 보냅니다. 신인다운 패기로 기성 시에 주눅 들지 말고 맘껏 펼쳐 보이시기 바랍니다. 신인은 초보시인이 아니라 전위시인이기 때문입니다.

예심 심사위원: 표성배, 송경동

본심 심사위원: 백무산, 김해화

〈소설 부문〉

## 좋은 글감은 좋은 소설의 첫걸음이다

### 1. 소설 응모작품 역대 최다

올해 소설부문 응모작품수는 전태일 문학상이 생긴 이래 최대다.

장편소설 4편, 중편소설 4편, 그리고 단편소설은 응모자 105명에 작품 124편이 들어왔다.

### 2. 예심

예심은 소설가 최용탁, 소설가 홍명진 님이 맡아 주셨다.

예심에 대한 의견은 아래와 같다.

"이번 응모작품은 유난히 '실업'을 다룬 작품이 많았다. 문학이 시대를 반영하는 거울임을 새삼 절감했다. 하지만 소재 대부분이 소설적 소재로 눈길을 끌지 못한 점은 아쉬웠다. 예심을 통과하지 못한 작품 중에는 몇몇 흥미로운 소재가 발견되기도 했으나, 이 소재를 구성이 제대로 받쳐주지 못하는 바람에 실패하고 말았다. 문장의 기본기를 갖추지 못한 점도 치명적 흠이었다.

이번 소설응모작 중에 특기할 만한 것은 총 4편의 장편이다. 200자 원고지 2000매에 달하는, 공을 무척 많이 들인 장편도 있었다. 그러나 4편 모두 예심을 통과하지 못한 점은 매우 안타깝게 생각한다."

예심 통과 작품(단편 7편)

1) 우리별에 SOS를 보낸다

2) '해피타임'에는 해피 타임이 없다

3) 애절양 2010

4) 감별

5) 알바당 선언

6) 굿나잇, 달마

7) 야쿠르트 한 개

**3. 당선작 : 〈감별〉**

**4. 결심 총평**

결심은 소설가 김하경, 소설가 안재성 님이 맡아 주셨다.

예년에는 응모작품 숫자도 적었지만, 문장도 제대로 못 쓰고, 표현도 미숙하고 거칠며, 구성이나 인물도 엉망인 그런 소설이 많았다. 그렇지만 글감만은 하나같이 총체적 삶을 담은 것들이어서 좋았고, 미숙하나마 문학에 대한 순수하고 뜨겁고 힘찬 에너지와 열망이 불끈불끈 솟아나서 좋았다. 그것만으로도 당선작으로 뽑는 데 주저함이 없었다.

그런데 이번 응모작품은 역대 최다라고 할 만큼 응모작품수가 많았다. 산더미처럼 쌓인 응모작 중에서, 치열한 경쟁을 뚫고 올라온 만큼 하나같이 문장도 잘 쓰고, 표현도 매끄럽고, 무엇보다 인물을 창조하고 짜임새 있게 이야기를 구성하는 능력이 많이 발전한 걸 느낄 수 있었다. 한마디로 글쓰기가 세련된 수준에 접어들었다는 느낌이 들어 반가웠다.

그런데 이상하게 가슴이 뜨거워지지 않았다. 가슴이 꽉 채워지지 않았다. 전기가 오르듯 온몸이 찌르르 전율하는 그런 감동이 전해지지 않았다.

왜일까.

우선 하나같이 글감이 함량미달이었다. 특히 당선작으로 올리기에 부족한 글감이 많아 갈등과 고민이 많았다. 결국 글감이 부족해서 당선작이 못 된 작품이 몇 편 있다.

사람들마다 내 인생을 책으로 쓰면 장편소설 한권이 된다고들 한다. 하지만 현실에 널려 있는 이야기라고 해서 다 소설감이 되는 건 아니다. 아무리 많은 이야깃거리가 널려 있어도 글감 하나도 못 건지는 경우도 많다. 내가 쓰고 싶어 하는 글감과 나에게 맞는 글감, 내 능력으로 소화할 수 있는 글감은 다 다르다. 또 나만이 쓸 수 있는 글감과 시대가 요구하는 글감도 다르다. 이렇듯 수많은 경우수를 고려한 까다로운 과정을 통해 제대로 된 글감을 취사선택한다.

그런데 이번엔 특히 좋은 글감이 보이지 않았다. 좋은 글감은 좋은 소설의 첫걸음이다. 좋은 소설을 쓰려면 무엇보다 글감이 좋아야 한다. 아무리 능력 있는 작가도 글감이 안 좋으면 좋은 소설을 쓸 수 없다.

좋은 글감을 고르려면 어떻게 해야 하나?

글 쓰는 사람이 현실을 제대로 파악하고 해석할 수 있는 관점과 가치관이 서 있어야 한다.

이것이 두 번째다. 아무리 좋은 글감도, 글쓴이만의 해석과 관점이 들어 있지 않으면 헛것이다. 도대체 왜 이런 사태가 일어난 걸까.

다른 건 모르겠지만 이번 응모작품만 두고 보면, 글 쓰는 사람이 꼭 가져야 할 현실에 대한 통찰력과 사유의 깊이가 없다는 점을 가장 근본적인 원인으로 지적하고 싶다.

소설은 르포나 생활글, 실용문과 같은 일차적 글쓰기와는 거리가 멀다.

소설의 최종 목표는 감동이다. 이를 위해 지은이는 철저하게 자신의 의도와 목적에 따라서 글감을 취사선택하고, 이야기와 인물을 재배치하고 재구성한다. 모든 과정에는 지은이의 엄청난 사유의 과정이 쌓인다. 따라서 한편의 소설은 글쓴이의 사유 전체가 쌓인 집적물이라 할 수 있다. 그만큼 소설에서는 글쓴이의 통찰력과 사유가 중요하다. 특히 현실 참여적 소설에서는 글쓴이의 통찰력과 사유가 글의 성격과 질을 좌우한다고 할 수 있다.

전태일 문학상이 다른 문학상과 다른 점은 현실참여적 글쓰기에 있다. 이는 곧 전태일 문학상의 정체성이기도 하다. 현실참여적 글쓰기가 전태일 문학상의 생명이라는 말이다.

그런데 이런 전태일 문학상에 응모하는 응모자들에게서 현실에 대한 통찰력과 사유가 부족하다는 건 치명적이다.

첫째는 총체적 삶을 드러낼 수 있는 글감으로 소설을 써야 한다.

둘째는 자신만의 관점으로 현실을 바라보고 해석할 수 있어야 한다.

셋째는 현실에 대한 통찰력과 사유의 깊이를 가져야 한다.

이 세 가지가 앞으로 현실참여 소설이 고쳐나가야 할 지향점이 아닌가 싶다.

### 5. 각 작품별 평가

〈우리별에 SOS를 보낸다〉, 〈'해피타임'에는 해피 타임이 없다〉

두 소설은 공통분모를 갖고 있다. 부부의 대립과 갈등이 주요 모티브라는 점에서 두 소설은 공통점을 갖고 있다. 하지만 두 소설의 표현 형식은 사뭇 다르다. 이야기 내용이 비슷하다는 걸 전혀 느낄 수 없을 만큼 달라 보인다. 소설에서 형식이 내용을 얼마나 크게 좌우하는지를 단적으로 보여주는 증거다.

〈'해피타임'……〉는 현실을 있는 그대로 직접적으로 드러낸 리얼리즘 소설이다. 남편이 30년 직장생활을 마감하고 퇴직금으로 마련한 함박스테이크 집 '해피 타임 체인점'이 문을 열기 시작해서 마지막으로 문을 닫기까지의 이야기다. 사업이 부진하고 빚이 늘어나자 아내는 하루빨리 청산하자고 우긴다. 반면에 남편은 30년 인생과 맞바꾼 창업 가게를 고집스레 붙들고 있다.

어느 날 우연히 한 남자가 가게에 나타나 행패를 부린다. 남편은 배달을 핑계로 도망친다. 혼자 남은 아내는 칼을 들고 사내에게 맞선다. 두려움을 이겨낸 이 특별한 경험 이후 아내는 '칼'의 엄청난 위력을 깨닫고, 급기야 남편에게 '칼'을 들이댄다.

"해피타임의 문을 닫지 않으면 나도 어떻게 할지 몰라!"

이렇듯 〈해피타임〉의 아내가 칼을 들고 현실에 맞서 끝내 자신의 요구를 관철하는 데 반해, 〈우리 별……〉의 아내는 집을 나와 일 년 넘게 무덤 속에 숨어 사는 것으로 현실 문제에서 도피한다. 갈등과 대립에 직접 맞서는 대신 무덤 같은 자기 혼자만의 공간으로 도망치는 것이다. 무덤이란 작은 창고 같은 비어 있는 복사가게를 말한다. 밖에선 비어 있는 것처럼 보여야 하기에, 불빛도 움직임도 소리도 낼 수가 없다. 마치 무덤 속처럼 컴컴한 어둠 속에 갇혀 어딘가로 구조신호를 보낸다.

'현실로부터의 도피'라는 이 소설의 주요 테마에 맞게 이 소설은 판타지라는 표현형식을 선택했다. 아내는 마치 자신이 외계의 어느 행성에 갇힌 것처럼 착각한다. 현실에서 도망쳐 자기 혼자만의 공간 속에 자기 자신을 가두고, 자신을 구조할 누군가를 기다리는 것이다.

여기까지는 좋았다. 내용에 따라 다른 형식을 표현한 점이 아주 신선했다.

그런데 아무래도 지은이가 판타지 소설에 대해 뭔가 오해한 것 같다. 아무리 판타지소설이래도 판타지 속에도 현실이 존재한다. 이야기가 있고 긴장감이 흐른다. 그런데 이 소설에는 그런 게 전혀 느껴지지 않는다. 그래서 다음에 무슨 이야기가 나올지 궁금하게 만들고, 긴장하며 기다리게 만드는 매력, 끌어당기는 힘이 전혀 느껴지지 않는다. 10대들과 쥐들이 가끔 나타나 잠깐씩 긴장감을 조성하다가도 맥없이 사라질 뿐이다. 이야기라 해봤자 지문에 나타난 몇 줄의 설명이 다다. 그나마 현실을 해결하려는 의지나 기미도 전혀 보이지 않는다.

판타지 소설에도 엄연히 현실이 존재한다. 다만 판타지 뒤로 숨어 안 보일 뿐이다. 그런데 사람의 심리는 이상하다. 보이는 것보다는 안 보이는 것에 더 관심과 호기심이 끌린다. 판타지가 나오면 더 현실에 끌린다. 이런 심리를 역이용한 것이 판타지다. 말하자면 소설에서 판타지는 현실에 대한 불안, 두려움, 긴장, 위기감을 더 확대 심화시켜 독자들의 관심과 호기심을 더욱 증폭시키려는 일종의 전략인 것이다. 그래서 현실을 직접적으로 드러내는 리얼리즘보다 판타지를 통해 보이지 않는 현실을 표현하는 것이 더 어려울 수가 있다.

그래서 판타지를 다룰 땐 주의해야 한다. 잘못 다루거나 미숙하게 다루면, 안 다루느니만 못하게 된다. 직접적인 리얼리즘에 기대는 것보다 더 치명적인 실패를 경험할 수 있다. 그만큼 판타지는 높은 문학의 공력을 필요로 한다. 웬만한 고수가 아니면 신인이라면 일단 신중하게 접근하는 게 좋다.

어쩌면 지은이는 판타지를 너무 쉽게 착각한 모양이다. '돈 때문에 대립하는 부부관계'라는 낡고 낡은 내용을 판타지로 포장하면 그대로 새로운 소설이 된다고 말이다.

형식과 내용은 둘이면서도 하나다. 이 둘이 자연스럽게 하나가 돼야 새로운 소설이 창조된다. 억지로 갖다 붙인 것처럼 전혀 어울리지 못하고 따로 놀면, 남의 옷을 빌려 입은 것처럼 어색하다면 그건 치명적 실패다. 오히려 판타지가 독이 된 셈이다. 리얼리즘이 식상하다고 섣불리 판타지에 달려들었다간 이런 역풍을 맞을 수 있다.

하지만, 시행착오 없는 성공이 어디 있겠는가. 새로운 시도와 용기만은 높이 사고 싶다.

〈애절양 2010〉

세차장에서 일하는 황보는 여러 동생들과 외아들을 뒤치다꺼리 하노라, 평생을 바쳐 희생해온 인물이다. 월남전에서 입은 부상으로 국가유공자 신청을 하면 보상을 받을 수 있으련만, 아무리 옆에서 신청하라고 부추겨도, 내 잘못이라는 둥, 아직 몸이 성하다는 둥, 어려운 정부한테 손 내밀 수 없다는 둥 하며 뒤로 미루는 그런 인물이다.

황보에게는 아내를 잃고 혼자 12살 때부터 키워온 외아들 용길이 그가 살아가는 이유의 전부다. 그런 아들이 감옥에 갇혔다. 유신도 아니고 오공도 아닌 시절에 데모를 해서 감옥에 갇힌 것이다.

용길은 대학원에서 석사학위까지 받았다. 아버지의 바람대로 행정고시를 준비했으나 세 번이나 낙방의 고배를 마셨다. 그 뒤 감정평가사 시험에도 응시했으나 다시 낙방, 이번엔 7급 공무원 시험에 응시했다가 면접에서 최종 탈락했다. 그렇게 십여 년 세월이 가뭇없이 흘러 어느새 나이 서른다섯이 된 것이다.

그런 아들이 면회장에서 황보에게 청천벽력같은 사실을 털어놓았다.

그동안 아버지에겐 말하지 않았지만, 1, 2년 전부터 시험공부를 그만두고 데모를 해온 사실을 실토한 것이다.

"아버지, 그동안 공들인 시간이 진짜 무엇을 위해서였는지 저는 이제야 확신할 수 있게 되었습니다. 아버지와 저의 희생이 결코 무용한 게 아니라는 걸 저는 확신할 수 있습니다. 그러니 아버지 이해해주시면 좋겠습니다."

화가 난 황보는 아들을 원망하고 질타했다. 그러자 아들은 외려 아버지를 원망했다.

"아버지의 희생자 근성이 너무나 원망스럽습니다. 왜 저한테 한번이라도 공부 그만두고 그냥 돈이나 벌면 어떻겠냐고 말씀하지지 않으셨습니까……. 어쩌면 폭행은 제가 한 게 아니라 오히려 아버지가 한 겁니다. 그런 희생자 근성 자체가 지금 이 사회를, 우리 집안을 망쳐놓은 거라고요. 저는 방관할 수 없습니다. 아버지처럼 살고 싶지 않습니다. 적어도 정말 못살겠다고, 진짜 죽을 것 같다고 말할 줄 알고, 그렇게 말하면 동정심에서라도 뺏던 칼을 도로 거둘 줄 아는 이 사회에 살고 싶습니다. 아버지 죄송합니다. 공부를 하면 할수록 이 땅을 알면 알수록 치가 떨려 자꾸 자리를 박차고 일어나게 됩니다. 정말 죄송합니다."

아들은 집행유예로 석방된 뒤에도 여전히 시험공부도 안 하고 일자리도 구하지 않고, 4대강 반대 활동에만 전념했다.

황보는 기가 막혔다. 실망이 이만저만 아니었다. 황보는 칡즙을 파는 여자 여숙의 유혹을 받아들여 잠자리를 같이 한다. 그러나 월남전 때 다친 성기가 화근이었다. 최소한의 요긴한 일을 제외하고는 딴 일을 하지 못하는 신세였다. 결국 여숙과의 잠자리는 뜻을 이루지 못한다.

황보는 아내의 묘를 찾아간다. 도중에 택시 안 라디오 방송에서 다산 정약용의 시 '애절양'이 흘러나온다. 그는 아내의 묘 앞에서 바지 지퍼를 내리고 안의 것을 밖으로 꺼내 놓는다. 손가락 두 마디만한 짧은 성기가 불에 덴 듯 모양은 심하게 뭉그러졌으나 어떤 생의 활력으로 꽉 들어차 싹이라도 틔울 듯 팽팽히 발기해 있었다.

"그런디 이제와서 워째 그런지 모르겠단 말이여. 이놈의 것이 워째서 나를 그냥 병신처럼 살게 내삔져 두지도 않으냔 말이여. 얼마 남도 않은 인생 노상 그래왔던 데로, 남이사 뭐라고 지껄이든 말든 그냥 쥐 죽은 듯이 엎어져 그냥저냥 살려고 하는디, 워째 이놈은 이렇게 자꾸 기를 쓰고 살아보려구, 바락바락 워치게든 해보려구 이 지랄을 떠냔 말이여. 그러면 되려 진짜 병신이 되는 줄 알면서……."

그리곤 서슬 퍼런 낫부리를 성기에 갖다 댄다.

"자네는 이해가 가는가. 나는 이제야 알겠네 그 옛적이나 지금이나 말여. 나 같은 놈헌티는 여직도 말이지, 그래도 살아보겠다고 용쓰는 그 마음들이 결국 죄가 되고 미움이 되는 세상 아니겠는가. 그래서 더 비참해지는 세상이 아니겠는가 싶네그려."

황보는 하늘에 비친 돋는 별을 문득 바라보고는 이내 나머지 제 생의 파편을 잘라낸다.

여기까지가 소설의 줄거리다.

이 시대를 상징하는 이야기다. 그런데 왜 하필 성기일까. 다산의 시 '애절양'과 '애절양 2010'사이에는 거리가 있다. 그런데 그 거리가 이해되지 않는다. 의미가 와 닿지 않는다. 황보가 아들의 말 뒤에 숨은 진의를 이해하지 못한 것처럼 여겨질 뿐이다. 아들은 불의에 저항하겠다고 일어서는데, 황보는 굳이 일어서려는 성기를 자른다. 용쓰면 죄가 되는 세상이니 비참하지만 그냥 엎드려 살겠다는 것인가. 지은이의 관점과 해석이 의심되는 대목이다. 삐꺽대는 소리가 들린다. 어쩌면 지은이는 이 소설을 전적으로 장악하지 못하고 있는지도 모른다.

지은이와 소설이 한 몸이 되지 못해 자꾸만 삐걱대는 것 아닐까. 치명적인 약점이다.

〈감별〉

주인공의 직업은 '병아리 감별사'다. 병아리는 인간에게 생명체가 아닌 일개 소모품이다. 인간을 위해 알을 낳아주고 그 기능이 끝나면 사라지는 소모품인 것이다. 주인공의 직업은 이렇듯 철저하게 인간의 이해관계에 맞춰 병아리의 성별을 구별한다. 이익에 맞는 암컷 병아리만 선택하고, 이익에 맞지 않은 수컷 병아리는 가차 없이 죽여 버린다.

그런 그가 버스터미널에서 기거하는 홈리스 몽골 여인을 주목하는 이유는 뭘까. 자신의 손에 의해 죽어버린 수많은 병아리에 대한 죄책감? 보상심리?

이 작품의 특징이라면, 주인공이 현실에 대해 흥분하거나, 분노하거나, 탄식하지 않는다는 것이다. 도덕적인 설교를 늘어놓거나 장황한 생명철학을 과시하지도 않는다.

전주의 집에서 광주의 직장으로 매일같이 고속버스로 출퇴근하면서도 애초의 의도대로 광주 직장 근처의 숙소로 이사 가지 않은 이유는 몽골 여인 때문이다. 이 한가지로 그의 직업적인 죄책감이 보상받는다는 건 어불성설이다. 하지만 그가 할 수 있는 건 여기까지일 뿐이다. 이 한계가 바로 현실이다. 이 리얼리티야말로 감동이다. 어찌할 수 없는 현실에 갇힌 인간의 나약함, 나약함 안에서도 최소한의 무언가를 잃지 않으려 안간힘쓰는 인간의 삶, 그러한 현실, 이것이 우리를 한없이 슬프게 한다. 소설은 아무 말도 하지 않는다. 그럼에도 백 마디 천 마디 외침보다 더 가슴이 먹먹하다.

몽골 여인은 보따리 하나를 아기집처럼 품고 산다. 어떤 위기의 순간에도 놓지 않는다. 소설이 진행되면서 그 보따리 안에 든 물건의 정체가 점점 궁금해진다. 그리고 마지막, 주인공은 몽골 여인과 하루 밤을 보낸 뒤 몰래 그녀의 보따리를 열어본다. 보따리 안에는 희귀한 보물도 거액의 돈도 없었다. 어쩌면 주인공은 그 보따리가 절망적인 현실에서 그를 구해줄 어떤 의미나 상징이 들어있을 것이라고 기대했는지도 모른다. 그러나 보따리 안에는 몇 번이나 빨아서 색이 바래고 낡아빠진 그녀의 속옷 몇 가지가 들어있을 뿐이었다. 평소에 쓸모없다고 여길만한 그런 하찮은 물건들이었다. 그것은 바로 우리의 현실이었다. 낡고, 지루하고, 무가치하고, 평범하기 그지없으며, 대수롭지 않은, 그런 하찮은 우리의 현실 말이다.

소설은 설명이나 주장을 하지 않는다. 현실을 그대로 보여줄 뿐이다. 그걸 통해 독자 스스로 가슴으로 느끼게 할 뿐이다. 독자가 책장을 덮는 그 순간 현실에 대한 슬픔과 분노, 욕망, 감동이 그의 가슴을 가득 채울 것이다. 그 다음 독자의 삶이 어떻게 변할지 아니면 아무 변화 없이 전처럼 그대로 살아갈지는 모를 일이다. 현실에서 떨쳐 일어나 주먹을 불끈 쥐든, 그대로 잊어버리고 돌아서든 그건 순전히 독자의 몫인 것이다.

한 가지 약점이라면, 몽골 여인의 개성이 뚜렷하게 부각되지 않는 점이다. 일부러 신비전략을 사용했더라도 나름대로의 캐릭터가 살아나야 하는데, 그렇지가 못하다. 어쩌면 몽골 여인에 대한 같은 묘사와 표현이 몇 번씩 중복되는 점 때문에 인물의 개성이 반감되었는지도 모른다. 아니면 지은이가 인물의 캐릭터를 살리는 문학적 능력이 부족한 건지도. 아마 지은이는 알지도 모른다. 2% 부족한 뭔가가 무엇인지 꼭 찾아내주기 바란다.

〈알바당 선언〉

주인공은 강북의 한 변두리 극장 안 매점에서 일하는 아르바이트생이다. 매점 알바생은 주간조인 희주언니와 나, 야간조인 성연이, 이렇게 총 세 명이다. 소설은 성연이가 희주와 나에게 시급에 대한 불만을 털어놓으라며 비좁은 매점 안에 카메라를 들이대는 것으로 시작된다.

사장이 운영하는 영화관 매점은 강남과 강북 두 곳에 있다. 강남은 프랜차이즈 아이스크림 매장이고 아르바이트생이 무려 7명이나 될 만큼 눈코 뜰 새 없이 바쁜 곳이다. 반면에 강북 매장은 파리를 날릴 지경으로 한가하다. 이 때문에 강남 알바생 시급은 4천 원이고 강북은 3,800원으로, 200원 차이가 난다. 희주와 나는 노동 강도가 다르니 시급 차이가 나는 건 당연하다는 논리다. 200원 덜 받더라도 한가한 데서 일하는 게 낫다고까지 말한다. 반면에 성연이는 아무리 편해도 아닌 건 아니라는 식이다. 엄연히 법으로 정한 최저임금제가 있는데, 그걸 지켜야 한다는 것이다. 파업하자는 요구에 둘이 묵묵부답으로 대응하자, 성연이는 현장 다큐를 찍겠다며 카메라를 들이댔다.

끝내 두 사람이 할 말이 없다며 인터뷰를 거부하자 성연이는 이기적이라며 노골적으로 서운함을 드러낸다.

성연이가 그만둔 다음, 주인공도 복학하는 바람에 매점을 그만둔다.

얼마 뒤 우연히 인터넷에서 성연이가 찍은 다큐를 보게 된다. 다큐멘터리 영화제 블로그에 올라온 성연이의 '알바당 선언'이란 제목의 작품이었다.

인터뷰에 나온 강남의 한 알바생은 "물가인상을 반영하여 최저임금이 2.75%나 인상되었는데도 시급이 오르지 않은 건 부당하다"고 또박또박 대답했다. 이어서 "일이 수월하냐 아니냐를 따지는 건 판단해야 할 대상 자체가 아닌데 왜 그게 최저임금을 받아야 하는 당연한 권리에 걸림돌이 되어야 하냐"고 되물었다. 마지막으로 사장이 화면에 나왔다. 사장은 성연이의 날카로운 질책이 거듭되자 결국 최저임금을 따르겠다고 대답했다. 성연이가 "이백 원 올려줄 거죠?"라고 윽박지르자 사장은 "그래 이백 원 올려주마." 하고 빈정대듯 맥없이 웃음을 터뜨렸다.

이어서 성연이의 내레이션과 함께 나와 희주언니의 얼굴이 화면에 등장했다. 주간조 두 알바생에게 임금에 대한 솔직한 의견을 들은 뒤 사장과의 임금협상이 체결되었음을 알리려고 했다는 내레이션을 들으며 주인공은 울적해진다. 영상에 비친 자신의 모습에서 주인공은 부끄러움을 느낀다. 씨씨티브이만 올려다보며 어떻게든 사장의 눈치를 보며 질책을 피하려 신경 쓰는 모습이 역력했다.

복학한 뒤 주인공의 머리에는 성연이의 말이 가시처럼 콕콕 찔러댔다. 때마침 우연히 영화관에 들르게 되고, 매점에서 희주와 새로 온 알바생 그리고 사장 세 사람을 만나게 된다.

그 자리에서 주인공은 사장에게 성연이가 찍은 다큐 이야기를 꺼낸다. '그때 분명 200원 주겠다고 했는데 왜 안 주냐?'고 따진다. 사장의 말이 나온 지 석 달 뒤에 그만두었으니, 200원 인상분 석달치를 달라고 손을 내민 것이다. 결국 주인공은 사장에게서 35200원을 받아들고 버스에 오른다.

여기까지가 이 소설의 줄거리다. 그런데 참 이상하다. 이 소설에서 가장 중요한 핵심이자 소설 전체를 아우르는 주요 테마가 될, 마지막 문장 하나가 영 마뜩찮다.

"……나는 애달픈 사실 하나를 깨닫고 말았다. 내가 분명히 알 수 있는 것은 주머니에 넣어둔 돈의 정확한 액수뿐이라는 현실을 말이다."

이 마지막 문장이 그만 삐끗하는 바람에 소설 전체가 일그러지고 말았다.

모처럼 '아르바이트'생의 노동조건이라는 좋은 소재를 그것도 직접적으로 드러냈다는 점에서 반가웠다. 그런데 마지막까지 물고 늘어져 완성도를 높이지 못한 점이 못내 아쉬웠다. 사실 여기서 마지막 문장은 문장 하나의 문제가 아니었다. 지은이가 이 소설을 바라보는 관점, 지은이가 이 소설에서 말하려는 가치관과 철학이 고스란히 드러나는 가장 중요한 대목이었다.

그런데 지은이는 바로 이 중요한 대목에서 자신의 직무를 다하지 못했다.

작가의 관점, 가치관, 철학이 없어서 그런 건가? 아님 소설쓰기의 미숙함 때문인가? 모르겠다.

〈굿나잇, 달마〉

이 소설의 등장인물들은 하나같이 지금 이 땅의 모든 젊은이들에게 낯익은 자화상이다. 비정규직이나 임시직으로 평생을 시험에 매달려 살아가야 하는 고시인생들이다. 하나같이 매일매일 이력서를 고쳐 써야 하는 백수들이다.

소재나 주제 또한 무겁고 진지하다. 이런 시대의 아픔을 다루다보면 잘못하면 축축 처질지도 모른다. 그런데 이상하게 이 소설은 시종일관 유쾌하고 가볍다. 소재나 주제의 무거움과 진지함에 비해 표현이 참신하다. 아마도 영화 〈와호장룡〉이나 무협지 〈영웅문〉의 이야기가 잠깐씩 등장한 것이 칙칙한 현실을 다소 가볍고 유쾌하게 만든 건지도 모른다.

할아버지가 그랬고 아버지가 그랬고 같은 빌라에 사는 고시 오빠라는 사람도 그랬다. 그리고 지금 29번째 이력서를 쓰고 있는 주인공 역시 그러하다. 모두가 하나같이 고시인생들이다.

고시인생은 무림에서는 무림고수로 손꼽힌다. 무림의 고수들이 밤낮을 가리지 않고 무술을 연마하고 수련에 정진한 것처럼, 고시인생들도 밤낮을 가리지 않고 공부를 해야 한다. 잠을 자지 않기 위해, 몰려오는 졸음을 쫓기 위해, 그들은 달마처럼 눈썹을 뜯어내기도 한다. 그렇게 해서 거의 잠을 자지 않는 경지에 이른다. 이것이 절대 고수의 경지다.

주인공은 이런 아버지를 떠올리며 29번째 이력서를 준비한다.

그런데 왠지 소설이 어지럽다. 지은이가 자주 길을 잃고 헤매는 모습이 여기저기서 드러난다. 부족해 보인다. 2%가 부족한 게 아니라 참 많이 부족해 보인다.

소설은 재미와 의미 두 가지가 다 들어 있어야 제 맛이 난다. 뼈대만 앙상하면 재미가 없고, 살만 찌면 남는 게 없다. 그래서 튼튼한 뼈대에 적당한 살집이 붙어야 한다.

그런데 이 소설에서는 살집에 해당하는 부분이 〈와호장룡〉과 〈영웅문〉이다. 없으면 재미가 없는 그런 존재다. 가벼움과 유쾌함을 던져주는 이 소설의 가장 특별한 인상의 중심에 이 〈와호장룡〉이나 〈영웅문〉이 있다. 물론 이 영화와 무림소설은 누구나 다 아는 친숙한 내용이다. 지극히 대중적이라서 굳이 따로 설명을 덧붙일 필요도 없다. 그런데 바로 이 점이 장점이기도 하고, 동시에 약점도 된다. 너무나 뻔하고 낡았기 때문에 잘못 사용하면 싼 티가 날 수 있다. 역효과가 날 수 있다.

대중적인 영화나 소설을 인용할 때는 반드시 지은이만의 특별한 냄새와 색깔이 가미돼야 한다. 지은이만의 독특한 해석과 관점에서 우러난 보편성으로 공감을 얻어야 한다. 그러려면 현실에 대한 통찰력과 사유의 깊이를 가져야 한다.

만약 그냥 쉽게 가려는 의도에서 누구나 다 아는 그저 그런 영화나 대중소설을 인용했다면 엄청난 실수를 한 셈이다. 쉬운 길만 찾다가 싸구려로 전락했다는 비난을 듣기 쉽다. 그럴 거면 차라리 그 정성을 재미가 아닌, 의미를 튼실하게 세우는 데 썼으면 좋지 않았겠는가. 재미는 재미대로 못 살리고, 의미는 의미대로 잃으면, 남는 게 하나도 없으니 말이다.

현실에 대한 통찰과 깊은 사유를 통해 자신만의 관점과 해석을 만들어야 한다.

이것이 바로 문학에서의 내공 아니겠는가.

〈야쿠르트 한 개〉

한 야쿠르트 아줌마의 소소한 일상사를 다루었다. 남편 잃고 혼자서 아들을 키우던 주인공은 어느 날 아들을 수술대 위로 보내게 된다. 그런데 수술실 안으로 사라진 아들의 모습이 마치 사라진 남편의 모습과 겹쳐진다. 주인공은 절망과 두려움에 몸을 떤다.

이상하게 아무리 읽어봐도, 긴장감이 느껴지지 않는다. 다음에는? 하는 호기심도 열망도 없다. 이야기를 이끌어가는 매력이 없다. 슬프면 슬픈 대로, 분노에 찬 현실이면 그런대로 사람의 마음을 끌어당기는 힘이 있어야 하는데, 그런 게 없다.

주인공의 고단하고 비극적인 삶에 대해 아무런 느낌이 없으니 절실한 감동이 와 닿지 않는 건 당연하다.

소설은 허구다. 허구가 현실보다 더 힘이 있으려면 현실보다 더 힘있는 허구를 상상해내야 한다. 창작자의 강한 상상력이 독자들로 하여금 창작자 이상의 상상력을 증폭시켜야 한다. 그럴 때 허구는 현실 이상으로 강한 포스를 품어낸다.

이 소설에서는 강한 포스가 느껴지지 않는다. 너무 나약하고 자신감이 결여되어 있다.

이유가 뭘까.

무엇보다 이야기 소재나 주제가 소설감이 되기에 턱없이 부족하다. 아무리 좋은 글발로도 이런 사소하고 평범한 이야기를 감동 있게 표현해내기란 어렵다. 더욱이 신인이 이런 지극히 평범한 소재에 도전하는 건 독약을 삼키는 것과 같다. 백이면 백 다 죽는다.

신인은 처음 쓰는 만큼, 소재나 이야기가 강렬한 글감을 골라야 한다. 비록 표현은 서툴고 문장은 모자라고 구성도 허술하기 짝이 없어 흠집투성이라 해도, 강렬한 주제의식이나 특별한 이야깃거리만으로도 신인이라는 미숙함을 커버할 수 있다.

직업적으로 글을 쓰는 작가라면 아무리 낡은 소재, 평범한 이야깃거리만 갖고도 긴 장편 한 권을 채워나갈 수 있다. 남는 의미는 없어도, 글발이나 상상력만으로도 충분히 재미있게 이끌어나가면서 독자를 끌어당길 수가 있다. 하지만 신인은 다르다. 글발도 상상력도 턱없이 부족하다. 게다가 이야기 감마저 평범하기 그지없다면 무엇으로 사람들을 끌어당길 것인가.

신인이라면 새롭고 특별한 이야깃거리로 승부하는 것이 가장 안전하지 않겠는가.

2010년 5월 1일

예심 심사위원: 최용탁, 홍명진

본심 심사위원: 김하경, 안재성

〈생활글 기록문 부문〉

## 일하지 않는 사람이 돈을 벌기 위해 글을 써서는 안 됩니다

**심사 기준**

1. 진솔하고 정성스럽게 쓴 글인가?
2. 사물을 정확하게 붙잡고 쓴 글인가?
3. 절실한 느낌이나 생각이 나타났는가?
4. 마땅히 가져할 할 지성의 바탕이 있는가?
5. 우리말을 잘 살려 누구나 알 수 있게 썼는가?

**총평**

일하는 사람이 글을 써야 하는 까닭

"노동청년 한 사람은 이 지구 위에 있는 모든 황금을 합친 것보다 더 소중하다."(까르딘 추기경)라고 합니다. 이렇게 소중한 사람들이 쓴 글을 수상작품이니 가작이니 하면서 가르는 것은 정말이지, 쉬운 일이 아닙니다. 그래서 글쓴이 모두에게 상을 주었으면 좋겠다는 생각이 들었습니다. 그러나 원고를 모집한 까닭이 가려 뽑아서 상을 주기 위한 것이라 어쩔 수 없이 심사를 했습니다.

가장 먼저 전태일문학상의 근본 뜻에 맞는 글, 구호에 그치지 않고 진솔한 글, 일하는 사람들이 읽으면 누구나 쉽게 이해할 수 있도록 정성껏 쓴 글, 우리 말을 살려 쓴 글을 가려 뽑아서 상을 주기로 했습니다. '문학성'이니 어쩌니 하면서 아무리 읽어도 느낌도 없고 '뜬구름' 잡는 말만 늘어놓은 글은 뽑지 않았습니다. '말하는 것처럼 쉽게 쓴 글', '한글을 아는 사람이면 누구나 읽고 이해할 수 있는 글'이 가장 훌륭한 글이라는 것을 우리는 잘 알고 있기 때문입니다.

상을 받은 사람이나 받지 못한 사람이나 큰 차이가 없습니다. 물론 남의 흉내를 내지 않고 자신의 이야기와 느낌을 자신의 말로 매끄럽게 잘 나타낸 글도 있고, 거친 듯하지만 마음을 움직이는 글도 있고, 글은 매끄러운데 사람냄새가 나지 않는 글도 있었습니다. 대부분 생각은 올곧고 하고 싶은 말은 가슴에 쌓여 터질 것만 같은데 어떻게 나타내야 할지 잘 몰라서 고민한 흔적이 많았고, '이 부분을 조금만 더 살려 썼으면 정말 훌륭한 글이 될 텐데' 싶은 글이 많아 아쉬움이 더 컸습니다.

한평생 우리 말과 글을 살리기 위해 애쓰시다가 돌아가신 이오덕 선생님이 일하는 사람들에게 이렇게 물었습니다.

"첫째, 노동에 대한 믿음이 있는가? 둘째, 무식한 사람이 하는 말, 그 말이 진짜 우리 말이다. 이런 우리 말에 대한 믿음이 있는가? 셋째, 세상을 바르게 살아가려는 결심이 서 있는가? 그렇다면 글을 쓸 것이다. 글이 역사를 만들어 가는 세상이니까." 그리고 또 이렇게 말씀하셨습니다. "이 땅에 진짜 민주주의를 뿌리내리게 할 수 있는 사람은 일하는 사람들입니다. 그리고 우리 말과 글을 살려 낼 사람도 일하는 사람들입니다. 일하는 사람들이야말로 하고 싶은 이야기를 감당할 수 없도록 많이 가졌고, 살아 있는 말을 하는 이 땅의 주인이기 때문입니다."

그렇습니다. 일하는 사람이 글을 써야 합니다. 그래야 우리 이웃이 어떤 삶을 살고 있는지 알 수 있으며, 알아야 삶을 나눌 수 있습니다. 사람은 물질이든 마음이든 자기가 가진 것만을 나눌 수가 있기 때문입니다.

도시와 농촌을 숱한 위험을 끌어안고 다니는 버스 · 택시 · 택배 · 짐차 기사 님들도 글을 써야 합니다. 고무 냄새와 본드 냄새를 맡으며 일하는 신발공장 노동자도, 논밭에서 한평생 인건비도 나오지 않는 줄 뻔히 알면서 흙을 버리지 못하고 살아가는 가난한 농부들도, 수 십 년 동안 남의 집을 지어주고도 자기는 집 한 채 가지지 못한 채 공사장에서 막노동을 하는 노동자도, 식당 아저씨도, 술집 아주머니도, 신문 배달하는 학생도, 간호사도, 교사도, 공무원도, 들풀처럼 낮은 자리에서 묵묵히 맡은 일을 다 하는 모든 이들이 글을 써야 합니다. 서로 생각을 나누고 삶을 나눌 때 세상은 그만큼 아름다워지는 것입니다.

글을 쓴다는 것은 자기의 삶을 가꾸고 세상을 가꾸는 일입니다. 그래서 어떤 생각을 가진 사람이 어떤 글을 쓰느냐에 따라 세상은 밝아지기도 하고 어두워지기도 합니다. 그래서 일하는 사람이 글을 써야 합니다. 손발이 멀쩡한데 일하지 않는 사람은 밥도 먹지 말고 글을 써서도 안 됩니다. 일하지 않는 사람의 머리에는 무엇이 들었는지 우리는 눈으로 보지 않고도 훤히 알고 있으니까요.

일하는 사람이 시를 쓰고, 동화를 쓰고, 소설을 쓰고, 산문을 써야 합니다. 그래서 책방마다 일하는 사람들의 이야기가 널려 있어야 합니다. 교과서마다 일하는 사람들이 쓴 글이 실려, 우리 아이들이 그 글을 읽고 바르게 자랄 수 있도록 해야 합니다. 그렇게 되면 일하는 아버지와 어머니를 존경하는 마음이 저절로 일어나지 않겠습니까?

일하지 않는 사람이 돈을 벌기 위해 글을 써서는 안 됩니다. 돈을 벌기 위해 글을 쓰는 사람은 옛날이나 지금이나 어떤 글을 쓰고 있는지 잘 알고 있습니다. 대부분 삼각관계에 놀아나는 쓰레기 같은 사랑 이야기를 쓰거나, 우리 삶과 동떨어진 '특별한' 이야기를 마치 우리 삶인 것처럼 꾸며서 세상을 어지럽게 만들고 있습니다. 뭔가 '특별하게' 보여야 돈을 벌 수 있으니까요.

글을 쓰는 목적을 자기의 삶을 가꾸기 위한 것이지, 돈을 벌거나 이름을 남기기 위해서가 아닙니다. 자기의 삶을 가꾸면서 이웃들 삶까지 가꿀 수 있다면 세상은 저절로 아름다워지지 않겠습니까?

## 생활글

서정홍

예심을 거쳐 올라온 작품이 10편입니다. 원고를 받아들고 마치 봄을 맞이하듯 마음이 설렜습니다. 이런 설레는 마음이 없으면 험한 세상을 어찌 살 수 있겠습니까?

〈시장 할머니〉, 〈아주 잘 지냄〉, 〈운무〉, 〈나는 인간쓰레기가 아닙니다〉, 〈검은 얼굴〉, 〈담벼락 인생〉, 〈구두 수선〉, 〈설상적화〉와 같은 글은 누구나 읽어도 가슴이 찡하리라 생각합니다. 그리고 〈사랑을 배운다〉 외 여러 편을 한꺼번에 응모한 분의 글은 군더더기가 없어 재미있게 잘 읽었습니다.

한편 한편 읽고 느낀 마음을 나누었으면 좋겠습니다만 여기서는 당선작인 〈담벼락 인생〉에 대해서만 소감을 적겠습니다. 감원바람이 불어 "가벼운 형벌을 받아" 서울에서 부산으로 일터를 옮긴 글쓴이가 출퇴근하면서 만난 사람들의 이야기를 목소리 높이지 않고 잔잔하게 썼습니다. 그것도 남의 집 담벼락 아래에서 장사하는 가난한 할머니들의 이야기를 말입니다. "김 과장! 내일 출근할 때에, 회사 들리지 말고 L커피

숍에서 만납시다!" 라는 문자 메시지를 받고 "내일은 틀림없이 한바탕 비나 눈이 오려나 보다." 라고 생각하는 글쓴이는 지금쯤 어찌 되었을지 궁금합니다. 이제는 "가벼운 형벌"이 아니라 "무거운 형벌"을 받고 도시의 밤거리를 떠돌고 있지 않은지……. 앞으로 얼마나 많은 사람들이, 지은 죄라곤 부지런히 일한 죄밖에 없는 사람들이, '무거운 형벌'을 받고 거리를 떠돌지 모르는 세상입니다. 이 글을 읽으면서 가슴이 아팠습니다.

그러나 글을 읽으면서 아쉬운 점도 많았습니다. 한글 맞춤법과 문장 부호에 조금 더 정성을 기울여야 하고, 응모할 때는 누구나 읽기 쉽게 편집을 해야 합니다. 그리고 여기저기 고치고 다듬었으면 좋겠다 싶은 곳도 있었습니다만 자신의 삶과 가난한 이웃들의 삶을 진솔하게 써서 읽는 이들의 마음을 봄비처럼 적셔주리라 여겨 당선작으로 뽑았습니다.

## 기록문

박영희

기록문, 아직은 낯설다. 예심을 거쳐 손에 들어온 7편의 공모작도 예외는 아니었다. 기록이라고 하기에는 산만하고 로포로 보기에도 역시 엉거주춤한 자세다.

한 번은 술잔을 들이켜는 속도로 그리고 다음은 담배를 피우는 속도로 읽었다. 그렇게 해서 남은 작품은 단편 〈누가 홀로 시들어 간 들꽃을 기억할까〉, 〈고운 정 미운 정〉, 〈겨울이 오면 봄은 멀지 않으리〉, 중 · 장편 〈그대, 혼자가 아니랍니다〉 등 4편이었다.

〈누가 홀로 시들어 간 들꽃을 기억할까〉, 〈고운 정 미운 정〉은 아쉬움이 컸다. 두 편 모두 간격을 좁히지 못한 가운데 손만 내밀고 있는, 고모로 대치된 한애자 씨도 담임을 감동시킨 영수도 작자와의 거리가 너무 멀게 느껴졌다. 문학의 모든 장르가 다 그렇겠지만 특히 기록문에서 '천착'은 다시금 되새겨볼 일이다.

노숙인과 술은 가깝고도 먼 한일관계—그리하여 노숙자는 술 때문에 존재하고 또 술 때문에 죽어간다—원고지 80여 매를 통해 한 작자의 삶을 얼마만큼 냉철하게 그려내고 파악할 수 있을지에 대해서는 선뜻 자신할 수 없으나—설령 〈겨울이 오면 봄은 멀지 않으리〉가 주는 내용들이 상당히 유창한 글쓰기의 소유자라 할지라도—단편 당선자로 내세우는 데 있어 큰 망설임은 없었다. 왕년에 내가 잘 나갔다 하더라도 지금 사회는 한번 무너지면 재기가 어려운, 누구라도 기초생활수급자로 노숙자로 전락할 수 있음을 꾸준히 보여주고 있기 때문이다. 후암동 쪽방에 찾아든 봄 햇살이 좀더 오래 머물렀으면 하는 바람이다.

중 · 장편 〈그대, 혼자가 아니랍니다〉는 서너 차례 고심이 뒤따랐다. 확인 작업도 필요했다. 예심에서 넘어온 중 · 장편이 딱 한 편이기도 했거니와 와중에 연작 형태를 띠고 있어서 결정이 쉽지 않았다. 그럼에도 불구하고 욕심을 낼 수밖에 없었던 건 인간의 소중함과 그 눈물들의 기록이 고스란히 묻어났다는 점이다. 광채에 이르기까지는 담금질에서 빼빠, 빠우를 거쳐야 하듯 〈그대, 혼자가 아니랍니다〉 역시 그 과정과 크게 다르지 않았다. 승리보다는 더 많은 패배 속에서도 촛불은 타오르고 있었다.

예심 심사위원: 서해식, 고석근

본심 심사위원: 박영희, 서정홍

# 전태일문학상의 역사와 지향

맹문재(안양대학교 교수)

## 1. 전태일문학상의 제정

1988년 1월 18일, 전국 낙농 · 육우농민 3,000여 명이 국회 앞에서 축산물 수입반대 시위를 펼쳤다. 1월 26일, 서울대 등 10여 개 대학의 학생들과 500여 명의 가톨릭농민회원들이 미국의 수입개방 압력에 대한 규탄대회를 가졌다. 2월 3일, 전국 택시노동조합연맹 중앙위원 60여 명이 택시노련 신고필증 교부를 요구하며 노총회관에서 철야농성을 벌였다. 3월 6일, '민중의 당' 창당대회를 대학로에서 열고 정태윤 대표위원을 선출했다. 4월 1일, 옥포대우조선 노동자들이 임금인상을 요구하며 전면 파업에 들어갔다. 4월 20일, 삼성중공업 거제조선소 노동자들이 노조 신고필증 교부를 요구하며 거제군청에서 농성을 펼쳤다. 4월 27일, 대우중공업 노조는 임금교섭 결렬로 무기한 총파업에 들어갔다. 5월 26일, 1,000여 명의 농민들이 여의도 광장에 모여 농축산물 수입반대 결의대회 가졌다. 5월 29일, 85개 노조 조합원들이 서울지역 노동조합협의회 창립총회를 가졌다. 7월 19일, 전국 축협 조합원 3,000여 명이 여의도 광장에 모여 미국산 쇠고기 수입반대 대회를 가졌다. 8월 1일, 전국 도시노점상연합회 회원과 대학생 1,500여 명이 고려대에서 노점상 탄압 규탄대회를 가졌다. 9월 17일, 전국 도시노점상연합회 소속

1,000여 명이 경희대에서 노점상 강제단속 중지와 빈민 생존권 보장을 요구하며 시위했다. 11월 13일, 노동자 및 재야인사 5만여 명이 전태일 열사 18주기를 맞아 노동법 개정 전국 노동자대회를 개최했다…….[1)]

1987년 6월 항쟁과 7~9월 노동자 대투쟁에 이어 전태일문학상이 제정된 1988년의 상황은 위의 흐름에서 볼 수 있듯이 노동자들이 역사의 전면에 나섰다. 임금노동자 계급이 형성된 이래 최대 규모로 노동운동을 펼친 것이다. 그렇지만 노동해방은 요원한 일이었다. 임금인상, 민주노조의 건설, 작업장 개선, 인간적인 대우 등등의 요구는 사용자 계급의 전략적 차원에서 일부 수용되었을 뿐이었다. 그리하여 노동자들의 단결과 투쟁이 역사적 차원에서 요청되었는데, 전태일문학상이 그 광장을 마련한 것이다.

"내 죽음을 헛되이 하지 말라!"는 피맺힌 절규를 남기고 우리 곁을 떠나갔던 전태일 동지, 오늘 우리는 오랜 억압과 굴종이 낳은 노예적 삶을 깨치고 역사의 주인으로 당당히 나서기 시작한 우리 노동 형제들의 감동적 투쟁을 목도하면서, 전태일 동지의 부활을 가슴 벅차게 확인하고 있다. 전태일 동지가 노동해방의 불길로 산화해간 지 어언 18년, 그는 일천만 노동형제들과 어깨를 걸고 우리 앞에 되살아오게 된 것이다.

그러나 아직도 인간을 억압하고 착취하는 굴레가 엄존하고 있는 현실 속에서 우리는 전태일 동지의 정신을 계승하고 이를 투쟁 속에서 발전시켜야 할 책무를 지니고 있다. 우리가 전태일문학상을 제정한 취지도 이와 같은 것이다. 우리는 전태일문학상을 통해, 불의에 맞서 인간

1) 『선언으로 본 80년대 민족 · 민주운동』(신동아 1990년 1월호 별책 부록), 동아일보사, 348~350쪽에서 발췌함.

답게 살고자 노력하는 모든 사람의 뜨거운 삶과 투쟁의 기록들을 묶어 세우고자 한다. 공장에서, 농촌에서, 철거 현장에서, 학교에서, 그리고 수많은 삶과 일의 현장에서 살아 숨쉬고 있는 우리 민중들의 절절한 사연과 단결된 투쟁의 메아리들을 한데 모음으로써, 우리는 자주 · 민주 · 통일을 향한 큰길에 우리 모두가 함께 있음을 확인하게 되는 것이다."[2)]

전태일문학상은 노동운동 내지 사회운동의 일환이다. 기존의 사회사상이나 제도로는 노동자들의 노예적 삶을 극복할 수 없기 때문에 새로운 인식과 실천행동의 차원에서 제정된 것이다. 인간을 억압하고 착취하는 세력에 맞서 인간답게 살고자 노력하는 모든 노동자들의 삶과 투쟁의 기록들을 모아 연대의 길을 마련하려는 것이다.

## 2. 전태일문학상의 상황

1988년에 제정된 전태일문학상은 2010년 현재 제18회를 맞이하고 있다. 그 상황을 전태일문학상 수상작품집에 수록된 수상자들을 소개하는 방향으로 정리해보고자 한다. 에드워드 할렛 카(Edward Hallett Carr)는 『역사란 무엇인가』에서 "역사란 역사가와 사실 사이의 상호작용의 부단한 과정이며, 현재와 과거 사이의 끊임없는 대화이다"라고 진단했는데, 이 글은 자료 정리에 불과하다. 그렇지만 작품론, 작가론, 역사적인 평가 등을 마련하는 데 기초 자료가 될 수 있을 것이다.

2) 「제1회 전태일문학상 수상작품집을 내면서」, 『불매가』, 세계, 1988, 2쪽.

**〈표1〉 제1회 전태일문학상 상황**[3]

수상일 · 장소: 1989. 1. 20/종로성당
심사위원: 시-김병걸, 신경림/소설-최일남, 박태순/보고문학-이오덕, 임헌영
총 응모 편수: 215명 570편(시-137명 492편/소설-24명 24편/보고문학-10명 10편/기타-44명 44편)

| | | |
|---|---|---|
| 시 | 최우수<br>우수 | 정인화 「불매가」<br>최동민 「보험별곡」 |
| 소설 | 우수 | 이준옥 「민들레」<br>임정량 「터」 |
| 생활글 | 우수 | 황진옥 「내가 살아온 길」 |
| 투쟁기 | 우수 | 임대영 「노동자의 햇새벽이 솟아오를 때까지」<br>사당2동 세입자 대책위 「사당2동 도시빈민 투쟁기」 |
| 수기 | 우수 | 오길성 · 김남일 「전진하는 동지여」 |
| 수상작품집 | | 제1권 『불매가』, 제2권 『전진하는 동지여』(도서출판 세계) |

제1회 최우수상 수상자는 시 부문에 응모한 정인화였다. 그는 1951년 경북 경주에서 태어나 1976년부터 1983년까지 울산의 현대중공업, 현대중전기 등에서 노동자 생활을 했다. 1985년부터 『마산문화』, 『삶의 문학』, 『오월의 문학』 등에 작품을 발표했고, 1987년부터 민중 후보 백기완 선거운동 대책위원회, 민중의 당, 진보정치연합, 민중당 등에 관여했다. 최우수작인 「불매가」를 심사한 김병걸은 심사평에서 "서사시

3) 전태일기념사업회(http://www.chuntaeil.org)의 '전태일문학상'에 제17회까지 정리된 것을 참고했는데, 다소 수정하거나 보충했다.

적 요소가 깃들여진 총 28편의 연작시로서, 지난 1987년 울산의 현대조선 노동조합을 중심으로 일어난 '7 · 8월 노동자 대투쟁'을 묘사한 작품이다. 이 작품에서 돋보이는 것은 1편에서 28편까지의 짜임새 있는 구성이며, (중략) '노동해방을 통한 인간해방'이라는 주제가 노동현장의 구체적 묘사와 함께 잘 조화되어 있다"라고 평가했다. '불매'는 바람을 일으키는 바람틀의 일종, 다시 말해 울산 · 울주 지역에서 사용되는 '풀무'의 방언이다. 그러므로 '불매가'란 불매질의 고단함을 이기기 위해 불렀던 노동요이다. 정인화는 울산 현대조선소 노동조합에서 일어난 7~9월 노동자 대투쟁의 모습을 그 불매가의 형식과 정신으로 담은 것이다. 정인화는 문학상을 수상한 후 『노동해방문학』의 편집위원으로 활동한 것은 물론 『우리들의 밥그릇』(동광출판사, 1989), 『깡다구 동지들아 전진이다』(세계, 1989), 『강이 되어 간다』(노동문학사, 1990), 『소금꽃 · 안개꽃』(일빛, 1991), 『나팔수에게』(노동자의벗, 1992), 『열망』(신생, 2006), 『서럽게도 그리운 세상 하나』(신생, 2009) 등의 시집을 간행했다.

시 부문의 우수작 수상자인 최동민은 1956년 경기도 양평에서 태어나 대한교육보험 양평지부 지부장을 지내다가 실패해 농업에 종사했다. 소설 부문의 우수작 수상자인 이준옥은 1957년 생으로 노동자 부인이다. 또 다른 우수작 수장자인 임정량은 국민대학교 4학년 학생이다. 생활글 부문의 우수작 수상자인 황진옥은 구로동의 나우정밀에서 일하는 주부 노동자였다. 투쟁기(보고문학)의 우수작 수상자인 임대영은 현대정공 창원공장에서 근무하는 노동자이다. 또 다른 우수작 수상자는 사당2동 세입자 대책위원회였다. 수기 부문에서는 오길성과 김남일이 공동창작으로 우수작을 수상했다. 오길성은 1954년 전북 고창 출생으로 라이프제화 노조위원장을 역임했고, 제화공노조위원장 및 성남 민주노조협의회 회장을 맡았다. 김남일은 1957년 경기도 수원 출생으로

1983년 『우리세대의 문학』 2집을 통해 작품 활동을 한 작가로 장편소설 『청년일기』(풀빛, 1987)를 간행했다. 문학상을 수상한 후 『국경』 전7권(풀빛, 1993~1996), 『문익환』(사계절, 2002), 『골목이여 안녕』(창비, 2004), 『책』(문학동네, 2006), 『전우치전』(창비, 2006),『늘 푸른 역사가 신채호』(창비, 2006), 『산을 내려가는 법』(실천문학사, 2007), 『안병무 평전』(사계절, 2007), 『천재토끼 차상문』(문학동네, 2010) 등을 간행했다.

제1회 수상자 중에서 추천 작품으로 선정된 두 사람을 소개할 필요가 있다. 우선 소설 부문의 김인숙으로 그는 1963년에 태어나 1983년 조선일보 신춘문예로 등단했다. 장편소설 『79~80 겨울에서 봄 사이』 전3권(세계, 1987)를 비롯해 다수의 작품을 발표했다. "전태일문학상의 첫해인 만큼 기량이 월등한 기성작가가 수상의 기회를 선점하는 것은 피하는 것이 좋겠다"는 심사위원들의 의견에서 보듯이 아깝게 되었다. 다음으로 생활글 부문에서의 장남수이다. 그는 노동운동가로 『빼앗긴 일터』의 저자이다. 원풍모방 노동자의 수기집인 이 책은 1984년 창작과비평사에서 출간되었다. 1950년대 빈농의 딸로 태어나 1970년대 산업전선에 뛰어든 여성 노동자의 삶이며 인간다운 삶을 추구하기 위해 투쟁하다가 투옥당한 이야기가 생생하게 담겨 있다.

제2회 전태일문학상은 1989년 시행되었는데, 그 상황은 〈표2〉와 같다.

최우수작 수상자인 안재성은 1960년 경기도 용인에서 태어나 1980년 광주민주화운동 관련(계엄포고령 위반)으로 구속되어 강원대학교 3학년 때 제적되었다. 그 후 1983부터 1985년까지 서울 구로공단 및 청계피복노동조합에서, 1986년부터 1989년까지 태백 탄전지대에서 노동운동을 하다가 1993년 국가보안법 위반으로 또다시 구속되었다. 1988년 광산노동 운동사를 정리한 『타오르는 광산』(돌베개)을 출간했으며,

〈표2〉 제2회 전태일문학상 상황

수상일 · 장소: 1989. 11.10/영등포 성문밖교회
심사위원: 시-신경림, 정인화/소설-임헌영, 박태순/보고문학-임헌영
총 응모편수: 65명 338편(시-44명 316편/소설-5명 6편/보고문학-2명 2편/기타-14명 14편)

| | | |
|---|---|---|
| 시 | 우수 | 김종석 「새날, 새날을 여는구나」<br>윤중목 「그대들아」 |
| 소설 | 최우수<br>우수 | 안재성 「파업」(원제 「동지의 약속」)<br>오진수 「슬픈 노래」 |
| 생활글 | 우수 | 이오리 「꿈틀거리는 삶」 |
| 보고문학 | 우수 | 김경만 「마창단결 완전쟁취 89임투 승리하자」 |
| 수상작품집 | | 제1권 『파업』, 제2권 『새날, 새날을 여는구나』(도서출판 세계) |

1989년 제2회 전태일문학상을 수상했다. 수상 작품인 「파업」은 1980년대를 마감하는 노동문학의 소중한 성과로, 최초의 노동장편소설이란 평가를 받으며 파장을 불러일으켰다. 이 작품을 심사한 임헌영은 심사평에서 "80년대 노동운동과 민주화운동이 노학연대의 단계로 접어드는 과정을 극명하게 그린 이 소설은 소모임, 정치학습, 일상투쟁, 해고, 복직투쟁, 노조결성, 구사대와 경찰의 폭력, 분신, 파업농성, 투옥, 노조사수투쟁 등 일련의 노조결성 과정이 실재했던 한 대규모 사업장을 무대로 하여 훌륭하게 정형화시키고 있다. 뿐만 아니라 대중조직과 전위조직의 건설을 둘러싼 여러 정파 간의 이론투쟁과 그들의 사업장에서의 헌신적인 활동 등을 생생하게 그려냄으로써 80년대 후반기 노동운동의 모든 모습을 담아내고 있다."고 평했다. 안재성은 문학상을 수상

한 이후 『사랑의 조건』(한길사, 1991), 『침묵의 산』1, 2권(청년사, 1992), 『어느 화가의 승천』(새길, 2002), 『피에타의 사랑』(웅진출판, 2002), 『환희의 나날』(새길, 1993), 『황금이삭』(삶이보이는창, 2003), 『경성 트로이카』(사회평론, 2004), 『부르지 못한 연지-김시자 평전』(삶이보이는창, 2006), 『이관술 평전』(사회평론, 2006), 『이현상 평전』(실천문학사, 2007), 청계피복노동조합사인 『청계, 내 청춘』(돌베개, 2007), 『이재유』(사계절, 2008), 『한국노동운동사』 1 · 2권(삶이보이는창, 2008), 『홍경래』(아이세움, 2008), 『전봉준』(아이세움, 2009), 『박헌영 평전』(실천문학사, 2009) 등을 간행할 정도로 활발한 활동을 펼치고 있다.

시 부문의 우수작 수상자인 김종석은 1949년 마산에서 출생했다. 집짓기, 폐수처리장 일용노동자로 진보정당 결성을 위한 정치연합 마산지부장으로 활동했다. 또 다른 우수작 수상자인 윤중목은 1962년 경기도 전곡에서 출생해 한국 IBM 노동조합 회계감사를 맡았다. 오랫동안 작품 활동을 하지 않다가 근래에 『캐나다 경제』(창해, 2006), 『인문씨 영화양을 만나다』(미다북스, 2007), 『수세식 똥 재래식 똥』(미다북스, 2010)을 간행하는 등 활동을 재개하고 있다.

소설 부문에서 우수작을 수상한 오진수는 1964년 경북 월성 출생했다. 1980년 서울로 상경한 후 용접공으로 공장생활을 했다. 첫 장편소설인 『검은 하늘 하얀 빛』(지리산, 1992)을 간행했다. 생활글 부문에서 우수작을 수상한 이오리는 1967년 경북 청송에서 출생해 대구 지역에서 일하는 노동자이다. 투쟁기(보고문학) 부문에서 우수작을 수상한 김경만은 대림자동차 노동조합 홍보부장이었다.

제3회 전태일문학은 〈표3〉에서 보듯이 1990년에 시행되었다.

**〈표3〉 제3회 전태일문학상 상황**

수상일 · 장소: 1990. 11. 8/연세대 장기원 기념관
심사위원: 시-신경림, 김남주/소설-윤정모, 박태순/보고문학-임헌영
총 응모편수: 70명 282편 (시-56명 261편/소설-5명 6편/보고문학-5명 6편/기타-4명 9편)

| | | |
|---|---|---|
| 시 | 우수 | 조호상 「누가 나를 이 길로 가라하지 않았네」<br>오철수 「노동자와 기계가 만나 눈물 흘릴 때까지」<br>이행자 「병상에서」 |
| 소설 | 최우수<br>우수 | 김하경 「그해 여름」(원제 「함포만의 8월」)<br>김재호 「다시 살아오는 날」<br>김서정 「열풍」 |
| 보고문학 | 우수 | 이상석 「굴종의 삶을 떨치고」 |
| 수상작품집 | | 제1권 『그해 여름』, 제2권 『열풍』(도서출판 세계) |

최우수작 수상자인 김하경은 인천 출생으로 1978년 교육시평집인 『여교사 일기』를 간행했으며, 1988년 『실천문학』으로 등단했다. 수상작인 「그해 여름」(원제 「함포만의 8월」)은 마산과 창원에서 일어난 노동운동을 그린 장편소설이다. 이 작품을 심사한 박태순 · 윤정모는 "현대정공, 한국중공업, 효성중공업, 세신실업, 대우중공업, 한일합섬, 기아기공, 수출자유지역 입주 공장들에서 일제히 점화되기 시작한 노동의 불꽃들을 실(實)과 명(名) 그대로 밝히면서 통일산업 민주노조 추진위원회를 중심으로 타오르는 파업농성의 전과정을 가열차게 소설문학으로 달구어내고 있다. 그리하여 이 작품 자체가 뜨거워졌고, 그 뜨거움들을 구성하는 여러 이질적 요소들과 다양한 노동자상들의 갈등이 쇳소리(굉음)를 발한다"라고 평했다. 김하경은 문학상 수상 이후 『호루라

기』(과학과사상, 1992), 『눈뜨는 사람』(일터와사람, 1994), 『그래 다시 하는 거야』(현장문학, 1995), 『내 사랑 마창노련』(갈무리, 1999), 『숭어의 꿈』(갈무리, 2003), 『속된 인생』(삶이보이는창, 2006), 『아침입니다』(시대의창, 2010) 등을 간행했다.

시 부문에서 우수작을 수상한 조호상은 1963년 강원도 원주 출생으로 민족문학작가회의 노동문학위원회에서 활동했다. 문학상 수상 이후 『연오랑 세오녀』(산하, 1990), 『누가 나에게 이 길을 가라 하지 않았네』(연구사, 1993), 『똑같은 친구는 없어요』(웅진출판, 1995), 『참말로 참말, 참말로 거짓말』(중앙M&A, 1995), 『얘들아, 역사로 가자』(풀빛, 1995), 『별난 재주꾼 이야기』(사계절, 1998), 『재치가 배꼽 잡는 이야기』(사계절, 1998), 『야생동물 구조대』(사계절, 2001), 『왕이 된 소금장수 을불이』(산하, 2001), 『울지 마, 울산바위야』(한겨레아이들, 2002), 『물푸레 물푸레 물푸레』(도깨비, 2002), 『누군 누구야 도깨비지』(한겨레아이들, 2003), 『주몽의 나라』(알마, 2006), 『아프리카의 옥수수 추장』(우리교육, 2007), 『며느리 방귀 복 방귀』(국민선관, 2009) 등 아동문학 분야에서 활발하게 활동하고 있다. 또 다른 우수작 수상자인 오철수는 1958년 서울에서 출생했다. 1986년 『민의』로 작품 활동을 시작했으며, 민족문학작가회의 노동문학위원회에서 활동했다. 『아버지의 손』(작은책, 1990), 『먼 길 가는 그대 꽃신은 신었는가』(하늘땅, 1991), 『현실주의 시 창작의 길잡이』(연구사, 1991), 『시가 사는 마을』(은의나라금의나라, 1993), 『아주 오래된 사람』(연구사, 1993), 『시 쓰는 엄마』(필담, 1994), 『내 마음이 다 화사해지는 시읽기』(청년문예, 1995), 『시 쓰기 워크숍』전3권(내일을여는책, 1997), 『아름다운 변명』(내일을여는책, 1998), 『나무로부터 배우는 사랑』(내일을여는책, 2000), 『조치원역』(새미, 2001), 『독수리처럼』(손과손, 2008), 『사랑은 메아리 같아서』(동랑커뮤니케이션즈, 2009), 『시 쓰는 엄마 시 읽는 아빠』(동랑커뮤니케이션즈, 2009), 『시가 되는 체험은 따로 있다』(동랑커뮤니케이션즈, 2009)를 비롯한 시 쓰기 길라잡이 전8권 등 활발한 활동을 펼치고 있다. 또 다른 우수작 수상자인 이행자는 1942년 서울에서 출생했다. 수상 이후 『파랑새』(바보새, 2008), 『아 사람아』(지성사, 2006), 『은빛 인연』(바보새, 2004), 『그대 핏줄 속 산불이 시로 빛날 때』(삶이보이는책, 2002), 『시보다 아름다운 사람들』(지성사, 1999), 『흐르는 물만 보면 빨래를 하고 싶은 여자』(지성사, 1994) 등을 간행했다.

소설 부문의 우수작 수상자인 김서정은 1966년 강원도 장평 출생으로 민족문학작가회의 노동문학위원회에서 활동했다. 소설집 『어느 이상주의자의 변명』(연구사, 1993)을 간행했다. 또 다른 우수작 수상자인 김재호는 1962년 서울에서 태어나 모토로라코리아 노동조합의 홍보부장을 맡았다. 소설집 『하늘에 쓰다』(제3문학사, 1997), 『나는 아직도 봄을 기다린다』(민맥, 1994)를 간행했다.

보고문학 우수작 수상자인 이상석은 1952년 경남 창녕 출생으로, 1989년 『사상문예운동』 겨울호에 현장보고 「분단시대의 교단일지」를 발표했다. 전교조 부산지부 부지부장을 맡았으며, 『사랑으로 매긴 성적표』1 · 2권(친구, 1990), 『못난 것도 힘이 된다』(자인, 2003)를 간행했다.

제4회 전태일문학상은 한 해 건너뛰고 1992년 시행되었다. 정확한 사연을 알 수 없으나, 수상작품집을 간행하는 출판사가 바뀐 것으로 보아 재정적인 면에 영향받은 것으로 보인다. 그리고 제3회까지 시행했던 '최우수상' 대신 부문별로 '당선'과 '가작'을 내는 제도로 바뀐 점이 눈에 띈다.

〈표4〉 제4회 전태일문학상 상황

| 수상일 · 장소: 1992. 2. 22/민예총강당<br>심사위원: 시-신경림, 김남주/소설-윤정모, 박태순/보고문학-임헌영<br>총 응모편수: 60명 363편(시-49명 352편/소설-10명 10편/보고문학-1명 1편) | | |
|---|---|---|
| 시 | 당선<br>가작 | 정수하 「검은 땀의 잉크 우리들 노래의 피 1」 외<br>정해민 「우리는 가족이다」<br>김동후 「시련이 오리라」<br>서정홍 「아들에게」 |
| 소설 | 당선<br>가작 | 정혜주 「매혹된 영혼」<br>박일환 「새벽을 지키며」<br>동부노동자문학회 「새벽 안개」 |
| 보고문학 | 당선 | 정종목 「비싼 여름」 |
| 수상작품집 | | 『새벽 안개』(지리산) |

시 부문의 당선작 수상자인 정수하는 1957년 정읍 출생으로 사진식자 기사, 마스터공, 설비공, 용사공 등의 노동을 했다. 가작을 수상한 정해민은 전남 출생으로 사무직 노동자였다. 또 다른 가작 수상자인 김동후는 1965년 충북 청원 출생으로 유리 · 화학 노동자로 영등포 노동자문학회 회원이었다. 또 다른 가작 수상자인 서정홍은 1958년 경남 마산 출생으로 1987년 『풀무』에 시를 발표했고, 1990년 제1회 마창노련 문학상을 수상했다. 마산창원 노동자문학회 회원이었다. 문학상 수상 이후 『윗몸일으키기』(현암사, 1995), 『58년 개띠』(보리, 1995), 『아무리 바빠도 아버지 노릇은 해야지요』(보리, 1996), 『아내에게 미안하다』(실천문학사, 1999), 『우리 집 밥상』(창작과비평사, 2003), 『내가 가장 착해질 때』(나라말, 2008), 『닳지 않는 손』(우리교육, 2008), 『농부시인의 행복

론』(녹색평론사, 2010) 등을 간행했다.

소설 부문의 가작 수상자인 박일환은 1961년 충북 청주 출생이다. 장훈고등학교 국어 교사로 재직 중 전교조에 가입해 해직되었고, 전교조 서울지부 사립지회에서 활동했다. 1997년 『내일을 여는 작가』에 시를 발표했고, 시집 『푸른 삼각뿔』(내일을여는책, 2001), 『끓어진 현』(삶이보이는창, 2008), 산문집 『똥과 더불어 사라진 아이들』(나라말, 2009) 등을 간행했다. 또 다른 가작 수상자는 '동부지역 노동자문학회 준비모임'이었다. 김재호, 신순봉, 이정은, 박윤우 등이 공동창작의 구성원이었다.

보고문학의 당선작 수상자인 정종목은 1961년 충남 공주 출생이다. 1991년 시집 『어머니의 달』(실천문학사)을 간행했고, 풀무기획을 운영했다. 『김창숙』(사계절, 1994), 『복숭아뼈에 대한 회상』(창작과비평사, 1995), 『꽃씨 할아버지 우장춘』(창작과비평사, 1996), 『음악의 바다 바흐』(창작과비평사, 2000), 『역사스페셜』(효형출판, 2001), 『광개토대왕』(주니어랜덤, 2002), 『홍길동전』(창작과비평사, 2003), 『베토벤』(어린이중앙, 2003), 『모차르트』(어린이중앙, 2003), 『흥보전』(창비, 2004), 『박문수전』(창비, 2007) 등을 간행했다.

제5회 전태일문학상은 1993년 시행되었는데, 그 상황은 〈표5〉와 같다.

제5회는 안타깝게도 문학상 수상작품집을 출간하지 못했다. 후원사가 이전의 '지리산' 출판사에서 '사회평론'으로 바뀌었는데, 경제적인 면 등 형편이 어려웠기 때문이다. 따라서 수상자들의 면면이 기록으로 남아 있지 않아 소개하기가 어렵다. 그러므로 필자의 경우만 밝히기로 한다.

맹문재는 1963년 충북 단양 출생으로 1991년 『문학정신』으로 작품

〈표5〉 제5회 전태일문학상 상황

| 수상일 · 장소: 1993. 2. 20 / 민예총강당<br>심사위원: 시-신경림, 김남주 / 소설-임헌영, 박태순, 윤정모<br>총 응모편수: 52명 379편(시-41명 368편 / 소설-11명 11편) | | |
|---|---|---|
| 시<br>가작 | 당선 | 맹문재 「미숫가루를 타며」 외<br>김현아 「소나기」<br>조미라 「겨울산」 |
| 소설 | 당선<br>가작 | 양인호 「터널을 걸어온 사람들」<br>박윤우 「어사용」 |
| 수상작품집 | | 출판 못함 |

활동을 시작했다. 1995년 윤상원문학상을 수상했고, 시집으로 『먼 길을 움직인다』(실천문학사, 1996), 『물고기에게 배우다』(실천문학사, 2002), 『책이 무거운 이유』(창작과비평사, 2005)를 간행했다. 이 밖에 『한국 민중시 문학사』(박이정, 2001), 『패스카드 시대의 휴머니즘 시』(모아드림, 2002), 『세상에서 가장 따스한 집』(북갤럽, 2002, 편저), 『다시 읽는 정지용 시』(월인, 2003, 공저), 『한국 대표노동시집』(도서출판 b, 2003, 공편), 『시창작이란 무엇인가』(화남, 2003, 공저), 『지식인 시의 대상애』(작가, 2004), 『좋은 의자 하나』(도서출판 b, 2004), 『현대시의 성숙과 지향』(소명출판, 2005), 『한국 현대시문학사』(소명출판, 2005, 공저), 『박인환 깊이 읽기』(서정시학, 2006, 편저), 『시학의 변주』(서정시학, 2007), 『한국 현대시사』(민음사, 2008, 공저), 『시론』(황금알, 2008, 공저), 『행복한 시인 읽기』(서정시학, 2009), 『박인환 전집』(실천문학사, 2008, 편저), 『김명순 전집』(현대문학사, 2009, 편저), 『현대시론』(서정시학, 2010, 공저) 등을 간행했다.

제6회 전태일문학상은 1994년 시행되었는데, 상황은 〈표6〉과 같다.

**〈표6〉 제6회 전태일문학상 상황**

수상일 · 장소: 1994. 2 / 민예총강당
심사위원: 최원식, 윤구병, 박태순, 황지우
총 응모편수: 215명 570편

| | | |
|---|---|---|
| 시 | 당선<br>가작 | 황규관 「지리산」 외 9편<br>이철산 「내 시의 주제는」 외 7편 |
| 보고문학 | 가작 | 하종강 「너무 늦게 만난 사람들」 |
| 수상작품집 | | 수상작품집 『항상 가슴 떨리는 처음입니다』(사회평론) |

시 부문 당선작 수상자인 황규관은 1968년 전주에서 태어나 포스데이타 기업통신 지원부에 근무했고, 구로노동자문학회 회원으로 활동했다. 『철산동 우체국』(내일을여는책, 1998), 『물은 제 길을 간다』(갈무리, 2000), 『패배는 나의 힘』(창비, 2007) 등의 시집을 간행했다. 가작 수상자인 이철산은 1966년 대구 출신으로 서울문화사에서 근무했고, 글패 '부활'에서 활동했다.

보고문학 부문 가작 수장작인 하종강은 1955년 인천에서 태어나 1980년부터 1986년까지 인천기독교 도시산업 선교회에서 실무자 활동을 했다. 한국 기독교 산업개발원 연구원, 이경우 법률사무소의 노동상담 실장, 한울노동문제연구소 소장 등을 맡았다. 『노동자는 못 말려』(민맥, 1995), 『그래도 희망은 노동운동』(후마니타스, 2006), 『철들지 않는다는 것』(철수와영희, 2007), 『길에서 만난 사람들』(후마니타스, 2007), 『아직은 희망을 버릴 때가 아니다』(한겨레출판사, 2008), 『울지 말고 당당하게』(이숲, 2010) 등을 간행했다.

제7회 전태일문학상은 2년 동안 시행되지 못하다가 〈표7〉에서 보듯이 1997년 재개되었다. 후원사가 '사회평론'에서 '보리'로 바뀐 점, 기존의 보고문학 대신 글쓰기 분야가 신설된 점, 한동안 시행하지 않았던 '최우수상'을 부활시킨 점 등이 눈에 띈다.

**〈표7〉 제7회 전태일문학상 상황**

수상일 · 장소: 1997. 4. 30/출판문화회관
심사위원: 문학-신경림, 윤정모, 박태순, 김사인/글쓰기-이오덕, 황시백, 이성인, 원종찬
총 응모편수: 시-72명 486편/산문-11명 26편/소설-10명 13편/글쓰기-29명 63편

| | | |
|---|---|---|
| 시 | 최우수<br>우수 | 오도엽 「굵어야 할 것이 있다」<br>곽장영 「수돗물로 오는 봄」 |
| 소설 | 우수 | 김영희 「공단으로 가는 버스」<br>최경주 「현장이야기」<br>이평순 「길」 |
| 글쓰기 | 최우수<br>우수 | 이재관 「왈왈이의 합창」<br>박영숙 「운명이 아무리 괴롭힐지라도」<br>안건모 「살아온 이야기」<br>이정란 「걸레」 |
| 수상작품집 | | 제1권 『왈왈이들의 합창』, 제2권 『굵어야 할 것이 있다』(보리) |

시 부문의 최우수작을 수상한 오도엽은 1967년 전남 광주에서 태어나 창원공단에서 제관노동자로 일했다. 시집 『그리고 여섯 해 지나 만

나다』(실천문학사, 19994), 대담집 『지겹도록 고마운 사람들아』(후마니타스, 2008), 산문집 『밥과 장미』(삶이보이는창, 2010)를 간행했다. 우수작을 수상한 곽장영은 1959년 경북 달성에서 태어나 한국건설기술연구소 행정원으로 일했고, 공익사회서비스노련 편집위원장으로 활동했다.

소설 부문의 우수작을 수상한 김영희는 1973년 경남 진주에서 태어나 사회법률신문사에서 일하며 마산창원노동자문학회인 '참글' 회원으로 활동했다. 또 다른 우수작 수상자인 최경주는 1963년 전남 화순에서 태어나 닥트공으로 일하며 서울지역 건설일용노동조합에서 활동했다. 『닥터공 최씨 이야기』(삶이보이는창, 2006)를 간행했다. 또 다른 우수작 수상자인 이평순은 1972년 경남 남해에서 태어났다. 중학교를 마치고 직물공장에 들어가 일하기 시작했다.

글쓰기 부문에서 최우수작을 수상한 이재관은 1962년 전남 보성에서 태어났다. 1981년부터 현대엔진에서 선반 노동자로 일했고, 노동조합 활동을 했다. 현대중공업과 합병된 다음해인 1990년 골리앗파업으로 구속되었다가 1년 6개월 만에 복직했다. 현대중공업의 현장 이야기를 생생하게 그린 『골리앗 공화국』(보리, 1995)을 간행했고, 노보 편집과 노동조합 선전교육을 맡았다. 최우수작으로 선정된 『왈왈이들의 합창』은 골리앗파업으로 구속되어 감옥 생활을 하면서 체험한 일들을 담은 수기이다. 심사를 맡았던 이오덕은 수상작품집의 추천사에서 "한 노동자가 일하면서 살아가는 사람으로 마땅히 바라고 요구해야 하는 주장을 세우다가 동료들과 함께 그들을 탄압하는 권력의 손아귀에 잡혀 재판을 받고, 갇혀 있는 동안에 당하고 겪는 온갖 일들을 적어 놓은 이 기록문은, 우선 그 확신과 열정에 넘치는 글이 뿜어내는 힘에 읽는 사람이 끌려갔습니다"라고 평했다.

글쓰기 부문에서 우수작을 수상한 박영숙은 1967년 서울에서 태어났다. 초등학교를 마치고 명동의상실에서 공장생활을 시작했고, 평화시장에서 일하며 청계노조에서 활동했다. 또 다른 우수작 수상자인 안건모는 1958년 서울에서 태어났다. 고등학교 2학년 때 학업을 그만두고 여러 직업을 떠돌다가 1985년부터 시내버스 운전기사로 일했다. 『거꾸로 가는 시내버스』(보리, 2006)를 간행했다. 또 다른 우수작 수상자인 이정란은 1968년 충남 서산에서 태어나 임상병리사로 일했다.

제8회 전태일문학상은 1998년 시행되었는데, 그 상황은 〈표8〉과 같다. 이전까지 시행되지 않던 '입선'을 신설한 것이 눈에 띈다.

**〈표8〉 제8회 전태일문학상 상황**

수상일 · 장소: 1998. 11. 7/98 민중대회 전야제
심사위원: 문학-신경림, 박태순, 김사/글쓰기-이오덕, 황시백, 이성인, 원종찬
총 응모편수: 시-100명 778편/소설-24명 27편/생활글 · 기록문-46명 79편

| | | |
|---|---|---|
| 시 | 우수 | 박금란 「늙은노동자의 어렸을 적 저녁노을」 |
| | | 유정탁 「양정동부르스」 |
| | 입선 | 이창수 「고집센 염소」 |
| | | 한민자 「겨울바다」 |
| 소설 | 장편소설 우수 | 한웅규 「사람 발자국에 머물다」 |
| | 단편소설 우수 | 김해자 「최명아」 |
| | 입선 | 김도영 「국화야 국화야」 |
| 생활글<br>기록문 | 우수 | 김윤심 「전일본군위안부 김윤심 할머니 수기」 |
| | | 안윤길 「아내」 |
| | | 김윤미 「15원 벌기」 |
| | 입선 | 이희택 「노동자전」 |
| | | 이필화 「목련꽃이 필 때면」 |
| 수상작품집 | | 제1권 『부끄러운 건 우리가 아니고 너희다』, 제2권 『사람, 발자국에 머물다』(작은책) |

시 부문 우수작 수상자인 유정탁은 1968년 경남 거창에서 태어났다. 고등학교 졸업 후 1987년부터 1998년까지 현대자동차에서 일했다. 또 다른 우수작 수상자인 박금란은 1954년 강원도 묵호에서 태어났다. 1994년 삼익악기에서 해고당하고, 황토벗누리회 대표로 활동했다. 입선작 수상자인 한민자는 1968년 충남 서산에서 태어나 임상병리사로 일했고, 서산노동자문학회 회원이다. 또 다른 입선작 수상자인 이창수는 1970년 전남 보성에서 태어나 광주대학교 문예창작과 학생이다.

장편소설 부문에서 우수작을 수상한 한웅규는 1958년 출생으로 검정고시를 거쳐 대학을 졸업하고 주택은행과 평화은행에서 일했다. 수상작 「사람, 발자국에 머물다」는 1961년 5 · 16군사 쿠데타의 시기부터 1980년 광주민주화 항쟁에 이르는 시기의 밑바닥 통속 이야기이다. 단편소설 부문에서 우수작을 수상한 김해자는 1962년 전남 목포에서 태어났다. 한국샤프를 비롯한 봉제공장 미싱사로 일했고, 인천노동자문학회에서 활동했다. 수상작인 「최명아」는 민주노총 조직1부장으로 일하다가 과로로 쓰러져 타계한 최명아 씨를 그린 실명 소설이다. 시집 『무화과는 없다』(실천문학사, 2001), 『축제』(애지, 2007)를 간행했다. 입선작 수상자인 김도영은 1966년 경기도 여주에서 태어나 자유기고가로 활동했다.

생활글 · 기록문 부문에서 우수작을 수상한 김윤심은 1930년 전남 해남에서 태어났다. 초등학교를 졸업하고 1943년 하얼빈으로 끌려가 일본군 위안부가 되었다. 이듬해 도망쳐 나왔지만 다시 붙잡혔다. 1945년 4월 탈출, 어느 고깃배에 구조되어 두 달간 뱃사공의 시중을 들었다. 1945년 6월 일본군에 끌려갈 것이 두려워 결혼했으나 실패, 1958년 재혼해 딸을 낳았다. 딸을 데리고 서울로 올라와 바느질, 봉제공장, 아파트 청소 등을 하며 생계를 이어갔다. 1993년 정신대 할머니로 신고한 뒤 한국 정신대문제 대책협의회에서 활동했다. 일본, 미국, 북아일랜드 등지에서 일본군 위안부에 관한 증언을 했다. 수상작 「부끄러운 건 우리가 아니고 너희다」는 일본군 위안부 생활을 생생하게 담은 수기이다. 이 글을 심사한 이오덕은 심사평에서 "이것은 소설보다 더 엄청난 이야기다. 우리 민족의 피맺힌 수난의 역사를 증언한 놀라운 기록이다"라고 평했다.

또 다른 우수작 수상자인 안윤길은 1953년 경북 김천에서 태어났다. 중학교를 졸업한 뒤부터 한진중공업에서 일하다가 군대를 다녀온 후 대우조선을 거쳐 현대중공업에서 일했다. 현재중공업 노동조합에서 활동했다. 입선작 수상자임 이희택은 1965년 경북에서 태어났다. 1987년 군 제대 후 철공소, 컨테이너 공장, 빵공장, 가구공장, 전구공장, 원심분리기 만드는 공장, 전기 배선 등 온갖 일을 했다. 1990년 현대자동차에 들어가 일했다. 또 다른 입선작 수상자인 김윤미는 노동자로 서산노동자문학회 회원으로 활동했다.

제9회 전태일문학상은 2년 동안 중지되었다가 2001년 시행되었다. 후원사는 변함이 없었고, '최우상' 제도를 부활시킨 점이 새로운데, 그 상황은 〈표9〉와 같다.

시 부문의 최우수작을 수상한 장옥자는 1964년에 태어났다. 미싱사로 청계피복노동조합에서 활동했고, 서울지역 의류제조업 노동조합 사무국장을 맡았다. 우수작을 수상한 조수관은 1977년 전북 진안에서 태어났고 추계예술대학 문예창작학과 학생이다. 또 다른 우수작 수상자인 조혜영은 1965년 충남 서산에서 태어나 신성무역, 아남전기, 대준물산 등에서 일했다. 인천노동자문학회에서 활동했으며, 초등학교 급식실에서 조리사 일을 했다. 시집 『검지에 핀 꽃』(삶이보이는창, 2005)을 간행했다.

〈표9〉 제9회 전태일문학상 상황

수상일 · 장소: 2000. 4. 28 / 종로구민회관
심사위원: 문학-신경림, 김명환, 박태순, 윤정모, 이인휘 / 생활글 · 기록문-이오덕, 원종찬, 안건모
총 응모편수: 시-55명, 274편 / 소설-20명, 24편 / 생활글-31명, 66편 / 기록문-2명, 2편

| | | |
|---|---|---|
| 시 | 최우수<br>우수 | 장옥자 「내 안에 살아 있는 사랑에 대하여」<br>조수광 「비가 1」 외<br>조혜영 「이팝꽃」 외 |
| 소설 | 우수 | 김진영 「뜀틀 넘는 고양이」<br>이희택 「고향에서」<br>김영희 「선택」 |
| 생활글<br>기록문 | 최우수<br>우수<br>입선 | 박기범 「어머니와 나」<br>이경남 「오월의 회고 - 특전병사의 20년만의 고백」<br>배애순 「어머가 감옥에서 데려 나온 딸」<br>기은미 「뒤늦게야」<br>김유정 「이 채소 오늘 온 거 맞아요?」<br>이호승 「전태일과 나의 인생」 |
| 수상작품집 | | 제1권 『내 안에 살아 있는 사랑에 대하여』, 제2권 『어머니와 나』(작은책) |

소설 부문에서 우수작을 수상한 김진영은 1970년 경북 영양에서 태어나 경기도 부천에 있는 복사골문학회에서 활동했다. 또 다른 우수작 수상자인 이희택은 1965년 출생으로 중소기업에서 일하다가 군대를 다녀온 후 1990년 현대자동차 승용1공장에서 일했다. 1998년 제8회 전태일문학상 생활글 · 기록문 부분에 입선되기도 했다. 또 다른 우수작

수상자인 김영희는 1970년 경남 진주에서 태어나 창원공단에서 일했다. 마창노동자문학회 '참글' 회원이었다.

생활글 · 기록문 부문 우수작을 수상한 이경남은 1956년 충남 아산에서 태어나 감리교 목사이다. 입선작 수상자인 배애순은 1928년 경남 김해에서 태어나 창원에서 활동했다. 또 다른 입선작 수상자인 기은미는 1969년 전남 장성에서 태어나 울산에서 성장했다. 울산 노동자 글쓰기 모임인 '우리글'에서 활동했다. 또 다른 입선작 수상자인 이호승은 1938년 강원도 원주에서 태어나 1968년부터 1980년까지 벽산노동조합 지부장을 맡았다.

제10회 전태일문학상은 2001년 시행되었는데, 그 상황은 〈표10〉과 같다.

**〈표10〉 제10회 전태일문학상 상황**

수상일 · 장소: 2001. 4. 28 / 종로구민회관
심사위원: 문학-신경림, 박태순, 이행자, 이인휘 / 생활글 · 기록문-황시백, 원종찬, 안건모
총 응모편수: 215명 570편(시-137명 492편 / 소설-24명 24편 / 보고문학-10명 10편 / 기타-44명 44편)

| | | |
|---|---|---|
| 시 | 최우수<br>우수 | 김병섭 「실업일기 13」 외<br>배재운 「안내」 외<br>조경선 「좋겠네, 도시 처녀 농촌으로 시집가서」 외 |
| 소설 | 최우수 | 홍명진 「바퀴의 집」 |
| 생활글<br>기록문 | 최우수<br>우수<br>입선 | 추송례 「어김없이 봄은 오는가」<br>이근제 「살아온 이야기」<br>박광현 「노동자가 되기까지」<br>박병두 「경비원 김씨」 |
| 수상작품집 | | 『실업일기』(작은책) |

시 부문 최우수작 수상자인 김병섭은 1962년 충남 태안에서 태어났다. 우수작 수상자인 배재운은 1958년 경남 창녕 출생으로 창원공단에서 일했다. '객토' 동인으로 활동했으며, 시집 『맨얼굴』(갈무리, 1009)을 간행했다. 또 다른 우수작 수상자인 조경선은 1972년 생으로 1995년부터 전국농민회총연맹 실무 간사로 일했다.

소설 부문 최우수작 수상자인 홍명진은 1966년 경북 영덕에서 태어나 인천노동자문학회에서 활동했다. 2001년 전국노동자문학회 기관지인 『삶글』에 중편소설 「움딸」을 발표했고, 소설집 『숨비소리』(삶이보이는창, 2009)를 간행했다.

생활글 · 기록문 부문 최우수작을 수상한 추송례는 1957년 전남 완도에서 태어나 중학교 졸업 후 인천의 대성목재에서 일했다. 그 후 동일방직에 입사했지만 1978년 해고당했다. 이듬해 섬유노조 위원장 김영태의 통일주체국민회의 대의원 낙선운동과 동일방직 해고자 복직운동을 하다가 1년간 구속되었다. 1980년 부산 삼화고무에 취직해 노동운동을 펼쳤다. 1987년 길을 함께 가던 남편이 타계하자 현장생활을 접고 도시 빈민 자녀들과 장애인들을 돌보기 시작했다. 1994년 시각장애인 남편과 재혼해 물리치료실을 운영하여 장애인을 돕고 있다. 이 글을 심사한 안건모는 심사평에서 "동일방직 얘기는 주워들은 얘기나 책으로 조금 봐왔지만 그때 그 현장에서 있던 노동자가 실제로 이렇게 생생하게 쓴 건 처음인 듯하다. 말로만 듣던 20세 꽃다운 처녀들의 나체시위사건과 똥물사건도 실제로 당한 노동자가 썼기 때문에 이렇게 생생하고 처절하게 나올 수 있지 않았나 싶다"라고 평했다. 우수작 수상자인 이근제는 1956년 충북 음성에서 태어나 초등학교 졸업 후 상경해 노동일을 했다. 고향에 내려가 농사를 짓다가 1985년 인천으로 다시 올라와 대우자동차에 입사했다. 입선작 수상자인 박광현은 1964년 전남 강진에서 태어나 중학교 2학년 때 학업을 그만두고 상경해 노동자가 되었다. 1998년 동해운수에 입사해 버스운전을 했다. 또 다른 입선작 수상자인 박병두는 1964년 전남 해남에서 태어나 경기지방경찰청 수원남부경찰서에 근무했다.

제11회 전태일문학상은 2002년 시행되었는데, 그 상황은 〈표11〉과 같다. 후원사가 '작은책'에서 제5회 및 제6회에 후원한 적이 있는 '사회평론'으로 바뀐 사항이 크게 달라진 점이다.

**〈표11〉 제11회 전태일문학상 상황**

수상일 · 장소: 2002. 11. 9 / 종로구민회관
심사위원: 시: 신경림 / 소설: 박태순 / 생활글 · 기록문: 안건모
총 응모편수: 92명 498편(시-450편 58명 / 소설-15편 11명 / 생활글-33편 23명

| | | |
|---|---|---|
| 시 | 당선<br>가작 | 임성용 「저녁무렵」 외<br>이필 「우리끼리는」 외<br>임재동 「나는 모래를 꿈꾼다」 외 |
| 소설 | 당선 | 김성란 「제5병동」 |
| 생활글<br>기록문 | 가작 | 노영미 「소외된 비정규직의 517일」<br>나미리 「임금인상보다 더 기쁜 것」 |
| 수상작품집 | | 『제5병동』(사회평론) |

시 부문 당선작 수상자인 임성용은 1965년 전남 보성에서 태어났다. 고등학교 졸업 후 상경해 구로, 안산 등지에서 공장 노동자 생활을 했고, 구로노동자문학회 회원이었다. 시집 『하늘공장』(삶이보이는창, 2007)을 간행했다. 가작으로 선정된 임재동은 1960년 인천에서 태어나 사진작가, 대금 연주가, 시 낭송가로 활동했다. 또 다른 가작 수상자인

이필은 1965년 서울에서 태어나 1980년부터 노동자의 생활을 했다. 1992년 일하는 사람들의 글모음인 『오이꽃 편지』를 발간했다.

소설 부문 당선작 수상자인 김성란은 1956년 부산에서 태어났다. 1988년 한미병원에 입사해 노동조합 위원장으로 활동했다. 1989년 인근병원 해고자 복직투쟁을 지원하다가 업무방해죄로 구속되었다. 1990년 출소한 후 병원노련 부산본부 교선부장, 대형트롤선원노조 교선부장, 전국운송하역노조 교선부장 등을 맡았다.

생활글 · 기록문 가작 수상자인 노영미는 1973년 태어나 1997년 한국통신 대방전화국에서 입사했다. 2000년 노동조합 가입으로 해고통지서를 받고 총파업에 동참했다. 또 다른 가작 수상자인 나미리는 1959년 출생해 전북 지역 일반노동조합 위원장을 맡았다.

제12회 전태일문학상은 2003년 시행되었는데, 그 상황은 〈표12〉와 같다.

**〈표12〉 제12회 전태일문학상 상황**

<table>
<tr><td colspan="3">수상일 · 장소: 2003. 11. 7 / 민주노총 서울지역본부 3층 강당<br>심사위원: 시 - 김진경, 김사인; 맹문재, 문동만(예심) / 설 - 안재성, 공선옥; 윤동수(예심) / 생활글 - 안건모; 신정숙, 이한주(예심)</td></tr>
<tr><td>시</td><td>당선<br>가작</td><td>없음<br>윤석정 「자목련」 외<br>임희구 「곱창」 외</td></tr>
<tr><td>소설</td><td>당선<br>가작</td><td>김옥숙 「너의 이름은 희망이다」<br>서창덕 「꿈의 전화」<br>조채운 「그 많던 차장은 다 어디로 갔을까?」</td></tr>
<tr><td>생활글</td><td>당선<br>가작</td><td>정경식 「결코 멈출 수 없다」<br>김명순 「운명의 배반」</td></tr>
<tr><td>수상작품집</td><td></td><td>『너의 이름은 희망이다』(사회평론)</td></tr>
</table>

시 부문에서는 아쉽게 당선작이 없었고, 대신 2명의 가작이 선정되었다. 윤석정은 전북 장수에서 태어났다. 중앙대학교 대학원 문예창작학과의 학생이었다. 또 다른 가작 수상자인 임희구는 1965년 서울에서 태어나 시집 『걸레와 찬밥』(시평사, 2004)을 간행했다.

소설 부문 당선작 수상자인 김옥숙은 1968년 경남 합천에서 태어났다. 2003년 매일신문 신춘문예에 시가 당선되기도 했다. 가작 수상자인 서창덕은 1966년 경남 거창에서 태어나 전국금융노조 부산은행지구 위원장을 맡았다. 또 다른 가작 수상자인 조채운은 1979년 경남 창원에서 태어났다. 인천대학교 국어국문학과의 학생이었다.

생활글 · 기록문 부문 당선작 수상자인 정경식은 1958년 경남 사천에서 태어났다. 농고를 졸업하고 경기도 양주에 있는 풀무원공동체에서 있다가 1984년부터 전북 부안에서 농사를 짓기 시작했다. 유기농업단체인 정농회 부회장과 우리농업살리기연대 집행위원장을 맡았다. 가작 수상자인 김명순은 1972년 중국 요녕성에서 태어났다.

제13회 전태일문학상 2004년 시행되었는데, 상황은 〈표13〉과 같다.

시 부문 당선작 수상자인 서상규는 1955년 서울에서 태어났다. 2003년 동양일보 신춘문예에 당선된 경력을 가지고 있다. 우수작 수상자인 김아름은 1983년 태어나 e-조은뉴스 사회부 기자로 일했다. 또 다른 우수작 수상자인 주영국은 1964년 전남 신안에서 태어나 공군기상대 예보실에서 근무했다.

소설 부문 당선작 수상자인 강효정은 1970년 부산에서 태어나 전쟁과 차별을 반대하는 고양사람들의 모임인 '평화바람'의 상임위원, 민주노동당 일산갑지부 부원장으로 활동했다. 우수작 수상자인 유가원은 1948년 서울에서 태어나 금호고속에 재직하다가 2000년 명예퇴직했다. 또 다른 우수작 수상자인 정춘희는 1965년 경북 영천에서 태어났

〈표13〉 제13회 전태일문학상 상황

| 수상일 · 장소: 2004. 11. 3/배제정동빌딩 〈민주화운동기념사업회〉 교육장<br>심사위원: 시-맹문재, 나희덕; 이한주, 박일환(예심)/소설-안재성, 공선옥; 전성태(예심)/생활글-김하경, 안건모; 신정숙, 박수정(예심) | | |
|---|---|---|
| 시 | 당선<br>우수 | 서상규 「인력시장에서」 외<br>김아름 「나이테가 새겨진 폐」 외<br>주영국 「어머니의 단층집」 외 |
| 소설 | 당선<br>우수 | 강효정 「기차, 언제나 빛을 향해 경적을 울리다」<br>유가원 「위대한 결단」<br>정춘희 「폭염」 |
| 생활글 | 당선<br>우수<br>특별상 | 오도엽 「참 고마운 삶」<br>송영애 「노점상 아줌마의 일기」 우대성 「후회」<br>노회찬 「선대본 일기」 |
| 수상작품집 | | 『기차, 언제나 빛을 향해 경적을 울리다』, 『힘내라 진달래』(사회평론) |

다. 경희사이버대 미디어문예창작학과의 학생이었다.

생활글 부문의 당선작 수상자인 오도엽은 1967년 전남 광주 출신이다. 제7회 전태일 문학상 시 부문 수상자이기도 하다. 우수작 수상자인 송영애는 1970년 전남 진도에서 태어났다. 위례상업고등학교의 명예교사이다. 또 다른 우수작 수상자인 우대성은 1966년 강원도 영월에서 태어나 부산곰두리휠체어농구단 선수로 활약했다.

제13회 전태일문학상에서 특기할 사항은 특별상이 수여된 점이다. 그 첫 수상자는 노회찬 의원이었다. 노회찬은 1956년 부산에서 태어나 1973년 유신독재 반대운동을 시작으로 1987년 인천지역 민주노동자연맹 창립, 매일노동뉴스 발행인, 진보정당추진위원회 및 진보정치연합 대표를 역임했다. 민주노동당 사무총장, 중앙선거대책본부장을 거쳐 2004년 제17대 민주노동당 국회위원이 되었다. 그의 『힘내라 진달래』는 제17대 총선 기간인 2004년 1월 5일부터 3월 31일까지 민주노동당 중앙선거대책본부장을 맡고 운동하면서 기록한 일기이다. 전태일문학상 운영위원회와 심사위원들은 민주노동당의 국회 진출은 한국 노동운동사에서 중요한 사건이고, 기록의 역사성이 충분하다고 평가해 수상을 결정했다.

제14회 전태일문학상은 〈표14〉와 같이 2005년에 시행되었다.

**〈표14〉 제14회 전태일문학상 상황**

수상일 · 장소: 2005. 11. 6 / 중구 구민회관
심사위원: 시 - 맹문재, 나희덕 / 소설 - 안재성, 공선옥 / 생활글 - 김하경, 이인휘

| 부문 | 구분 | 수상자 및 작품 |
|---|---|---|
| 시 | 당선 | 이맹물 「비명(悲鳴)-마이크로칩 공장」 외 |
| | 우수 | 박소란 「겨울밤, 아기단풍」 외 |
| | | 오진엽 「철도원 부부」 외 |
| | | 장종의 「학춤」 외 |
| 소설 | 당선 | 없음 |
| | 우수 | 김인철 「깨어 있는 시간」 |
| | | 장용돈 「비둘기들의 서식처」 |
| 생활글 | 당선 | 석연옥 「장롱」 |
| | 우수 | 신영순 「보고싶다, 물봉선화가」 |
| | | 최경호 「희망의 언덕」 |
| 특별상 | | 임효림 「피를 먹고 자라는 나무」 외 |
| 수상작품집 | | 『비명(悲鳴)-마이크로칩 공장』(사회평론) |

시 부문 당선작 수상자인 이맹물은 1977년 경북 영양에서 태어났다. 공장 노동자생활을 하며 생태 및 노동관련 자유기고가로 활동했다. 우수작 수상자인 박소란은 1981년 서울에서 태어나 영화 월간지 COREA에서 활동했다. 또 다른 우수작 수상자인 오진엽은 1969년 전북 전주에서 태어났다. 한국철도공사 1호선 전동차의 차장이었다. 또 다른 우수작 수상자인 장종의는 전남 영광에서 태어났다. 한신대학교 문예창작학과의 학생이었다.

소설 부문에는 당선작이 없었고, 우수작 2편이 대신 선정되었다. 우수작 수상자인 김인철은 1975년 서울 출생으로 2004년 『스토리문학』에 작품을 발표했으며 외국어학원 영어강사였다. 또 다른 우수작 수상자인 장용돈은 1969년 전북 고창에서 태어났다. 부산국제영화고등학교 교사로 재직하며 전국교직원노동조합 부산국제영화고등학교 분회장을 맡았다.

생활글 부문 당선작 수상자인 석연옥은 1968년 경북 달성에서 태어났다. 직장생활을 하다가 서울에 올라와 가정을 이루었다. 우수작 수상자인 신영순은 1965년 전남 곡성에서 태어났다. 중학교 졸업 후 효성물산에 입사했으나 노조탄압으로 1984년 퇴사했다. 또 다른 우수작 수상자인 최경호는 경기도 지방공무원으로 안산시 건축과에 재직했다.

제14회 전태일문학상에서도 특별상이 선정되었다. 수상자는 「피를 먹고 자란 나무」 외 3편을 투고한 임효림으로 그의 민주화운동 공로가 인정되었다.

제15회 전태일문학상은 〈표15〉와 같이 2006년 시행되었다.

시 부문 당선작 수상자인 이명윤은 경남 통영에서 태어나 시집 『수화기 속의 여자』(삶이보이는창, 2008)를 간행했다. 우수작 수상자인 김양진은 1964년 경북 청송에서 태어나 인쇄회로기판 제조업에 종사했다. 또

〈표15〉 제15회 전태일문학상 상황

| 수상일 · 장소: 2006. 11. 11 / 민주화운동기념사업회 강당<br>심사위원: 시-김해자, 맹문재; 문동만, 조혜영(예심) / 소설-김하경, 안재성; 정해주, 전성태(예심) / 생활글-안건모, 이근재; 이한주, 신정숙(예심) | | |
|---|---|---|
| 시 | 당선<br>우수 | 이명윤 「수화기 속의 여자」 외<br>송기역 「트렉터 순례자들의 노래」 외<br>유현아 「어머니의 청계천2」 외<br>김양진 「뒷간 천정에 목을 맨 그는」 외 |
| 소설 | 당선<br>우수 | 최용탁 「단풍 열 끗」<br>허기 「백명암」<br>김재성 「요리사」 |
| 생활글 | 당선<br>우수 | 최영미 「즐거운 곳에서는 날 오라 하여도」<br>김만년 「연어」<br>서분숙 「현대차 노동자들 , 참교육의 선봉에 서다」 |
| 수상작품집 | | 『단풍 열 끗』(사회평론) |

다른 우수작 수상자인 송기역은 1972년 전북 고창에서 태어나 『허세욱 평전』(삶이보이는창, 2010)을 간행했다. 또 다른 우수작 수상자인 유현아는 1970년 서울에서 태어나 교보생명에서 일했다.

소설 부문 당선작 수상자인 최용탁은 1965년 충북 중원에서 태어나 충주에서 농사를 짓고 있다. 소설집 『미궁의 눈』(삶이보이는창, 2007)을 간행했다. 우수작 수상자인 허기는 1960년 경북 상주에서 태어났다.

생활글 부문 당선자인 최영미는 1973년 경기도 김포에서 태어나 가정을 이루고 있다. 우수작 수상자인 김만년은 1961년 경북 예천에서 태어나 봉화에서 성장했다. 『월간문학』으로 등단했고, 한국철도공사 홍보실에서 근무했다. 또 다른 우수작 수상자인 서분숙은 1967년 경북 대구에서 태어났다. 1993년부터 울산에서 비정규직 교사로 아이들에게 역사와 지리를 가르치고 있다.

제16회 전태일문학상은 〈표16〉에서 볼 수 있듯이 2007년에 시행되었다.

**〈표16〉 제16회 전태일문학상 상황**

수상일 · 장소: 2007. 11. 10 / 중구구민회관
심사위원: 시 - 오철수, 맹문재, 문동만 / 소설 - 안재성, 이인휘 / 생활글 · 기록문 - 김순천, 박수정, 안건모, 이한주

| | | |
|---|---|---|
| 시 | 당선 | 송유미 「희망 유리 상회」 외 |
| 소설 | 당선<br>우수 | 정윤 「회양나무숲」<br>박수경 「어깨너머 그 빛」<br>오민택 「태양은 뜬다」 |
| 생활글 · 기록문 | 특별상 | 최경호 「작은 날갯짓」 |
| 수상작품집 | | 『회양나무숲』(사회평론) |

시 부문 당선작 수상자인 송유미는 서울에서 태어나 경향신문 신춘문예로 등단했다. 청소용역회사 등에서 일했으며, 오마이뉴스 시민기자로 활동 중이다.

소설 부문 당선작 수상자인 정윤은 1965년 경남 삼천포에서 태어났다. 강원도 묵호, 서울 등지에서 살다가 경남 창원에서 거주하고 있다. 마창노동자문학회 '참글'에서 활동했다. 우수작 수상자인 박수경은 1987년 강원도 동해에서 태어났다. 또 다른 우수작 수상자인 오민택은

원양어선의 선원, 기아자동차 광주공장에서 일하며 노동조합 대의원으로 활동했다.

제16회 전태일문학상 기록 부문에서 특별상이 나왔다. 수상자는 최경호로 1980년 경기도 지방공무원에 임용되어, 2003~2004년 전국공무원노동조합 안산시 지부장을 역임했다. 제14회 전태일문학상 수상자이기도 했다. 투고한 작품은 공무원들이 노조를 만드는 과정을 기록한 것으로 기록적 가치가 인정되었다.

제17회 전태일문학상은 〈표17〉에서 보듯이 2008년 시행되었다.

**〈표17〉 제17회 전태일문학상 상황**

수상일 · 장소: 2008. 11. 8/중구구민회관
심사위원: 시-백무산, 최종천; 맹문재, 이한주(예심)/소설-오수연, 김영현; 김서정, 전성태(예심)/생활글-홍세화, 김용심; 안건모(예심)

| | | |
|---|---|---|
| 시 | 당선<br>우수 | 김후자 「고리」 외<br>최일걸 「김밥말이 골목」 |
| 소설 | 당선<br>우수 | 백정희 「황학동 사람들」<br>박은창 「깍다」<br>김학찬 「和睦夜學(화목야학)」 |
| 생활글 · 기록문 | | 수상작 없음 |
| 수상작품집 | | 『황학동 사람들』(사회평론) |

시 부문 당선작 수상자인 김후자는 1968년 경북에서 태어나 평화문단 동인으로 활동하고 있다. 우수작 수상자인 최일걸은 1967년 전북 진안에서 태어났다. 1997년 한국일보 신춘문예에 동화가, 2006년 조선일보 신춘문예에 희곡이 당선된 경력을 가지고 있다.

소설 부문 당선작 수상자인 백정희는 전남 무안에서 태어나 1998년 농민신문 신춘문예로 등단했다. 소설집 『탁란』(삶이보이는창, 2010)을 간행했다. 우수작 수상자인 박은창은 백제예술대학 영상문예과를 졸업했다. 또 다른 우수작 수상자인 김학찬은 고려대학교 국어교육과의 학생이다.

### 3. 전태일문학상의 지향

전태일문학상의 지향을 모색하기 위해서는 다른 문학상의 운영 상황과 문제점들을 살펴보는 것이 필요하다.[4] 2010년 현재 시행되고 있는 문학상 수는 200여 개가 넘는다. 한국문화예술위원회가 2005년부터 2009년까지 발간한 『문예연감』에 따르면 문학상 수는 2004년 167개, 2005년 146개, 2006년 166개, 2007년 190개, 2008년 211개 등 상당히 많다. 수집 방법에 따라 차이가 날 수 있지만 문학상이 증가하고 있는 것을 알 수 있다.

문학상이 난립하는 이유는 무엇보다도 문학잡지의 증가를 들 수 있다. 역시 『문예연감』에 따르면 2004년 204종, 2005년 228종, (2006년 집계 없음), 2007년 271종, 2008년 264종, 2009년 289종 등 문학잡지 역시 계속 증가하고 있다. 문학잡지들은 자신들의 입지를 구축하기 위한 전략으로, 또는 상업적으로 이용하려는 의도로 문학상을 시행하고 있는 것이다. 지방자치 단체들이 문학상을 문화정책의 일환으로 삼고

4) 아래의 내용은 맹문재, 「문학상의 빛과 그림자」(『현대시학』, 2009년 8월호, 207~218쪽)에서 발췌함.

있는 것도 문학상이 증가하는 한 원인이다. 지방자치 단체들은 자신들의 지역을 홍보하거나 관광사업의 차원에서 문학상을 시행하고 있는 것이다. 언론사나 각종 단체들도 홍보 효과나 정체성을 확립하기 위해 문학상을 시행하고 있다. 전태일문학상도 이 경우에 해당된다고 볼 수 있다. 전태일 열사의 정신을 계승하고 발전시켜 노동자들의 노예적 삶을 극복하고 역사적 주인이 될 수 있도록 함께하려는 것이다.

문학상은 작가의 작품에 권위를 부여하는 것은 물론이고 독자들과 문학사에 영향을 끼친다. 그런데도 불구하고 많은 문학상들이 큰 관심을 끌지 못할 뿐 아니라 오히려 각종 추문에 휩싸이고 있다. 그 우선적인 이유는 자격을 갖추지 못한 문학상들이 난립하기 때문이다. 그리하여 문단의 상황을 어느 정도 알고 있는 문인이나 독자들은 문학상이 발표되어도 별 관심을 보이지 않고 냉소를 보인다.

문학상은 작가의 업적을 평가하고 인정하는 차원을 넘어 권위를 낳는 제도이다. 따라서 운영 주체나 수상자만을 위해서는 안 되고 좀더 무거운 책임감을 가져야 한다. 막연한 기준이 아니라 문학상의 취지에 맞는 기준을 설정하고 운영 과정에 공정성을 담보해야 된다. 대부분의 심사 결과가 만장일치로 수상자를 결정했다고 발표하는데, 이것이야말로 심사 과정이 엄격하지 않음을 보여주는 면이다.

심사 과정의 공정성 문제는 문학상이 상업화되고 있기에 특히 중요하다. 문학상이 작품을 상품으로 변질시키면 창작의 발전은 이루어질 수 없다. 그런데도 불구하고 오늘날의 문학상 권위는 작품 자체가 아니라 상금 액수나 홍보력에 의해 만들어지는 추세여서 문학상의 의의가 점점 왜곡되고 있다. 문학상은 독자들에게 재미있는 작품을 골라주는 것이 아니라 읽을 만한 가치가 있는 작품을 발굴해주어야 하는 것이다.

문학의 본질에 비추어보면 문학상은 모순적인 제도이다. 문학의 의

의란 서열화되고 고정된 세계의 질서를 타파하는 역할을 하는 것이기에 서열을 매기는 문학상은 문학 정신에 위배되는 것이다. 그렇지만 문학상은 인간들이 지혜를 모아 만들어낸 문화유산이다. 업적을 만든 작가를 격려하고 보상하는 제도로써 인간 사회에 기여하는 바가 분명 있는 것이다. 따라서 문학상 자체를 부정하기보다는 제대로 시행할 필요가 있다. 18회의 역사를 갖고 있는 전태일문학상 역시 지향할 점이다.